Judith Kerr

Eine Art Familientreffen

Aus dem Englischen übertragen von Annemarie Böll

Otto Maier Verlag Ravensburg

Annemarie Böll *gilt heute als eine der besten Übersetzerinnen aus dem Englischen und Amerikanischen. Zusammen mit ihrem Mann Heinrich Böll übersetzte sie unter anderem J.D. Salinger und Bernard Shaw.*
Für den Otto Maier Verlag übersetzte sie die Bücher von Judith Kerr »Als Hitler das rosa Kaninchen stahl« (RTB 600), »Warten bis der Frieden kommt« (RTB 753) und »Eine Art Familientreffen«.

Erschienen 1983 in den Ravensburger Taschenbüchern
Die englische Originalausgabe erschien unter dem Titel
»A small person far away«
bei William Collins Sons & Co. Ltd., London

Aus dem Englischen von Annemarie Böll
Die Übersetzung wurde überarbeitet von Judith Kerr und
Hans-Christian Kirsch

Umschlaggestaltung: Kirsch & Korn nach der Konzeption
der Originalausgabe in der »Ravensburger Jungen Reihe«

Gesamtherstellung: Elsnerdruck GmbH, Berlin
Printed in Germany

5 4 3 2 87 86 85 84 83

ISBN 3-473-38857-2

Samstag

Der Teppich hatte genau die richtige rote Farbe – nicht zu gelblich und nicht zu bläulich; es war ein warmer, leuchtender Ton genau dazwischen, der so schwer aufzutreiben war. Er würde wunderbar ins Eßzimmer passen.
»Den hätte ich gern«, sagte Anna. Heute war ganz offenbar ein Glückstag.
Während der Verkäufer sie zur Kasse führte, warf sie einen kurzen Blick auf ihr Spiegelbild in der Scheibe des Schaukastens, in dem Tischwäsche ausgestellt war. Der grüne Tweedmantel – nicht von Bekannten abgelegt, sondern mit selbstverdientem Geld gekauft – hing ihr salopp von den Schultern. Der bedruckte Seidenschal, das gut geschnittene dunkle Haar und der recht zuversichtliche Ausdruck, das alles paßte gut zum Status dieses Warenhauses. Eine wohlbetuchte junge Engländerin, die ihre Einkäufe machte. Nun, dachte sie, dahin habe ich's nun inzwischen gebracht.
Während sie einen Scheck ausfüllte und der Verkäufer ihren Namen notierte und die Adresse, an die der Teppich geliefert werden sollte, stellte sie sich vor, wie sie Richard davon erzählen würde. Der Teppich würde die Wohnungseinrichtung fast komplettieren. Es fehlten jetzt nur noch einige kleinere Dinge wie Kissen und Lampenschirme, und sobald Richard mit seinem Drehbuch fertig war, würden sie sie zusammen aussuchen.
Sie merkte, daß der Verkäufer beim Lesen ihrer Unterschrift auf dem Scheck stutzte.
»Verzeihen Sie, wenn ich frage, gnädige Frau«, sagte er, »aber Sie sind nicht vielleicht mit dem Herrn verwandt, der fürs Fernsehen schreibt?«

»Das ist mein Mann«, sagte sie und merkte, wie sich wieder dieses alberne Grinsen auf ihrem Gesicht ausbreitete, dem anzusehen war, daß sie sich selbst dazu beglückwünschte, mit einem solchen Mann verheiratet zu sein. Lächerlich, dachte sie. Ich sollte doch inzwischen daran gewöhnt sein.
»Tatsächlich?« Das Gesicht des Verkäufers wurde rosa vor bewundernder Freude. »Das muß ich meiner Frau erzählen. Wir sehen alle seine Stücke, müssen Sie wissen. Wo nimmt er nur immer seine Einfälle her, gnädige Frau? Helfen Sie ihm manchmal beim Schreiben?«
Anna lachte. »Nein«, sagte sie. »Er hilft mir.«
»Tatsächlich? Schreiben Sie denn auch?«
Warum habe ich nur damit angefangen, dachte sie. »Ich arbeite beim Fernsehen«, sagte sie. »Aber meist ändere ich nur Kleinigkeiten an den Stücken anderer Leute. Und wenn ich nicht mehr weiter weiß, frage ich zu Hause meinen Mann.«
Der Verkäufer überlegte einen Augenblick und ließ es dann, Gott sei Dank, dabei bewenden. »Als im vergangenen Jahr diese große Serie Ihres Mannes lief«, sagte er, »sind meine Frau und ich extra deswegen jeden Samstag daheim geblieben. Fast alle Leute in unserer Nachbarschaft haben sich die Serie angesehen. Es war so aufregend – ganz anders als das, was man sonst so vorgesetzt bekommt.«
Anna nickte und lächelte. Es war Richards erster großer Erfolg gewesen.
»Auf diesen Erfolg hin haben wir geheiratet«, sagte sie.
Sie dachte an das Standesamt in Chelsea, gleich neben der orthopädischen Klinik. Richards Eltern waren aus Nordengland gekommen, Mama aus Berlin, ihre persönlichen Freunde aus der BBC waren dagewesen und Vetter Otto, der beim Empfang umkippte – angeblich wegen der Hitze, aber in Wirklichkeit hatte er ganz einfach zuviel Champagner getrunken. Und dann war das Taxi gekommen, sie und Richard waren davongefahren und hatten sie alle zurückgelassen.
»Für uns war es auch ganz aufregend«, sagte sie.
Als sie aus dem Kaufhaus in die Tottenham Court Road trat,

stürzten Lärm und Licht auf sie ein, als explodiere die Welt. Nebenan wurde ein neues Gebäude hochgezogen, und der Sonnenschein schien zu erzittern vom Getöse der Preßlufthämmer. Einer der Arbeiter hatte trotz der Oktoberkühle sein Hemd ausgezogen und zwinkerte ihr zu, als sie an ihm vorüberging. Hinter ihm zerbröckelten die letzten Reste eines zerbombten Hauses, Ziegel, Putz und daran haftende Tapetenreste, unter den Stößen eines Bulldozers. Bald würde von den Bombenschäden in London nichts mehr zu sehen sein. Es wird auch Zeit, dachte sie, elf Jahre nach dem Krieg.

Um dem Lärm zu entgehen, wechselte sie auf die andere Straßenseite. Hier waren die Läden fast unverändert – schäbig und zufällig, mit Waren, von denen man sich kaum vorstellen konnte, daß jemand so etwas kaufte. Auch »Woolworths« war fast noch so, wie sie es in Erinnerung gehabt hatte. Sie war mit Mama hier gewesen, als sie eben erst in England angekommen waren, und Mama hatte sich für einen Shilling ein Paar Seidenstrümpfe gekauft. Später, als Papa nichts mehr verdiente, hatte Mama sich jedesmal nur einen Strumpf zu Sixpence kaufen können, und obgleich alle Strümpfe angeblich dieselbe Farbe hatten, hatten sie doch nie so ganz genau zueinander gepaßt.

»Wenn ich mir doch nur ein einziges Mal zwei Strümpfe auf einmal kaufen könnte!« hatte Mama gerufen.

Und nun kaufte Anna teure Teppiche, und Mama verdiente in Deutschland Dollars, als hätte es diese elenden Zeiten nie gegeben. Nur Papa hatte es nicht mehr miterlebt, wie sich alles verändert hatte.

Einen Augenblick lang überlegte sie, ob sie versuchen sollte, die Pension wiederzufinden, die ihr erstes Heim in England gewesen war und hier irgendwo in der Nähe liegen mußte. Aber dann entschloß sie sich doch, es nicht zu tun. Das Haus war in der Zeit der schweren Bombenangriffe getroffen worden und würde sowieso nicht mehr zu erkennen sein. Sie hatte einmal Richard die andere Pension in Putney zeigen wollen, in die sie umzogen, nachdem sie ausgebombt worden wa-

ren, aber das alte Haus war durch drei mickrige Einfamilienhäuser ersetzt worden mit dem gleichen baumlosen Rasen und den gleichen Bruchsteinwegen davor. Geblieben war lediglich die Bank am Ende der Straße, wo Papa manchmal in der Sonne gesessen und die Pfeife geraucht hatte. Er hatte den Tabak mit getrocknetem Laub und Rosenblättern gestreckt, und zu Mittag hatte er Brot gegessen, das er über dem Gaskocher toastete, um es dann mit genau einem Siebentel des Inhalts einer Dose Fischpaste zu bestreichen. Wenn er doch all das noch hätte erleben können, dachte Anna, als sie an einem Spirituosenladen vorbeikam, der bis unter die Decke mit Flaschen gefüllt war – wie hätte er das genossen.
In der Oxford Street drängten sich die samstäglichen Käuferscharen. Sollte sie noch bei »Libertys« vorbeigehen und sich nach Lampen umschauen? Aber als sie an der Haltestelle vorbeikam, hielt dort gerade ein Bus der Linie 73; sie sprang auf, kletterte aufs Oberdeck und setzte sich hin. Während der Bus sich langsam durch den Verkehr quälte, dachte sie an Möbel, an das Mittagessen, an ein Drehbuch, das sie bis zur nächsten Woche kürzen mußte.
Vor dem Kaufhaus »Selfridges« starrten die Menschen zu einer bunten Gipsfigur hinauf. »Kommt und besucht Onkel Holly und seine Zwergengrotte« verkündeten Plakate in den Schaufenstern. Mein Gott, dachte sie, sie sind schon bei den Weihnachtsvorbereitungen.
Im Hydepark marschierte eine kleine Gruppe unter den Bäumen her, die schon ihr Laub verloren, ganz offensichtlich auf die »Speaker's Corner« zu. Die Demonstranten trugen selbstgemachte Transparente mit der Aufschrift »Russen raus aus Ungarn«, einer hatte die Morgenzeitung auf ein Stück Pappe geheftet. Sie zeigte das Bild von russischen Panzern und die Schlagzeile »Stählerner Ring um Budapest«. Die meisten der Demonstranten sahen wie Studenten aus, und die paar bieder gekleideten älteren Leute waren wahrscheinlich Ungarn, die vor der Besetzung des Landes durch die Nazis nach England geflohen waren.

Eine Frau, die auf einem der vorderen Plätze im Bus saß, war auch aufmerksam geworden. »Ist das nicht schrecklich mit diesen armen Menschen in Ungarn«, sagte sie zu ihrer Nachbarin. »Warum tun wir nichts, um ihnen zu helfen?«
»Was würdest du denn vorschlagen«, sagte die Freundin. »Sollen wir einen dritten Weltkrieg anfangen?«
In Knightsbridge ließ der Verkehr etwas nach, und als der Bus an Kensington Gardens vorbeifuhr, konnte Anna das Laub auf den Rasen unter den Bäumen fallen sehen, wo Gruppen von Schulkindern, angetrieben von ihrem Lehrer, Fußball und Schlagball spielten.
Sie stieg am Ende der Kensington Church Street aus und machte sich auf den Heimweg durch die von Bäumen gesäumten Wohnstraßen am Fuß von Camden Hill. Hier gab es kaum Autos und nur wenige Fußgänger, sie war daher, als sie an der niedrigen Mauer eines Vorgartens vorüberging, überrascht, daß jemand ihren Namen rief. Es war niemand zu sehen außer einem Baby, das in seinem Kinderwagen im Eingangstor stand und die Welt mit ernster Miene betrachtete. Sie fragte sich, ob es etwa das Kind gewesen sei, als sich eine schlanke hübsche Frau hinter der Mauer aufrichtete, eine welke Pflanze in den erdverschmierten Händen.
»Elizabeth«, sagte Anna, »ich wußte gar nicht, daß Sie hier wohnen.« Sie und Richard hatten Elizabeth Dillon vor ein paar Wochen auf einer Party kennengelernt. Sie arbeitete bei einer Filmgesellschaft, bei der man gerade überlegte, ob man die Rechte an einem von Richards Stücken kaufen solle. Ihr Mann war beim Übersee-Sender, und zu viert hatten sie einen großen Teil des Abends zusammen verbracht.
»Man kommt kaum damit durch«, sagte Elizabeth, so, als hätten sie ihr Gespräch von damals gar nicht unterbrochen, »alles zu erledigen, was an so einem Wochenende erledigt werden muß.« Überdrüssig ließ sie die Pflanze auf die Erde fallen. »Kommen Sie herein und trinken Sie einen Schluck.«
Anna zögerte. Bei der Party hatte Richard den größten Teil des Gesprächs bestritten, und sie hatte Angst, daß Elizabeth sie

ohne ihren Mann langweilig finden könnte. »Ich weiß nicht recht –« begann sie, aber Elizabeth sagte mit solcher Herzlichkeit »Kommen Sie doch«, daß es töricht gewesen wäre, abzulehnen.
»Vielen Dank«, sagte sie, und Elizabeth führte sie an dem Kinderwagen vorbei in die enge Diele, wo sie sich mit geübter Geschicklichkeit an einem Roller und einem zerzausten Teddybären vorbeischlängelte. Aus dem oberen Stockwerk hörte man den Lärm von zwei Blockflöten, vermischt mit wildem kindischen Gekicher.
»Sie scheinen nie über die erste Lektion hinauszukommen«, sagte Elizabeth und schoß seitwärts in eine Küche, die mit Wäschegirlanden drapiert war und wo ein kleiner Junge sich mit einem Meerschweinchen eine Schüssel Cornflakes teilte.
»Mein Schatz, vergiß nicht, Patricia wieder in ihren Käfig zu tun, bitte!« sagte Elizabeth, während sie sich rasch die Hände im Spülbecken wusch. Dann schüttete sie schnell ein paar Eiswürfel aus dem Kühlschrank in eine Schüssel und fügte noch hinzu: »Du weißt doch, wie traurig du warst, als Papa neulich fast auf das Meerschweinchen getreten ist.« Sie waren schon halbwegs zur Tür hinaus, als das Kind vorwurfsvoll antwortete: »Papa muß eben besser aufpassen.«
In einem L-förmigen Wohnzimmer im ersten Stock saß Elizabeths Mann, das römische Imperatorengesicht noch unrasiert, im Schlafrock und trank Kaffee.
»James ist erst um vier ins Bett gekommen«, sagte Elizabeth. »Wegen dieser Sache mit Ungarn. Willst du einen Schnaps, Liebes?«
James schüttelte den Kopf und nippte an seinem Kaffee. Anna sagte: »Was meinen Sie, was geschehen wird?«
»Nichts«, sagte James düster. »Wenn nicht ein Wunder geschieht. Wahrlich, diese armen Schlucker in Ungarn versuchen alles, um eines zustande zu bringen. Zivilisten gegen Panzer. Man muß sich das einmal vorstellen! Mein Tip: Der Westen wird reden, aber nichts tun.«
»Niemand will einen neuen Weltkrieg«, sagte Elizabeth.

»Aber nun gar nichts zu tun, das scheint mir auch fragwürdig. Schon bei Hitler war das das falsche Rezept.« Sie reichte Anna ein Glas. »Aber wem sage ich das. Wie alt waren Sie eigentlich, als Sie Deutschland verließen?«
»Neun«, sagte Anna. Sie redete nicht gern über ihre Kindheit in der Emigration, aber Elizabeth strahlte eine solche Herzlichkeit aus, daß sie dennoch darauf einging. »Ich habe keine Greuel miterlebt«, sagte sie. »Als das anfing, waren wir schon raus.«
»Und Sie sind gleich hierhergekommen?«
»Nein.« Sie erklärte, daß sie zuerst in der Schweiz und dann in Frankreich gelebt hätten. »Meinem Bruder und mir hat das sogar gefallen«, sagte sie, »all diese verschiedenen Schulen und verschiedenen Sprachen. Aber für meine Eltern war es natürlich schrecklich – besonders für meinen Vater, der Schriftsteller war.«
Elizabeth nickte: »Und Sie treten nun in seine Fußstapfen.«
»Nun – das wohl kaum.«
»Oh, ich dachte doch?« Elizabeths graue Augen blickten überrascht. »Ich dachte, Sie arbeiten doch für die BBC – haben Sie nicht den Wunsch, ernsthaft zu schreiben?«
Das kann sie doch unmöglich interessieren, dachte Anna. Sie überlegte, wie sie das Thema wechseln könnte, aber Elizabeth sah sie so erwartungsvoll an, daß sie schließlich sagte: »Eigentlich habe ich zuerst zeichnen wollen. Ich habe jahrelang hart daran gearbeitet. Es war Richard – er meinte, ich solle schreiben, so habe ich ein paar kleine Sachen für die BBC gemacht, und dann habe ich diese Redakteurstelle bekommen. Aber ich bin wirklich nicht sicher –«
Zu ihrer großen Erleichterung ließ sich in diesem Augenblick von der Tür her eine Stimme vernehmen. »Mami.« Der Junge war wieder da, das Meerschweinchen in den Händen. »Darf Patricia einen Kartoffelchip haben?«
»Mag sie denn Kartoffelchips?« sagte Elizabeth.
»Ich weiß es auch nicht.« Auf seinem kleinen Gesicht zeigten sich Falten, während er nach dem richtigen Wort suchte. »Es

ist ein Experiment«, sagte er, um einen präzisen Ausdruck bemüht.
Elizabeth nahm aus einer Schüssel auf dem Tisch einen Kartoffelchip, alle schauten zu, wie das Meerschweinchen ihn in einer Zimmerecke beschnüffelte und ihn schließlich auffraß.
»Sie mag ihn«, sagte das Kind entzückt.
»Geh und hol ein Schüsselchen«, sagte Elizabeth, »dann kriegt ihr ein paar für euch und könnt sie gemeinsam in der Küche essen.«
»Gut.« Er schnappte sich das Meerschweinchen und lief hinaus. In dem kurzen Schweigen, das entstand, konnte Anna die beiden Blockflöten oben hören, die jetzt das gleiche spielten.
»Wie alt ist er?« fragte sie.
»Sechs«, sagte Elizabeth. Er war offenbar ihr ein und alles.
»Er hat eine merkwürdige Beziehung zu dem Meerschweinchen«, sagte James. »Er spinnt sich lange Geschichten darüber zurecht und schreibt sie sogar auf. Nicht wahr?« fügte er, an das Kind gewandt hinzu, das inzwischen wiederaufgetaucht war.
»Was ist?« Der Junge beobachtete, wie seine Mutter Kartoffelchips in die Untertasse schüttete, die er ihr gebracht hatte.
»Du schreibst Geschichten?«
»Aber nur über Patricia. Weil Patricia –« Er suchte wieder nach dem richtigen Wort. »Patricia ist *wichtig*«, sagte er schließlich, froh, das Wort gefunden zu haben. »Manche Leute«, sagte er gewichtig, »zum Beispiel meine Lehrerin, Miß Shadlock, die wollen, daß ich über andere Sachen schreibe, zum Beispiel ›an der See‹ oder ›meine Großmutter‹. Aber ich mag nur über Patricia schreiben.«
In Annas Erinnerung regte sich etwas. »Ich wollte immer nur über Katastrophen schreiben«, sagte sie. »Meiner Lehrerin gefiel das auch nicht.«
»Katastrophen?« sagte das Kind und ließ das Wort über die Zunge rollen.
»Ja, weißt du – von Schiffbrüchen, Erdbeben und solchen Sachen.«

Er nickte. »Aber für mich ist Patricia am wichtigsten.« Er nahm das Schüsselchen mit den Chips. »Komm, Patricia«, sagte er, »jetzt geben wir . . .« Er zögerte, aber als er draußen vor der Tür war, hörte Anna ihn ganz glücklich sagen: »ein Bankett.«
Einen Augenblick schauten ihm alle lächelnd nach. Dann fiel Elizabeth etwas ein.
»Es muß doch seltsam für Sie sein, in einer fremden Sprache zu schreiben«, sagte sie zu Anna. »Ich meine«, fügte sie eilig hinzu, »ich weiß, daß es nicht wirklich eine Fremdsprache für Sie ist. Aber Sie müssen doch zuerst Deutsch gesprochen haben. Ich meine, Sie haben doch Englisch erst *lernen* müssen.«
Anna hatte keine Lust, sich über dieses Thema auszulassen. »Ich habe seit meiner Kindheit fast kein Deutsch mehr gesprochen«, sagte sie. »Ich könnte in dieser Sprache unmöglich schreiben – praktisch habe ich den Wortschatz einer Neunjährigen.«
Durch die offene Tür konnten sie den Jungen sehen, der auf dem Flur das Meerschweinchen mit Chips fütterte. »Eins für dich und eins für mich . . .«
»Ach so«, sagte Elizabeth, »das ist ja interessant.« Dann fügte sie hinzu: »Eine Art eingeweckte Kindheit.«
Die Blockflöten waren verstummt, und es war plötzlich sehr still. Vielleicht sollte ich jetzt gehen, dachte Anna, aber da setzte James seine Kaffeetasse ab und streckte sich. »Und was macht Richard?« fragte er.
Dies war so leicht zu beantworten, daß sie sich in ihrem Sessel zurücksinken ließ. Sie erzählte ihnen über Richards neue Serie, und dann sprachen sie über das Stück, das vielleicht verfilmt werden sollte. (»Er hat eine ungewöhnliche Einbildungskraft«, sagte James.) Dann kamen sie darauf, wie sie und Richard sich kennengelernt hatten, zu einer Zeit, als sie sich einsam und mutlos fühlte. (»Mein Vater starb, kurz nachdem ich die Kunstschule verlassen hatte.« Sie fügte, damit es sich nicht so tragisch anhörte, hinzu: »Er war schon sehr alt, viel älter als meine Mutter.«) Sie und Richard hatten sich auf einer Party kennengelernt – sie hatten beide schwer zu kämpfen, wohnten beide in möblierten Zimmern, sie unterrichtete halb-

tags, um ihre Miete bezahlen zu können, und Richard schrieb, obwohl er schon einen der großen Literaturpreise gewonnen hatte, Dialoge für Fernseh-Trickfilme. »Irgendwas zu machen – was auch immer –, ist besser als Stunden geben«, hatte er ihr gesagt. Über diesen Punkt waren sie in Streit geraten, und dann hatten sie plötzlich festgestellt, daß sie miteinander redeten, als hätten sie sich immer schon gekannt.
»Und dann?« fragte Elizabeth, so als wollte sie es wirklich wissen.
»Dann?« James hob seine extravaganten Augenbrauen. »Dann lebten sie glücklich, und wenn sie nicht gestorben sind, so leben sie noch heute.«
Anna lachte, aber er hatte recht – von dem Augenblick an war es bergauf gegangen mit ihnen: Richard war über Nacht als Fernsehautor berühmt geworden, sie selber hatte, wenn auch in viel bescheidenerem Maße, in der Redaktion Erfolg gehabt, und jetzt hatten sie sogar eine eigene Wohnung.
»Wir haben uns jetzt *Möbel* gekauft«, sagte sie, als wäre das das Überraschendste, was man tun könne. Sie wollte gerade erklären, daß sie, seit sie Berlin verlassen hatte, nicht mehr in einer eigenen Wohnung gelebt hatte. Da kam ein etwa zehnjähriges Mädchen mit dem Säugling auf dem Arm herein.
»Er hat geschrien«, sagte das Mädchen, während der Kleine, immer noch mit Tränen in den Augen und die Finger im Mund, sich umschaute.
»Es kann doch nicht schon wieder Zeit zum Füttern sein«, sagte Elizabeth. Anna erhob sich schnell.
»Es tut mir leid«, sagte sie, »ich halte euch auf . . .« Aber Elizabeth rief: »Unsinn, es war reizend.« Man sah ihr so deutlich an, daß sie es ehrlich meinte, also machte sich Anna wegen ihres langen Bleibens keine Sorgen mehr.
»Kommen Sie doch einmal zum Essen«, sagte James. »Eisen Sie Richard mal von seinem Schreibtisch los.«
»Ja«, sagte Elizabeth, »wie wäre es mit Donnerstag?«
Anna sagte, Donnerstag würde gut passen, und Elizabeth begleitete sie mit dem Säugling auf dem Arm ans Gartentor.

»Gegen acht«, rief sie ihr noch nach, und Anna drehte sich um und winkte zustimmend.
Elizabeth stand im Wind, und das Kind, die Ärmchen fest um den Hals der Mutter gelegt, schaute einem Vogel nach. Fallendes Laub wirbelte um die beiden, und während Anna durch Sonnenschein und spielende Schatten heimwärts ging, blieb dies Bild ihr vor Augen.
Der Häuserblock, in dem sie wohnten, war nagelneu, und sobald sie ihn von der Straßenecke aus sah, beschleunigte sie den Schritt. Dies tat sie immer: Sie wußte, es war albern, nachdem sie doch schon über ein Jahr verheiratet war, hatte sie immer noch diese Angewohnheit. Während sie über eine Terrasse ging, die mit städtischen Blumenkübeln geschmückt war, wäre sie beinahe auf dem schlüpfrigen Laub unter ihren Füßen ausgeglitten. Neben dem Lieferanteneingang sprach der Hausmeister gerade mit einem Jungen auf einem Fahrrad. Als er sie sah, winkte er ihr zu und rief etwas, das sie nicht verstand, aber sie hatte es zu eilig, um stehenzubleiben. Der Fahrstuhl war nicht unten, und statt auf ihn zu warten, lief sie die zwei Treppen hoch, öffnete die Wohnungstür mit ihrem Schlüssel, und da war Richard.

*

Er saß vor seiner Schreibmaschine, fast in derselben Haltung wie vor ein paar Stunden, als sie ihn verlassen hatte. Vor ihm auf dem Tisch lag ein ordentlich aufeinandergelegter Stapel Blätter, der Papierkorb neben ihm floß über von zerknüllten Seiten. Hinter ihm sah sie den winzigen Wohnraum mit dem neuen gestreiften Sofa, dem roten Sesselchen, das sie in der vergangenen Woche gekauft hatte, und den Vorhängen, deren Muster sie selber in ihrer Zeit auf der Kunstschule entworfen hatte. Vor dem Hintergrund der lebhaften Farben hob sich sein dunkles Haar und das blasse, nervöse Gesicht ab; da starrte er mit gerunzelter Stirn auf das Blatt und tippte wie rasend mit zwei Fingern.

Für gewöhnlich würde sie ihn nicht unterbrochen haben, aber heute war sie zu glücklich, um zu warten. Sie ließ ihn die Zeile zu Ende schreiben, dann rief sie: »Es war so schön – die Dillons haben mich hereingebeten. Und ich hab einen Teppich fürs Eßzimmer gefunden.«
»Wirklich?« Er kehrte langsam aus der Welt zurück, über die er gerade geschrieben haben mochte. »Die Dillons? Ach, die Leute von der Party.«
»Ja, sie wohnen nur ein paar Straßen von hier. Sie haben vier Kinder, ich weiß nicht, wie sie das bei ihrem Beruf schafft, aber ich habe einen der Jungen kennengelernt, er ist herzig. Sie wollen, daß wir nächste Woche zum Essen kommen, sie sind wirklich so nett –« Plötzlich fand sie es unmöglich, die Dillons in ihrer ganzen Nettigkeit zu beschreiben, darum sagte sie: »Weißt du, sie haben ein Meerschweinchen, das Cornflakes frißt.«
Er lächelte. »Wann gehen wir hin?«
»Donnerstag. Ich dachte mir, dann solltest du dir schon mal eine Pause gönnen.«
Sie sah, wie er einen Blick auf die eingespannte Seite warf, wie er sich zögernd entschloß, sich für den Augenblick davon zu trennen.
»Und was ist mit dem Teppich?«
Sie wollte gerade anfangen, darüber zu berichten, als es an der Tür klingelte. ». . . genau das richtige Rot«, sagte sie, während sie die Tür öffnete. Draußen stand der Hausmeister.
»Ein Telegramm«, sagte er und reichte es ihr. Es war für sie. Sie war davon überzeugt, es müsse eine gute Nachricht sein . . . an einem solchen Tag! Sie machte es schnell auf. Und dann schien einen Augenblick lang die Welt stillzustehen. Merkwürdigerweise sah sie mit einem Teil ihres Bewußtseins Richard ganz deutlich, obgleich sie den Blick auf die gedruckten Worte gerichtet hielt. Sie hörte ihn sagen: »Was ist?« Und nach einer Weile, die ihr wie eine ungeheure Zeitspanne vorkam, an die sie später keine Erinnerung mehr hatte, die aber in Wirklichkeit nur ein paar Sekunden gedauert haben konnte, drückte sie ihm das Papier in die Hand.

»Das verstehe ich nicht«, sagte sie. »Mama ist nie krank.«
Er strich das Papier auf dem Tisch glatt, und sie las es noch einmal. Vielleicht hatte sie sich beim ersten Mal verlesen.
»DEINE MUTTER ERNSTHAFT AN LUNGENENTZÜNDUNG ERKRANKT STOP BITTE BUCHE FÜR ALLE FÄLLE FÜR MORGEN EINEN FLUG STOP WERDE HEUTE ABEND ACHT UHR ANRUFEN.«
Unterzeichnet hatte es Konrad.
»Sie hat doch außer Grippe nie etwas gehabt«, sagte Anna. Wenn sie es nur mit ganzer Kraft wollte, würde die ganze Sache sich in Luft auflösen. Sie sagte: »Ich will nicht nach Berlin.«
»Vielleicht brauchst du ja gar nicht hin.« Sie setzte sich, und Richard setzte sich neben sie. »Er spricht ja nur von einer provisorischen Buchung. Wenn er heute abend anruft, geht es ihr vielleicht schon besser.«
Natürlich, dachte sie, natürlich. Konrad war sehr verantwortungsbewußt. Er hatte kein Risiko eingehen wollen. Heute abend saß Mama vielleicht schon in ihrem Bett, und ihre blauen Augen würden vor Empörung sprühen. »Um Himmels willen, Konrad«, würde sie rufen, »warum in aller Welt mußtest du den Kindern telegraphieren?«
»Was sollen wir tun?« sagte sie. »Vielleicht ist es doch besser zu buchen.«
»Soll ich mit dir fliegen?«
»Nach Berlin?« Sie war gerührt, aber auch entsetzt. »Natürlich nicht. Nicht, wo du mitten in deiner Arbeit bist. Du könntest ja auch gar nichts tun.«
Er machte ein besorgtes Gesicht. »Wenn ich nur Deutsch könnte.«
»Das ist es nicht. Aber du weißt, es wäre schrecklich für dich, die Arbeit jetzt zu unterbrechen. Und für Mama bin ja ich verantwortlich.«
»Wahrscheinlich.«
Sie rief Pan Am an; die Leute dort waren sehr hilfsbereit, als sie ihre Situation erklärt hatte, und versprachen, ihr einen

Platz zu reservieren. Dies schien die ganze Sache fast endgültig zu machen, und sie fand sich plötzlich ganz ohne Grund den Tränen nahe.
»Komm«, sagte Richard. »Du brauchst was zu trinken.«
Er goß ihr von dem Whisky ein, den sie eigentlich für Besucher vorrätig hielten, und dann machten sie sich, da die Mittagszeit schon vorbei war, Kaffee und Butterbrote. Anna trug alles ins Wohnzimmer, und sie saßen in der vorwurfsvollen Gegenwart von Richards halbfertigem Manuskript.
»Ich verstehe es immer noch nicht«, sagte sie und umklammerte trostsuchend den heißen Kaffeebecher. »Wenn jemand heute Lungenentzündung bekommt, dann pumpen ihn die Ärzte doch einfach mit Penicillin voll. Oder ob es das in Deutschland noch nicht gibt?«
»Das gibt es bestimmt.«
»Die Amerikaner haben es auf jeden Fall. Und für die arbeitet sie doch.« Es war alles sehr verwirrend. »Und wie hat sie sich die Lungenentzündung überhaupt zugezogen?«
Richard dachte darüber nach. »Hat sie in ihrem letzten Brief nicht etwas von Segeln geschrieben? Vielleicht haben sie einen Unfall gehabt – und wenn sie sehr naß und kalt geworden ist und die Kleider nicht gewechselt hat –«
»Dafür würde Konrad schon sorgen.«
Einen Augenblick lang hatten sie eine gemeinsame Vision: der solide und vernünftige Konrad, und Mama, die lachte und schrie: *»It's only a bit of water.«* Sie sagte immer *›bit of water‹* – das war einer der wenigen Fehler, die sie im Englischen immer machte. Aber vielleicht sprachen sie und Konrad Deutsch miteinander, wenn sie allein waren. Anna stellte erstaunt fest, daß sie das nicht wußte.
»Ich will mal sehen, ob ich den Brief noch finde«, sagte sie, und plötzlich fiel ihr etwas ein. »Ich glaube, ich habe ihn gar nicht beantwortet.«
»Aber es ist doch noch nicht so lange her, daß wir ihn bekommen haben.«
»Ich weiß nicht.«

Als sie den Brief ausgegraben hatte, fanden sie, daß er genauso war wie die meisten von Mamas Briefen – begeisterte Berichte über die kleinen Erfolge in ihrer Arbeit und ihrem gesellschaftlichen Leben. Im Zusammenhang mit ihrer Arbeit war sie für ein paar Tage nach Hannover geschickt worden, und sie und Konrad waren von einem amerikanischen General zum Erntedankfest eingeladen worden. Vom Segeln hieß es nur, daß das Wetter jetzt zu kalt dazu sei und daß sie und Konrad statt dessen viel Bridge spielten. Der Brief war genau einen Monat alt.

»Jetzt mach dir keine unnötigen Sorgen«, sagte Richard. »Du wirst ja heute abend mit Konrad sprechen, und wenn es wirklich ernst ist, wirst du deine Mutter morgen sehen.«

»Ich weiß.« Aber sie konnte sich nicht beruhigen. »Ich wollte ihr die ganze Zeit schreiben«, sagte sie. »Aber die Wohnung und die neue Stelle –« Sie hatte die Vorstellung, daß ein Brief Mama davor bewahrt hätte, Lungenentzündung zu kriegen.

»Na also, vom Bridgespielen bekommt man bestimmt keine Lungenentzündung«, sagte Richard. »Nicht einmal deine Mutter.« Sie mußte lachen, denn er hatte recht. Mama übertrieb alles.

Plötzlich und ganz ohne ersichtlichen Grund fiel ihr ein, wie Mama, als sie gerade in England angekommen waren, versucht hatte, ihr ein Paar Stiefel zu kaufen. Mama war mit ihr die ganze Oxford Street entlanggegangen, von der Tottenham Court Road bis zum Marble Arch, und sie waren in jedes einzelne Schuhgeschäft hineingegangen. Anna hatte bald gemerkt, daß die verschiedenen Filialen von Dolcis, Lilley und Skinner und Mansfield alle die gleichen Modelle führten, aber Mama hatte sich nicht davon abbringen lassen, daß irgendwie irgendwo ein Paar Stiefel sich versteckt hielten, die einen Bruchteil besser oder billiger waren als die übrigen. Schließlich kauften sie ein Paar, das fast genau dem ersten Paar glich, das sie angesehen hatten, aber Mama hatte gesagt: »Nun, wenigstens wissen wir jetzt, daß wir nichts versäumt haben.«

Mama hatte immer Angst, irgend etwas zu versäumen, ob das nun ein billigeres Paar Stiefel war oder ein sonniger Tag.
»Sie ist romantisch«, sagte Anna. »Sie ist es immer gewesen. Ich glaube, Papa war es auch, aber auf eine andere Weise.«
»Was mich immer überrascht hat, ist, daß sie unter dem Flüchtlingsdasein so viel mehr gelitten hat als er«, sagte Richard. »Wenigstens nach dem zu urteilen, was du mir erzählt hast. Schließlich hat er als Schriftsteller doch alles verloren. Geld, sein Ansehen und die Sprache, in der er schrieb.« Er machte ein bekümmertes Gesicht, wie immer, wenn er von Papa sprach. »Ich weiß nicht, wie er damit fertig geworden ist.«
Einen Augenblick lang sah Anna Papa ganz deutlich vor sich: Er saß vor einer klapprigen Schreibmaschine in einem schäbigen Zimmerchen und lächelte: liebevoll und ironisch und ohne eine Spur von Selbstmitleid. Widerstrebend trennte sie sich von dem Bild.
»Es mag seltsam klingen«, sagte sie, »aber ich glaube, auf seine Weise fand er es interessant. Und natürlich war es für Mama so schwer, weil sie mit den praktischen Dingen fertig werden mußte.«
Als Papa kein Geld mehr verdiente, hatte Mama die Familie damit durchgebracht, daß sie Büroarbeit machte. Obgleich sie weder Stenographie noch Maschineschreiben gelernt hatte, war es ihr doch stets gelungen, annähernd wiederzugeben, was man ihr diktiert hatte. Sie hatte es überlebt, aber es war ihr verhaßt gewesen. Des Nachts hatte sie in dem Schlafzimmer, das sie in der Pension mit Anna teilte, von all den Dingen gesprochen, die sie in ihrem Leben hatte tun wollen und die sie nun wohl nie würde tun können. Manchmal, wenn sie sich des Morgens auf den Weg zu ihrer langweiligen Arbeit machte, war sie so voller Zorn und Verzweiflung, daß diese Gefühle sie wie eine Aura umgaben. Anna erinnerte sich, daß einer ihrer Arbeitgeber, ein Mann mit geschniegeltem Haar, der mit drittklassiger Konfektion handelte, sie entließ, weil er angeblich Erschöpfungszustände davon bekam, sich zusam-

men mit ihr in einem Raum aufhalten zu müssen. Mama war weinend nach Hause gekommen, und Anna hatte sich hilflos und schuldig gefühlt, als hätte sie in der Lage sein müssen, etwas daran zu ändern.

»Was für ein Pech, daß sie jetzt krank werden muß«, sagte sie zu Richard, »gerade jetzt, wo sich für sie endlich alles zum Besseren gewandt hat.«

Während Richard anfing, wieder in seinem Manuskript zu blättern, räumte sie das Geschirr weg und suchte ein paar Kleidungsstücke zusammen, die sie einpacken wollte, falls sie wirklich würde nach Berlin fliegen müssen. Aus irgendeinem Grund erfüllte sie der Gedanke daran mit Schrecken. Warum eigentlich, dachte sie. Warum ist es mir so zuwider? Sie konnte nicht glauben, daß Mamas Krankheit wirklich gefährlich war. Das war es nicht. Es war eher die Angst davor, zurückzugehen. Zurück nach Berlin? Zurück zu Mama? Wie dumm, dachte sie. Sie können mich ja nicht dort festhalten.

Als sie wieder ins Wohnzimmer trat, hatte Richard wieder eine Seite zusammengeknüllt und in den Papierkorb geworfen.

»Es hat keinen Zweck«, sagte er. »Das wirkliche Leben ist aufregend genug.« Er schaute auf die Uhr. »Es dauert noch Stunden, bis Konrad anruft. Sollen wir nicht ein bißchen nach draußen gehen?«

Sie mußte einiges zum Essen einkaufen, nahm ihre Einkaufskarre, und sie liefen zur Portobello Road, wo der Markt in vollem Betrieb war. Der Himmel hatte sich bezogen, und obgleich es noch nicht fünf Uhr war, flackerten an den meisten Ständen gelbe Gasflammen und beleuchteten die billigen Äpfel und Kartoffeln, die unverpackten, hausgemachten Süßigkeiten und den Trödel, der nie einen Käufer zu finden schien.

Sie drängten sich auf dem engen Bürgersteig durch die Käufer, erstanden Karotten und Lauch, kauften eine Lammkeule beim Metzger, Orangen, Äpfel und späte Brombeeren, Nudeln und ein langes französisches Brot, und schließlich war Annas Einkaufskorb voll.

Diese Menge von Lebensmitteln hatte etwas Tröstliches.
»Besser, du fährst morgen nicht nach Berlin«, sagte Richard, »ich kann das alles unmöglich allein aufessen.«
An einem der Trödelstände entdeckte er eine kleine Blechdose, auf deren Schraubdeckel ein Union Jack gemalt war. Die Flagge steckte zwischen den Zähnen eines verblaßten Löwen. An ein paar Stellen war die Farbe abgeblättert, was zur Folge hatte, daß der Löwe auf eine rührend ängstliche Weise zu lächeln schien. Dieses Lächeln gefiel ihnen beiden so sehr, daß sie die Dose für Sixpence kauften und dann anfingen, erwartungsvoll die anderen Trödelstände in der Nähe zu durchstöbern. Als sie beim letzten angekommen waren, war es beinahe dunkel, und man fing schon an, abzubauen. Planen wurden zusammengerollt, Bremsklötze entfernt, Lichter gelöscht, und die ersten Karren rumpelten schon in die Seitenstraßen hinein.
»Laß uns gehen«, sagte Anna.
Es war kalt, als sie sich jetzt durch die vertrauten Straßen auf den Heimweg nach Nottinghill Gate machten. Sie hatte einmal hier in der Nähe zusammen mit ihrem Bruder Max gewohnt. »Ob wohl Konrad auch Max ein Telegramm geschickt hat?« sagte sie.
Richard gab keine Antwort, und sie merkte, daß er sie gar nicht gehört hatte. Sein Gesicht hatte den verschlossenen, abwesenden Ausdruck, an dem zu erkennen war, daß er an sein Manuskript dachte. Sie trottete neben ihm her, die Dose mit dem Löwen und dem Union Jack fest in der Hand.
Als Papa gestorben war, hatte man auf seinen Sarg einen Union Jack gelegt. Das wurde immer so gemacht, hatte man ihr gesagt, wenn ein Untertan der britischen Krone im Ausland starb. Es war ihr komisch vorgekommen, denn Papa war in Hamburg gestorben, und nur während des letzten Jahres seines Lebens war er britischer Staatsbürger gewesen. Sie erinnerte sich an die eisige Halle und wie die deutschen Musiker die Siebente von Beethoven gespielt hatten, die Papa so sehr liebte, und an die Soldaten der Britischen Kontrollkom-

mission, die zusammen mit Max und einem deutschen Journalisten den Sarg getragen hatten.
»Der arme Papa«, hatte Max gesagt, »wie hätte ihn all das amüsiert«, und Anna, die nicht begreifen konnte, daß Papa tot war, hatte gedacht, ich muß ihm unbedingt darüber schreiben.
Papa war nach Deutschland gefahren, um über das Theater zu schreiben – sein erster offizieller Besuch nach fünfzehn Jahren Exil. Er war zum ersten Mal in seinem Leben geflogen, und als er in Hamburg aus dem Flugzeug kletterte, hatten Reporter und Fotografen ihn erwartet. Man hatte ein Essen für ihn gegeben, eine Stadtrundfahrt mit ihm gemacht, und als er am Abend das Theater betrat, war das Publikum aufgestanden und hatte applaudiert. Und in der Nacht hatte er in seinem Hotelzimmer einen Schlaganfall erlitten.
Es ist acht Jahre her, dachte Anna. Es kam ihr viel kürzer vor. Er war erst nach einigen Wochen gestorben, und erst als sie und Max ganz verstört zum Begräbnis kamen, hatte Mama ihnen die näheren Umstände seines Todes erzählt.
»Sein Zustand besserte sich nicht«, sagte sie. »Er war gelähmt, hatte Schmerzen und hatte das Gefühl, nicht mehr klar denken zu können. Ich hatte ihm oft versprochen, daß ich ihm in einem solchen Fall helfen würde, und das habe ich getan.«
Sie hatte es in einem so sachlichen Ton gesagt, daß Anna zuerst nicht begriff.
»Er hat es so gewollt.« Mama hatte sie mit weißem, entschlossenem Gesicht angestarrt.
Anna konnte sich nicht erinnern, was sie darauf geantwortet hatte, wohl aber wußte sie: Sie war damals völlig davon überzeugt gewesen, daß Mama richtig gehandelt hatte.
»Woran denkst du?« fragte Richard.
»Oh«, sagte sie, »an Papa . . .«
Er nickte. »Ich wünschte, ich hätte ihn gekannt.« Als sie in Nottinghill Gate einbogen, gerieten sie plötzlich in einen kleinen Menschenauflauf. Leute versuchten, über den Kopf des Vordermanns hinwegzusehen, weiter auf den Park zu gingen zwei Polizisten am Rand des Bürgersteigs hin und her.

»Was ist los?« sagte Richard, aber da sahen sie schon in der Dunkelheit über den Köpfen die weißen, handgeschriebenen Transparente.
»Sie demonstrieren für Ungarn«, sagte Anna. »Ich sah heute morgen schon im Hyde Park eine andere Gruppe.«
»Sie scheinen auf dem Weg zur russischen Botschaft zu sein.«
Sie sahen die Spitze des Zuges vor der Millionaires Row haltmachen und einen Polizisten auf die Fahrbahn treten. Er hielt den Verkehr an, damit die Demonstranten die Straße überqueren konnten. Die Menge, in der Anna und Richard sich befanden, bewegte sich langsam weiter, bis auch sie zum Stillstand kam. Zur gleichen Zeit kam eine Gruppe von Leuten aus einer Kneipe, und es entstand ein Gedränge. Eine dicke, scheinbar angetrunkene Frau wäre beinahe über Annas Einkaufswagen gestolpert und brach in ein wüstes Geschimpfe aus.
»Was zum Teufel ist hier los?« sagte sie und versuchte, die Aufschriften der Plakate zu entziffern, und ihr Begleiter sagte: »Diese verdammten Ungarn.«
Einer der Demonstranten, ein älterer Mann in einem schäbigen schwarzen Überzieher, glaubte wohl auf Interesse für seine Sache gestoßen zu sein, denn er begann mit starkem ungarischen Akzent zu erklären, was in seinem Heimatland vor sich ging.
»Unsere Leute werden umgebracht«, sagte er. »Jeden Tag sterben Tausende. Sie müssen uns helfen, uns gegen die russischen Mörder zu wehren.«
Die Frau hörte ihm mit mißtrauischer Miene zu, dann rief sie: »Wovon redet der überhaupt? Glaubt ihr, wir wollen wieder einen Krieg? Ich lasse meinen Kindern keine Bomben mehr auf den Kopf werfen, und das nur wegen ein paar verdammten Ausländern.«
In ihrer Wut schwankte sie auf ihn zu, stieß wieder gegen den Einkaufswagen, stürzte auf Anna und hätte sie beinahe unter ihrem schweren, nach Schweiß und Bier stinkenden Körper erdrückt. Einen Augenblick lang sah Anna ein Paar kleine, rot-

geränderte Augen ganz nah vor ihrem Gesicht, und eine trunkene Stimme kreischte dicht an ihrem Ohr: »Macht, daß ihr dahin zurückkommt, wo ihr hergekommen seid.«
Dann riß ihr Begleiter sie hoch und stellte sie wieder auf die Füße. Anna fühlte erleichtert die frische und kühle Luft an ihrem Gesicht.
»Tut mir leid«, sagte der Mann, »sie hat ein paar Glas zuviel gehabt.«
Anna versuchte zu nicken und es leichtzunehmen, mußte aber feststellen, daß es sie wütend gemacht hatte. Während sie noch versuchte, sich zu fassen, kam wieder Bewegung in die Menge. Der Demonstrant rief trotzig: »Es lebe Ungarn!« und folgte den andern. Im Strom des Verkehrs vor ihnen hatte sich eine Lücke gebildet, und Anna und Richard flüchteten über die Fahrbahn in die Kensington Church Street hinein.
»Alles in Ordnung?« fragte Richard.
»Ja, natürlich.« Ihr Zorn ließ langsam nach. »Das komische ist, daß mir noch nie jemand gesagt hat, ich solle dahin zurückgehen, wo ich hergekommen bin. Nicht einmal während des Bombenkrieges.«
Vor sich sahen sie den geordneten Zug der Demonstranten mit ihren Transparenten die Fahrbahn überqueren und sich am Eingang der Privatstraße sammeln, die zur russischen Botschaft führte.
»Glaubst du, daß irgend jemand ihnen zu Hilfe kommen wird?« sagte sie.
Er zuckte die Schultern. »Alle werden reden. Aber ich glaube nicht, daß jemand etwas tun wird.«
»So wie man über die Nazis geredet hat. O Gott«, sagte sie plötzlich, »ich hasse den Gedanken, nach Berlin gehen zu müssen, auch wenn es nur für ein paar Tage ist.«
Sie gingen schweigend weiter. Dann sagte er: »Ich kann nicht verstehen, wie deine Mutter es in Deutschland aushält.«
Aber Mama war im Gefolge der Amerikaner wie eine Siegerin zurückgekehrt.
»Mama hat sich hier nie zu Hause gefühlt. Sie hat es versucht,

aber nie geschafft. In Deutschland dagegen erinnern sich die Leute noch an Papa. Ihre Arbeit gefällt ihr, und sie hat Konrad.« Sie war jetzt wieder ganz ruhig und manövrierte den Einkaufskarren den Bordstein hinunter und auf der anderen Seite wieder hinauf. »Es ist zu komisch«, sagte sie, »aber sie scheint dort richtig glücklich zu sein. Ich vermute, sie und Konrad holen Versäumtes nach – dieses Segeln, auf Partys gehen, die Ferien in Italien. Weißt du, daß sie vor ein paar Jahren sogar noch versucht hat, Skilaufen zu lernen? Sie ist über fünfzig – und er muß beinahe sechzig sein. Ich hoffe, daß diese Krankheit ihr nicht alles verdirbt.«
Sie hatten den Wohnblock erreicht, und er half ihr, den Korb die Treppe hinaufzuziehen.
»Weißt du, warum ich hauptsächlich solche Angst habe, nach Berlin zu fahren?« sagte sie plötzlich. »Ich weiß, es ist dumm, aber ich fürchte, die Russen könnten plötzlich einmarschieren und die Stadt besetzen, und dann säße ich in einer Falle. Hältst du das nicht für möglich?«
Er schüttelte den Kopf. »Nein, denn es würde Krieg mit Amerika bedeuten.«
»Ich weiß. Aber ich habe trotzdem Angst.«
»Hattest du auch solche Angst, als ihr aus Deutschland geflohen seid?«
»Das ist eben das komische«, sagte sie. »Ich bin mir erst viel später klar darüber geworden, was das alles bedeutete. Ich weiß noch, daß ich beim Grenzübergang irgendeine idiotische Bemerkung machte und Mama mir den Mund verbieten mußte. Mama brachte es fertig, daß uns alles ganz normal vorkam.« Unter den Rädern des Korbes raschelten Blätter. »Hätte ich doch wenigstens ihren Brief beantwortet«, sagte sie.

*

Als sie wieder in der Wohnung waren, wurde sie ganz sachlich. »Wir braten das Lamm heute noch«, sagte sie. »Falls ich morgen wirklich weg sein sollte, kannst du es kalt essen. Und ich werde eine Liste aufstellen, was alles erledigt werden muß. Zum Beispiel wird der Teppich doch geliefert. Und du mußt bei der BBC Bescheid sagen – es ist zu blöd, daß ich fehlen muß, wo ich doch die neue Stelle erst angetreten habe. Und das Essen bei den Dillons. Aber bis dahin werde ich doch wohl zurück sein, meinst du nicht auch?«

Sie machte die Liste und kochte, und dann aßen sie und tranken eine Flasche Wein zum Essen, und als es auf acht Uhr zuging, fühlte sie sich stark genug, mit allem, was auf sie zukommen würde, fertig zu werden.

Sie saß neben dem Telefon, ging alle Fragen durch, die sie Konrad stellen wollte, und wartete auf den Anruf. Er kam pünktlich um acht Uhr. Man hörte zuerst ein Gewirr von deutschen Lauten und dann seine wohltuend ruhige Stimme.

»Wie geht es Mama?« fragte sie.

»Ihr Zustand ist unverändert«, sagte er, und dann folgte eine Reihe von Sätzen, die er offenbar vorbereitet hatte. »Ich fände es richtig, wenn du morgen kommst. Ich finde, einer ihrer Verwandten sollte hiersein.«

»Natürlich«, sagte sie. Sie nannte ihm die Nummer ihres Fluges, und er sagte, er werde sie abholen.

Richard, der neben ihr stand und zuhörte, sagte: »Was ist mit Max?« Max war irgendwo in Griechenland.

»O ja«, sagte sie, »was ist mit Max?«

Konrad sagte, er habe Max noch nicht benachrichtigt – das bedeutet doch wohl, daß keine unmittelbare Gefahr besteht, dachte Anna –, aber er werde es morgen früh tun, falls es sich als notwendig herausstellte. Dann sagte er in seiner besorgten Emigrantenstimme: »Mein liebes Kind, ich hoffe, du machst dir nicht allzu viele Sorgen. Es tut mir leid, daß ich die Familie auseinanderreißen muß. Wenn wir Glück haben, ist es nicht für lange.«

Sie hatte vergessen, daß er von ihr und Richard immer als von der »Familie« sprach. Es hatte etwas Liebes und Tröstliches, und sie fühlte sich plötzlich viel besser.

»Schon gut«, sagte sie. »Richard läßt grüßen.« Sie hatte noch

etwas fragen wollen, konnte sich aber im Augenblick nicht mehr erinnern, was das gewesen war. »Ach ja«, sagte sie schließlich, »wie hat sich Mama denn diese Lungenentzündung überhaupt zugezogen?«
Es kam keine Antwort, so daß sie zuerst glaubte, er habe sie gar nicht verstanden. Dann hörte sie seine Stimme, und selbst durch die Verzerrung, die die weite Entfernung bewirkte, hindurch bemerkte sie den veränderte Ton.
»Tut mir leid«, sagte er nüchtern, »aber deine Mutter hat eine Überdosis Schlaftabletten genommen.«

Sonntag

Annas Füße waren so schwer, daß sie nur mühsam gehen konnte. Es war heiß, und auf der Straße war niemand zu sehen. Plötzlich eilte Mama vorüber. Sie trug ihren blauen Hut mit dem Schleier und rief Anna zu: »Ich kann mich nicht aufhalten – ich bin mit den Amerikanern zum Bridgespielen verabredet.« Dann verschwand sie in einem Haus, das Anna bis dahin noch nicht bemerkt hatte. Sie war traurig, daß Mama sie so hatte auf der Straße stehenlassen, und es wurde immer heißer, und die Luft wurde immer drückender.
So früh am Morgen kann es doch nicht so heiß sein, dachte sie. Sie wußte, daß es früh am Morgen war, denn Max schlief noch. Er hatte die vordere Wand seines Hauses entfernt, damit die Hitze entweichen konnte, und sie konnte ihn in seinem Wohnzimmer mit geschlossenen Augen sitzen sehen. Neben ihm in einem Sessel saß seine Frau Wendy mit dem Säugling auf dem Arm und blinzelte schläfrig. Sie sah Anna an und bewegte ihre Lippen, aber die Luft war so dick, daß Anna nichts hören konnte, so ging sie weiter, die heiße, leere Straße entlang, den heißen, leeren Tag vor sich.
Wie kommt es, daß ich so allein bin, dachte sie. Es muß doch jemanden geben, zu dem ich gehöre. Aber es fiel ihr niemand ein. Die Luft war so drückend, daß sie kaum atmen konnte. Sie mußte sie mit den Händen wegschieben. Und doch *muß* da jemand sein, dachte sie, da bin ich ganz sicher. Sie versuchte, sich an seinen Namen zu erinnern, aber er fiel ihr nicht ein. Sie konnte sich an nichts mehr erinnern, weder an seinen Namen noch an sein Gesicht, noch an seine Stimme.
Ich muß mich erinnern, dachte sie. Sie wußte, daß er existierte, in irgendeiner Falte ihres Hirns verborgen war, daß

ohne ihn alles sinnlos war, nie wieder einen Sinn haben würde. Aber die Luft war so schwer. Sie bedrängte sie von allen Seiten, lag ihr schwer auf der Brust, drückte auf ihre Augen, ihre Nase und ihren Mund. Bald würde es selbst zu spät sein, sich zu erinnern. »Da war jemand!« schrie sie. Es war ihrer Stimme gelungen, durch die dicke Luft zu dringen. »Ich weiß, da war jemand!«

Sie fand sich im Bett wieder, in die zerwühlten Laken und Decken verwickelt, das Kopfkissen halb über dem Gesicht, neben sich Richard, der sagte: »Ist doch schon gut, ist doch schon gut.«

Einen Augenblick blieb sie still liegen, fühlte seine Nähe und spürte, wie der Schrecken verebbte. Halb sah sie, halb fühlte sie den vertrauten Raum, die Form eines Sessels, die ganze Kommode, einen Spiegel, der in der Dunkelheit matt glänzte.

»Ich habe geträumt«, sagte sie schließlich.

»Ich weiß. Du hast mich fast aus dem Bett gefegt.«

»Es war der schreckliche Traum, in dem ich mich nicht mehr an dich erinnern kann.«

Er legte die Arme um sie. »Ich bin hier.«

»Ich weiß.«

Im Schein der Straßenlaterne vor dem Fenster konnte sie sein müdes und besorgtes Gesicht eben erkennen.

»Es ist ein fürchterlicher Traum«, sagte sie. »Was meinst du, warum ich so träume? Es ist, als hätte die Zeit sich verschoben, und ich könnte nicht mehr zurück.«

»Vielleicht ein Trick des Gehirns. Du weißt doch – der eine Hirnlappen erinnert sich, und der andere nimmt das Signal den Bruchteil einer Sekunde später auf. Es ist wie déjà vu, nur andersherum.«

Das tröstete sie nicht.

»Und wenn man nun steckenbleibt?«

»Du kannst nicht steckenbleiben.«

»Aber wenn ich es täte. Wenn ich mich wirklich nicht mehr an dich erinnern könnte. Oder wenn ich sogar an einer früheren

Stelle steckenbliebe, da, wo ich noch nicht Englisch sprechen konnte. Dann könnten wir nicht einmal miteinander reden.«
»Na«, sagte er, »in dem Fall hätten wir auch noch andere Probleme. Du wärest noch keine elf Jahre alt.«
Jetzt mußte sie lachen, und der Traum, der schon verblaßte, löste sich in Harmlosigkeit auf. Sie spürte jetzt, wie ihr vor Schlafmangel alles weh tat, und jetzt erst fiel ihr der vergangene Tag wieder ein. »O Gott«, sagte sie, »Mama.«
Er drückte sie fester an sich. »Wahrscheinlich hat dieser ganze Kummer Erinnerungen in dir wachgerufen, die du fast vergessen hattest. Erinnerungen an den Verlust von Menschen – von Menschen und Orten – als du klein warst.«
»Die arme Mama. Weißt du, damals war sie fabelhaft.«
»Ich weiß.«
»Ich wünschte zu Gott, ich hätte ihr geschrieben.« Der Himmel, den man in der Lücke zwischen den Vorhängen sah, war schwarz. »Wie spät ist es?«
»Erst sechs Uhr.« Sie sah, wie er sie im Dunkeln besorgt betrachtete. »Ich bin sicher, daß es nichts geändert hätte, wenn du ihr geschrieben hättest. Es muß etwas ganz anderes sein. Irgend etwas muß sie gequält oder ganz aus der Fassung gebracht haben.«
»Meinst du?« Sie hätte ihm gern geglaubt.
»Und dann hat sie vielleicht an deinen Vater gedacht – daran, wie er gestorben ist –, und sie hat gedacht, warum soll ich es nicht ebenso machen.«
Nein, so war es nicht gewesen.
»Bei Papa war es etwas anderes«, sagte sie. »Er war alt und hatte zwei Schlaganfälle hinter sich. Während Mama . . . O Gott«, sagte sie, »es muß doch Leute geben, deren Eltern auf natürliche Weise sterben.« Sie starrte in die Dunkelheit. »Weißt du, das schlimme ist: Max hat ihr wahrscheinlich auch nicht geschrieben, oder wenn er geschrieben hat, ist sein Brief aus Griechenland nicht angekommen.«
»Das wäre immer noch kein Grund, Selbstmord zu begehen.«

Draußen auf der Straße klirrten Flaschen, dann hörte man das Pferd des Milchmanns zum Nachbarhaus trotten. In der Ferne startete ein Auto.
»Du mußt das verstehen«, sagte sie, »wir hielten doch damals so fest zusammen. Wir konnten gar nicht anders; wir zogen von Land zu Land, und alles war gegen uns. Mama sagte immer, wenn Max und ich nicht wären, würde es sich nicht lohnen, weiterzumachen – und sie hat uns ja durchgebracht; sie hat die Familie zusammengehalten.«
»Ich weiß.«
»Ich wünschte, ich hätte ihr geschrieben«, sagte sie.

*

Richard fuhr mit ihr im Bus zum Flughafen. Sie verabschiedeten sich in der dröhnenden Halle, in der es nach Farbe roch, und sie trennte sich von ihm, wie sie es sich vorgenommen hatte: gefaßt.
Aber als sie dann an der Kontrolle ihren Paß herausholte, überkam sie plötzlich eine Welle der Verzweiflung. Entsetzt bemerkte sie, daß Tränen ihr übers Gesicht rannen, ihre Wangen, ihren Hals und sogar den Kragen ihrer Bluse näßten. Sie konnte sich nicht rühren, stand da wie blind und wartete darauf, daß er ihr zu Hilfe kam.
»Was ist denn?« rief er, aber sie konnte es auch nicht sagen.
»Es ist nichts«, sagte sie, »wirklich.« Sie war entsetzt, daß sie ihn so erschreckt hatte. »Es ist, weil ich nicht geschlafen habe«, sagte sie, »und ich kriege meine Tage. Du weißt doch, daß ich immer heule, wenn ich meine Tage kriege.«
Ihre Stimme kam ziemlich laut aus ihr heraus, und ein Mann mit einem steifen Hut drehte sich um und sah sie überrascht an. »Soll ich nicht doch mitkommen?« sagte Richard. »Ich könnte heute mit einem späteren Flug oder morgen kommen.«
»Nein, nein, natürlich nicht. Es ist wirklich alles in Ordnung.«
Sie küßte ihn. Dann nahm sie ihren Paß und rannte. »Ich schreibe dir«, rief sie ihm noch zu.

Sie wußte, es war zu dumm – aber sie hatte das Gefühl, ihn für immer zu verlassen.
Als sie erst im Flugzeug saß, fühlte sie sich besser.
Sie war erst zweimal in ihrem Leben geflogen und fand es immer noch aufregend, auf eine Welt von Puppenhäusern und -feldern und winzige kriechende Autos hinunterzuschauen. Es war eine Erleichterung, von allem abgeschnitten zu sein und zu wissen, daß Berlin erst in Stunden auftauchen würde. Sie schaute aus dem Fenster und richtete ihre Gedanken fest auf das, was sie dort sah. Als sie dann die Nordsee halb überquert hatten, trieben Wolken heran, und bald war nichts zu sehen als die graue Decke unten und oben der strahlend helle, leere Himmel. Sie lehnte sich zurück und dachte an Mama.
Komisch, dachte sie, in welcher Lage man sich Mama auch vorstellt, man denkt sie sich immer in Bewegung: die blauen Augen unter gerunzelten Brauen, die Lippen sprechend; Mama ringt ungeduldig die Hände, zupft ihr Kleid zurecht, betupft ihr winziges Stupsnäschen heftig mit der Puderquaste. Immer hatte Mama Angst, etwas an ihr könne in Unordnung geraten, falls sie nicht ständig alles überprüfte, und auch dann hatte sie das Gefühl, irgend etwas könne immer noch verbessert werden.
Anna erinnerte sich, wie Mama bei einem ihrer Besuche in England Konrad zum Mittagessen in Annas kleine möblierte Wohnung mitgebracht hatte. Anna hatte das einzige Gericht gemacht, das sie kochen konnte: eine große Portion Reis mit allen Zutaten, die gerade zur Hand waren. Bei dieser Gelegenheit hatte zu den Zutaten kleingeschnittene Wurst gehört, und Konrad hatte höflich gesagt, die Wurst sei gut. Sofort hatte Mama gesagt: »Ich suche dir noch welche«, hatte zu Annas Ärger die Schüssel ergriffen, darin herumgestochert und ihm die Wurststückchen auf den Teller geschoben.
Wie konnte jemand, der sich mit solcher Besessenheit mit den Kleinigkeiten des täglichen Lebens befaßte, plötzlich seinem Leben ein Ende machen wollen? Natürlich hatte Mama oft davon geredet. Aber das war in den letzten Jahren in Putney ge-

wesen, als es ihr und Papa so schrecklich elend erging, und sogar damals hatte es niemand ernst genommen. Sie hatte so oft gerufen: »Ich wünschte, ich wäre tot!« und »Warum soll ich denn noch weitermachen?«, daß beide, Anna und Papa, bald gelernt hatten, sie zu ignorieren.
Von dem Augenblick an, da es ihnen besser ging, in dem Augenblick, da die endlose Sorge ums Geld von ihr genommen war, war ihre Lebenslust zurückgekehrt. Sie beide, Anna und Papa, waren überrascht gewesen, wie schnell das gegangen war. Sie hatte aus Deutschland lange, begeisterte Briefe nach Hause geschickt. Sie war überall hingegangen und hatte sich alles angesehen. Sie hatte für die Amerikaner der Kontrollkommission so gut übersetzt, daß sie bald befördert worden war – von Frankfurt nach München, von München nach Nürnberg. Sie hatte es fertiggebracht, mit amerikanischen Truppentransportern mitgenommen zu werden, und sie war beladen mit Geschenken heimgekommen – mit amerikanischem Whisky für Papa, Nylonstrümpfen für Anna, Krawatten aus echter Seide für Max. Und sie hatte sich so gefreut, als die britische Kontrollkommission beschlossen hatte, auch Papa zu einem offiziellen Besuch nach Deutschland zu schikken.
Hamburg, dachte Anna. Ging der Flug nach Berlin über Hamburg? Sie schaute auf das flache Land hinunter, das jetzt immer öfter zwischen den Wolken sichtbar wurde. Es war seltsam, sich vorzustellen, daß irgendwo dort unten Papa begraben lag. Wenn Mama stirbt, würden sie sie wohl neben ihm begraben. Wenn Mama stirbt, dachte sie plötzlich fast gereizt, werde ich das Kind zweier Selbstmörder sein.
Es klickte; etwas wurde auf den Klapptisch vor ihr hingestellt, und Anna bemerkte, daß eine Stewardeß neben ihr stand.
»Ich dachte mir, ein Kaffee würde Ihnen vielleicht guttun«, sagte sie.
Anna trank ihn dankbar.
»Es tut mir so leid«, sagte das Mädchen mit amerikanischem Tonfall, »ich habe gehört, daß Sie einen Krankheitsfall in der

Familie haben. Ich hoffe, wenn Sie nach Berlin kommen, wird sich alles als halb so schlimm herausstellen.«
Anna dankte ihr und starrte dann wieder in den strahlenden Himmel und die sich auflösenden Wolken unten. Was erwarte ich eigentlich? fragte sie sich. Konrad hatte nur gesagt, daß Mamas Zustand unverändert sei, über den Zustand selbst hatte er nichts gesagt. Und das war gestern abend gewesen. Aber jetzt . . . Nein, dachte Anna, sie ist nicht tot. Das würde ich spüren.
Als sie sich dem Ziel näherten, versuchte sie sich vorzustellen, wie es sein würde, Konrad wiederzusehen. Jedenfalls würde es nicht schwer sein, ihn zu erkennen, er war so groß und dick. Er überragte die anderen Leute. Er würde sich auf seinen Spazierstock stützen, wenn er wieder Rückenbeschwerden hatte, was häufig der Fall war; sein seltsam unproportioniertes Gesicht würde sie anlächeln, und er würde etwas Tröstliches sagen. Er würde gelassen sein. Anna stellte sich vor, daß er immer gelassen gewesen war. Man mußte gelassen sein, wenn man unter Hitler in Deutschland blieb, um als jüdischer Anwalt andere Juden zu verteidigen.
Er war sogar gelassen geblieben, als man ihn in ein Konzentrationslager geschickt hatte. Er hatte sich ruhig und unauffällig verhalten und hatte so mehrere Wochen überlebt, bis es seinen Freunden gelang, ihn freizubekommen. Es war ihm nichts allzu Schlimmes geschehen, aber er sprach nie über das, was er gesehen hatte. Er sagte nur: »Du hättest mich sehen sollen, als ich herauskam«, und dann klopfte er sich auf seinen Bauch und setzte sein schiefes Lächeln auf: »Schlank – wie ein griechischer Jüngling.«
Er hatte bestimmt dafür gesorgt, daß Mama die beste ärztliche Versorgung zuteil wurde. Er war sehr praktisch. Anna erinnerte sich, wie Mama ihr erzählt hatte, daß er in England seine Frau und zwei Töchter durch Fabrikarbeit ernährt hatte. Die Töchter waren jetzt erwachsen, aber er schien nicht sehr an ihnen zu hängen und fuhr selten nach Hause.
»Wir nähern uns jetzt dem Flughafen *Tempelhof*«, sagte die

Stewardeß, und die Vorschriften über Sitzgurte und Zigaretten leuchteten auf.
Anna schaute zum Fenster hinaus. Sie waren immer noch hoch, und der Flughafen war noch nicht in Sicht. Wahrscheinlich gehört das alles noch Ostdeutschland, dachte sie, während sie auf die Felder und die kleinen Häuser hinuntersah. Sie sahen nicht anders aus als anderswo, und wahrscheinlich hatten sie unter den Nazis genauso ausgesehen. Hoffentlich landen wir nur auf der richtigen Seite, dachte sie.

Als sie das letzte Mal in Berlin gelandet war, war Richard bei ihr gewesen. Sie waren kurz entschlossen herübergekommen, um Mama mitzuteilen, daß sie heiraten würden. Es hatte eine eigentümlich gespannte Stimmung geherrscht, obwohl sie so glücklich gewesen war. Sie war ungern nach Berlin gekommen, und teils lag es auch an Mama. Nicht, daß Mama gegen ihre Heirat gewesen wäre – im Gegenteil, sie war entzückt gewesen. Aber Anna wußte, daß Mama jahrelang im geheimen den Traum gehegt hatte, sie würde jemanden heiraten, der ganz anders war.
In Putney, als Papas Gesundheit sich immer mehr verschlechterte und alles so hoffnungslos schien, hatte Mama ständig von dieser Heirat fantasiert. Es würde ein Lord sein – ein sehr vornehmer Lord mit einem großen Gut auf dem Land. Anna würde bei ihm in seinem Schloß wohnen und Mama auf dem Witwensitz (es gehörte immer ein Witwensitz zum Schloß, wie sie Anna erklärte). Eine apfelwangige Haushälterin würde Muffins backen, die Mama vor ihrem Kaminfeuer verzehrte, und an schönen Tagen würde Mama auf einem Schimmel durch den Park reiten.
Natürlich hatte sie das nicht ernst gemeint. Es war nur ein Scherz gewesen, um sie beide aufzuheitern, und im übrigen konnte Mama, wie Anna ihr öfter vorgehalten hatte, doch gar nicht reiten. Und trotzdem, als sie Mama von Richard erzählte, wußte sie, daß Mama voller Bedauern von einem Bild in ihrem Hinterkopf Abschied nahm, das sie selbst hoch zu

Roß zeigte, umgeben von Reitknechten oder Hunden oder was immer sie sich vorgestellt hatte, und dabei war es Anna unbehaglich geworden.
Und es war noch etwas anderes: Mama konnte sich unter Richards Arbeit nichts Richtiges vorstellen. Den größten Teil ihrer Informationen über England bezog sie von Max, der ihr als aufstrebender junger Anwalt eine zuverlässigere Quelle schien als Anna mit ihren künstlerischen Interessen, und Max hatte ihr gesagt, daß er keinen Fernsehapparat besitze, sie aber planten, einen für das Au-pair-Mädchen anzuschaffen. Anna hatte Angst gehabt, Mama könne etwas Unpassendes zu Richard sagen oder etwas über ihn, wenn er in der Nähe war: Mamas Stimme war so laut.
Das war natürlich dumm, denn Richard konnte sehr wohl für sich selbst einstehen. Aber sie war Konrad dankbar gewesen, der Mama an gefährlichen Themen vorbeisteuerte. Sobald Mama anfing, über Literatur oder Theater zu sprechen (sie gab sowieso nur Papas Ansichten wieder, und das nicht einmal immer korrekt), sobald sie also mit diesen Themen anfing, hatte er sie mit seinem lieben schiefen Lächeln angesehen und gesagt: »Es hat keinen Zweck, in meinem Beisein darüber zu sprechen. Du weißt ganz genau, daß ich keine Bildung habe.«
Das Flugzeug kippte nach einer Seite. Über den Flügel hinweg konnte Anna plötzlich Berlin und den Flughafen dahinter ganz nah sehen. In einer Minute werden wir unten sein, dachte sie, und ganz plötzlich hatte sie Angst.
Was würde Konrad ihr sagen? Würde er ihr vorwerfen, daß sie Mama so lange nicht geschrieben hatte? Und wie würde sie Mama vorfinden? Bei Bewußtsein? Unter einem Sauerstoffzelt? Im Koma?
Während der Erdboden auf sie zukam, war es wie damals, als sie in der Schule zum ersten Mal vom Zehnmeterbrett gesprungen war. Ich stürze hinein, dachte sie. Jetzt muß es sein. Sie sah mit Bedauern, daß nicht einmal ein Wolkenschleier sie aufhielt. Der Himmel war klar, die Mittagssonne brannte auf

das Gras unten und auf den Asphalt der Landebahn, die auf sie zugestürzt kam. Dann setzten die Räder auf, sie rasten kurz über die Landebahn und blieben dann zitternd stehen. Es war nichts mehr zu machen. Sie war da.

*

Konrad stand neben dem Eingang der Ankunftshalle und stützte sich auf seinen Spazierstock, so wie sie es erwartet hatte. Sie ging durch das Gebraus deutscher Stimmen auf ihn zu, und als er sie erkannt hatte, kam er ihr entgegen.
»Hallo«, sagte er, und sie bemerkte, daß sein großes Gesicht erschöpft und wie ausgelaugt aussah. Er umarmte sie nicht, wie er es sonst tat, er lächelte sie nur an und schüttelte ihr förmlich die Hand. Sie ahnte sofort Schlimmes.
»Wie geht es Mama?« fragte sie.
Er sagte: »Unverändert.« Dann sagte er ohne Umschweife, daß Mama im Koma liege, daß der Zustand der gleiche sei seit Samstag morgen, als man sie gefunden hatte, und daß die Behandlung schwierig war, weil man lange nicht wußte, was für Tabletten sie genommen hatte. »Ich habe heute morgen an Max telegraphiert«, sagte er.
Sie sagte: »Sollen wir zum Krankenhaus fahren?«
Er schüttelte den Kopf. »Es hat keinen Sinn. Ich komme gerade von dort.«
Dann drehte er sich um und ging auf seinen Wagen zu. Trotz der Rückenbeschwerden und des Spazierstocks ging er rascher als Anna, so, als wolle er ihr entkommen. Sie eilte, in immer größerer Angst, durch den Sonnenschein hinter ihm her.
»Was sagen denn die Ärzte?« fragte sie, damit er sich umdrehen mußte, und er sagte mit müder Stimme: »Immer das gleiche. Sie wissen es nicht.« Damit ging er weiter.
Das war schlimmer als alles, was sie erwartet hatte. Sie hatte erwartet, er würde ihr Vorwürfe machen, weil sie ihrer Mutter nicht geschrieben hatte, aber daß er nichts mehr mit ihr zu tun

haben wollte, darauf war sie nicht gefaßt gewesen. Mit Schrecken stellte sie sich vor, daß sie all das Schwere, das auf sie zukam, ohne seinen Beistand würde durchstehen müssen. (Wenn nur Richard hier wäre, dachte sie – aber sie verscheuchte den Gedanken gleich wieder, es hatte keinen Sinn.)
Als sie beim Auto ankamen, hatte sie ihn eingeholt und ihn gestellt, bevor er den Schlüssel ins Schloß stecken konnte.
»Es war meinetwegen, nicht wahr?« sagte sie. »Weil ich nicht geschrieben hatte.«
Er ließ die Hand mit dem Schlüssel sinken und sah sie fassungslos an.
»Es wäre natürlich gut, wenn du deiner Mutter öfter schriebest«, sagte er, »und wenn auch dein Bruder das täte. Aber das ist nicht der Grund, warum sie versucht hat, sich umzubringen.«
»Aber warum dann?«
Es entstand eine Pause. Er wandte den Blick von ihr ab, schaute über ihre rechte Schulter, als hätte er plötzlich in der Ferne jemanden entdeckt, den er kannte. Dann sagte er steif: »Sie hatte Grund, anzunehmen, daß ich ihr nicht treu war.«
Ihr erster Gedanke war: Das ist unmöglich, er macht mir etwas vor. Das sagt er nur, um mich zu trösten, damit ich mir keine Vorwürfe mache, falls Mama stirbt. Um Himmels willen, dachte sie, in ihrem Alter! Aber dann dachte sie: Bei klarer Überlegung konnte ich ja wohl nicht annehmen, daß Mamas Beziehungen zu Konrad völlig platonisch seien. Aber das!
Sehr vorsichtig sagte sie: »Liebst du jemand anderen?«
Er gab eine Art von Schnauben von sich: »Nein!« und dann sagte er im gleichen steifen Ton: »Ich hatte eine Affäre.«
»Eine Affäre?«
»Es war nichts.« Er schrie jetzt beinahe vor Ungeduld. »Ein Mädchen in meinem Büro. Nichts.«
Sie versuchte, darauf eine Antwort zu finden, aber es gelang ihr nicht. Völlig ratlos kletterte sie ins Auto.
»Du mußt sicher etwas essen.«

Er schien so erleichtert, die Sache mit der Affäre ausgespuckt zu haben, daß sie dachte, es muß wohl doch wahr sein.
Während er den Wagen startete, sagte er: »Ich möchte dir deinen Aufenthalt hier so angenehm wie möglich machen. Soweit es die Umstände erlauben. Ich weiß, daß deine Mutter das wünschen würde. Wenn möglich, sollte es sogar ein kleiner Urlaub sein. Ich weiß, daß du diesen Sommer nicht weggekommen bist.«
Um Gottes willen, dachte sie.
Er machte eine ungeduldige Geste. »Ich verstehe natürlich, daß du alles darum geben würdest, nicht hier zu sein, sondern daheim bei Richard. Ich wollte nur sagen, wenn du nicht im Krankenhaus bist – und im Augenblick kannst du dort nicht viel tun –, dann solltest du es so angenehm haben, wie es nur geht.«
Er warf ihr einen Blick zu, und sie nickte, da er einen solchen Wert auf ihre Zustimmung zu legen schien.
»Also gut«, sagte er, »dann wollen wir damit beginnen, daß wir in ein nettes Lokal essen gehen.«

Das Restaurant lag zwischen den Kiefern des Grunewalds, ein beliebter Ausflugsort, der an diesem schönen Sonntag überfüllt war. Einige Gäste saßen sogar an kleinen Tischen im Freien, in Mäntel und Schals verpackt, denn die Luft war kühl.
»Erinnerst du dich an das Lokal?« fragte er.
Eine ferne Erinnerung hatte sich in ihr geregt – die Form des Gebäudes, die Farbe der Steine kamen ihr bekannt vor.
»Vielleicht bin ich schon mit meinen Eltern hier gewesen. Nicht, um zu essen, nur um etwas zu trinken.«
Er lächelte. *»Himbeersaft.«*
»Stimmt.« Natürlich Himbeersaft. Das tranken deutsche Kinder immer.
Drinnen waren die Fenster beschlagen vom Atem der vielen Gäste, die es sich schmecken ließen, deren Mäntel an Haken an der braunen Täfelung nebeneinander hingen. Darüber prangten zwei Hirschgeweihe und das Bild eines Jägers mit

Gewehr. Die lauten fröhlichen Stimmen übertönten das Geklirr von Messern und Gabeln, und Anna war gerührt und gleichzeitig mißtrauisch, wie immer, wenn sie den Berliner Akzent hörte, der ihr von der Kindheit her so vertraut war.
»Diese Sache mit deiner Mutter hat sich über fast drei Wochen hingezogen«, sagte Konrad auf englisch, und die Stimmen, die die zwiespältigen Assoziationen auslösten, wichen in den Hintergrund. »So lange hat sie es gewußt.«
»Wie hat sie es herausbekommen? «
»Ich habe es ihr gesagt.«
Warum, dachte sie, und als ob er sie gehört hätte, fuhr er fort: »Wir bewegen uns in einem so engen Kreis. Ich hatte Angst, sie würde es von jemand anders hören.«
»Aber wenn du diese Frau nicht wirklich liebst – wenn alles vorüber ist?«
Er zuckte die Schultern. »Du weißt, wie deine Mutter ist. Sie sagte, es könne nie wieder zwischen uns so werden wie zuvor. Sie sagte, sie hätte zu oft in ihrem Leben neu angefangen, sie hätte genug, und du und Max, ihr wärt erwachsen und brauchtet sie nicht mehr.« Er schwenkte die Hand, um all die anderen Dinge anzudeuten, die Mama gesagt hatte und die Anna sich nur zu gut vorstellen konnte. »Sie hat seit fast drei Wochen von Selbstmord gesprochen.«
Aber er hatte nicht ausdrücklich gesagt, daß zwischen ihm und der anderen Frau alles aus sei.
»Die Affäre ist natürlich vorbei«, sagte er.
Als das Essen kam, sagte er: »Nach dem Essen gehen wir ins Krankenhaus. Dann kannst du deine Mutter sehen und vielleicht mit einem der Ärzte sprechen. Aber erzähl mir jetzt von dir und von Richard.«
Sie erzählte ihm von Richards Serie, von der Wohnung und ihrer neuen Arbeit.
»Heißt das, daß du am Ende auch noch unter die Schriftsteller gehst?«
»Wie Richard, meinst du?«
»Oder wie dein Vater.«

»Ich weiß nicht.«
»Warum weißt du es nicht?« fragte er beinahe ungeduldig.
Sie versuchte es zu erklären. »Ich weiß nicht, ob meine Begabung ausreicht. Und selbst dann ... es hat mich so viel Zeit und Arbeit gekostet, zeichnen zu lernen. Ich weiß nicht, ob ich das alles noch einmal auf mich nehmen will.«
»Ich könnte mir vorstellen, daß du wirklich gut schreiben wirst.« Dann fügte er sofort hinzu: »Aber natürlich verstehe ich nichts davon.«
Sie versuchten, über allgemeine Themen zu sprechen: Ungarn, aber sie hatten beide am Morgen kein Radio gehört und kannten die letzten Nachrichten nicht, der wirtschaftliche Aufstieg in Deutschland; wie lange es dauern würde, bis Max einen Flug von Griechenland hierher bekam. Aber allmählich schlief das Gespräch ein, und endlich verstummten sie ganz. Die Geräusche der essenden und plaudernden Berliner wurden wieder hörbar. Vertraute, längst vergessene Wörter und Sätze.
»Bitte ein Nußtörtchen«, bestellte ein dicker Mann am Nebentisch.
Das habe ich auch immer gegessen, als ich klein war, dachte sie. Ein kleiner Kuchen mit Zuckerguß und einer Nuß obendrauf. Und Max hatte immer einen Mohrenkopf bestellt, der mit Schokolade überzogen und mit Creme gefüllt war. Sie hatten ihre Vorliebe nie geändert und hatten schließlich beide geglaubt, daß das eine Gebäck nur für Mädchen und das andere nur für Jungen wäre.
»Ein Nußtörtchen«, sagte der Kellner und stellte den Kuchen vor den Mann auf den Tisch. Den Bruchteil einer Sekunde lang war Anna selbst jetzt noch überrascht, daß der Mann das Törtchen vom Kellner tatsächlich bekam.
»Du ißt gar nicht«, sagte Konrad.
»Verzeihung.« Sie spießte ein Kartoffelstückchen auf die Gabel.
»Versuch zu essen. Es ist besser. Die nächsten Tage werden schwer genug sein.«

Sie nickte und aß, während er sie beobachtete.
»Deine Mutter liegt in einem deutschen Krankenhaus. Es ist in diesem Fall ebenso gut wie das amerikanische, und es lag näher. Und ich dachte mir auch, wenn deine Mutter sich wieder erholt, wird es für sie leichter sein, wenn die Amerikaner nichts von ihrem Selbstmordversuch wissen.« Er wartete auf ihre Zustimmung, und sie nickte wieder. »Als ich sie fand . . .«
»Du hast sie gefunden?«
»Natürlich.« Er schien überrascht. »Du mußt wissen, ich hatte Angst, daß dies geschehen könnte. Ich blieb bei ihr, soviel es mir möglich war. Aber am Abend davor schien sie ganz in Ordnung, und ich ließ sie allein. Aber am nächsten Tag hatte ich so ein seltsames Gefühl . . . Ich ging in ihre Wohnung und fand sie. Ich stand da und schaute sie an und wußte nicht, was ich tun sollte.«
»Was meinst du damit?«
»Vielleicht . . .« sagte er, »vielleicht war es das, was sie wirklich wollte. Sie hatte immer wieder gesagt, daß sie müde sei. Ich weiß nicht . . . ich weiß immer noch nicht, ob das, was ich dann tat, richtig war. Aber ich dachte an dich und an Max, und ich fand, daß ich die Verantwortung nicht übernehmen könne.«
Als sie nicht mehr essen konnte, stand er auf.
»Komm«, sagte er, »wir gehen zu deiner Mutter. Versuch, es dir nicht allzusehr zu Herzen zu nehmen.«

*

Das Krankenhaus war ein freundliches altes Gebäude in einem baumreichen Park. Ein Mann rechte Laub zusammen, und ein anderer lud es in eine Schubkarre. Schon als sie sich dem Eingang näherten, krampfte sich ihr der Magen zusammen, wehrte sich gegen die Mahlzeit, die sie widerwillig gegessen hatte, und sie fürchtete einen Augenblick lang, sie müsse sich übergeben.

In der Eingangshalle wurde sie von einer sehr properen Schwester in gestärkter Schürze empfangen. Ihr Gesicht war gespannt und sie sah die beiden mißbilligend an, so, als gebe sie ihnen die Schuld für das, was mit Mama geschehen war.
»Bitte kommen Sie mit«, sagte sie auf deutsch.
Anna ging voraus, Konrad lief hinter ihr. Das Haus wirkte eher wie ein Sanatorium – holzgetäfelte Wände und Läufer statt Kacheln und Linoleum. Es sieht nicht wie ein Krankenhaus aus, eher wie ein Sanatorium, sagte sie sich, um nicht an das denken zu müssen, was sie erwartete. Korridore, Treppen, wieder Korridore, dann eine große Diele voller Schränke und medizinischer Geräte. Plötzlich blieb die Schwester stehen und zeigte auf einen Apparat unter einer Schutzhülle; dahinter stand ein Bett. Jemand lag regungslos darin. Warum war Mama nicht in einem Zimmer? Warum hatte man sie hier auf einen Flur geschoben?
»Was ist passiert?« rief sie so laut, daß sie alle drei zusammenschraken.
»Gar nichts«, sagte Konrad, und die Schwester erklärte in pikiertem Ton, daß nichts Besonderes geschehen war: Da Mama dauernd beobachtet werden mußte, war dies der beste Ort für sie. Alle paar Minuten kam ein Arzt oder eine Schwester hier vorbei, und so konnte man sie im Auge behalten. »Sie wird sehr gut versorgt«, sagte Konrad. Sie traten an das Bett und betrachteten Mama.
Man konnte nicht viel von ihr sehen. Nur das Gesicht und einen Arm. Alles andere war mit Laken bedeckt. Das Gesicht war sehr blaß. Die Augen waren geschlossen – nicht auf eine normale Weise geschlossen, sondern fest zugedrückt, so, als hielte Mama sie absichtlich zu. Aus ihrem Mund ragte etwas heraus, und Anna sah, daß es das Ende einer Röhre war, durch die Mamas Atem dünn und unregelmäßig kam. Eine andere Röhre führte vom Arm zu einer Flasche, die neben dem Bett an einem Ständer hing.
»Es scheint sich nichts geändert zu haben«, sagte Konrad.
»Man muß sie aus dem Koma herausholen«, sagte die Schwe-

ster. »Am besten ruft man sie beim Namen.« Sie beugte sich über das Bett und tat es. Nichts geschah. Sie zuckte die Schultern. »Na«, sagte sie, »eine vertraute Stimme ist immer besser. Wenn Sie sie ansprechen, hört sie vielleicht.«
Anna blickte auf Mama und die Röhren hinunter.
»Auf englisch oder deutsch?« fragte sie, und gleich darauf wunderte sie sich, daß sie etwas so Dummes hatte sagen können.
»Das müssen Sie selbst entscheiden«, sagte die Schwester. Sie nickte steif und verschwand zwischen den verhüllten Apparaturen.
Anna sah Konrad an.
»Versuch es«, sagte er. »Man kannn nie wissen. Vielleicht hilft es.« Er blieb einen Augenblick stehen und blickte auf Mama hinunter. »Ich warte unten auf dich.«
Anna war mit Mama allein. Der Versuch, mit Mama zu sprechen, kam ihr ganz unsinnig vor.
»Mama«, sagte sie zaghaft auf englisch. »Ich bin's, Anna.«
Mama rührte sich nicht. Sie lag da wie zuvor mit der Röhre im Mund und den fest geschlossenen Augen.
»Mama«, sagte sie lauter, »Mama!«
Sie fühlte sich seltsam befangen. Als ob es in diesem Augenblick auf meine Gefühle ankäme, sagte sie sich schuldbewußt.
»Mama! Du mußt aufwachen, Mama!«
Aber Mama gab kein Zeichen, ihre Augen blieben hartnäckig geschlossen, ihr Geist schien entschlossen, nichts mit dieser Welt zu tun haben zu wollen.
»Mama«, rief sie. »Mama! Bitte wach auf!«
Mama, dachte sie, ich hasse es, wenn du deine Augen geschlossen hältst. Du bist eine böse Mama. Sie war auf Mamas Bett geklettert, Mamas großes Gesicht auf dem Kissen, sie hatte versucht, die Lider mit ihren winzigern Fingern zu öffnen. Mein Gott, dachte sie, damals muß ich höchstens zwei Jahre alt gewesen sein.
»Mama! Wach auf, Mama!«

Eine Schwester mit Bettüchern auf dem Arm trat hinter sie und sagte auf deutsch: »So ist's richtig.« Sie lächelte, als wolle sie Anna bei einer Art Sport antreiben. »Auch wenn keine Reaktion erfolgt«, sagte sie, »dringt Ihre Stimme vielleicht durch.«

Anna fuhr also fort zu rufen, während die Schwester die Bettücher in einen Schrank ordnete und wieder wegging. Sie rief auf englisch und auf deutsch. Sie sagte Mama, daß sie nicht sterben dürfe, daß ihre Kinder sie brauchten, daß Konrad sie liebe, daß alles wieder gut werde. Und während sie rief, fragte sie sich, ob irgend etwas davon wahr sei und ob es recht sei, Mama so etwas zu sagen, auch wenn sie es wahrscheinlich nicht hörte.

Zwischen ihren Anrufen betrachtete sie Mama und stellte sie sich vor, wie sie in der Vergangenheit gewesen war. Mama zupft an einem Pullover und sagt: »Findest du ihn nicht hübsch?« Mama in der Pariser Wohnung: Sie triumphiert, weil es ihr gelungen ist, Erdbeeren zum halben Preis zu kaufen. Mama wehrt ein Rudel Jungen ab, die Anna in der Schweiz von der Dorfschule nach Hause verfolgt hatten. Mama ißt, Mama lacht, Mama zählt ihr Geld und sagt: »Irgendwie werden wir schon zurechtkommen.« Und die ganze Zeit beobachtete ein winziger Teil ihrer selbst die Szene und stellte die Ähnlichkeit mit etwas in der Fernsehserie »Dr. Kildare« fest und wunderte sich, daß etwas so Niederschmetterndes gleichzeitig so kitschig sein konnte.

Schließlich konnte sie es nicht mehr ertragen und suchte die Schwester, die sie zu Konrad zurückbrachte.

*

Im Auto wurde ihr wieder schlecht, und sie nahm das Hotel, in dem Konrad sie untergebracht hatte, kaum wahr. Sie hatte einen Eindruck von Schäbigkeit, jemand führte sie eine Treppe hinauf, und Konrad sagte: »Ich hole dich zum Essen ab«, und dann lag sie auf einem breiten Bett unter einer gro-

ßen, deutschen Steppdecke in einem fremden, halbverdunkelten Raum.
In der Stille legte sich das Gefühl der Übelkeit allmählich. Die Anspannung, dachte sie. Sie hatte ihr Leben lang so reagiert. Sogar als sie noch ganz klein war und Angst vor Gewittern hatte. Sie hatte im Bett gelegen und gegen ihre Übelkeit angekämpft, während der Donner grollte und Blitze zuckten. Dann hatte Max ihr aus der Schublade ein frisch gebügeltes Taschentuch geholt, das sie sich auf den Bauch legte. Aus irgendeinem Grund hatte das sie immer geheilt.
Sie hatten unter deutschen Steppdecken wie dieser hier geschlafen, nicht unter Laken und Wolldecken wie in England. Die Steppdecken hatten in Bezügen gesteckt, die an einem Ende zugeknöpft waren, und um ein längst vergessenes, eingebildetes Mißgeschick zu vermeiden, hatten sie vor dem Einschlafen immer gerufen: »Knöpfe nach unten.« Viel später, nach Papas Tod, hatte sie es Max gegenüber in dem Hamburger Hotel erwähnt, aber er hatte sich nicht daran erinnern können.
Damals waren sie zum letzten Mal alle zusammengewesen, sie und Max und Mama und Papa – auch wenn Papa tot war. Denn Papa hatte so viele Notizen und Botschaften hinterlassen, daß sie eine Zeitlang das Gefühl gehabt hatten, er sei noch bei ihnen.
»Ich habe ihm doch *gesagt,* das soll er nicht tun«, hatte Mama gesagt, so, als hätte Papa an einem regnerischen Tag ohne Überschuhe ausgehen wollen. Sie hatte nicht gewollt, daß Papa Abschiedsbriefe schrieb, denn sie wußte nicht, was geschehen würde, wenn es bekannt wurde. »Als ob das nicht nur ihn selbst etwas anginge«, sagte sie.
Sie hatte Papa eines Abends allein gelassen und hatte gewußt, daß er die Tabletten nehmen würde, die sie ihm gebracht hatte, und daß sie ihn nicht mehr lebend wiedersehen würde. Was hatten sie einander an diesem letzten Abend gesagt? Und Papa – was würde er zu dem sagen, was jetzt geschehen war? Er hatte so sehr gewünscht, daß Mama glücklich sein sollte.

»Du sollst keine Witwe sein«, hatte er in seinem letzten Brief an sie geschrieben. Und Max und ihr hatte er geschrieben: »Kümmert Euch um Mama.«
Ein Luftzug hob die Vorhänge, und ein Lichtschimmer fiel ins Zimmer. Die Vorhänge waren aus einem groben, schweren Stoff, und wenn sie sich bewegten, bildeten die Fäden des Gewebes fließende und sich verschiebende Muster aus winzigen Horizontalen und Vertikalen. Sie folgte ihnen mit den Augen, während vage, unzusammenhängende Bilder durch ihr Bewußtsein trieben: Papa in Paris, auf dem Balkon der engen möblierten Wohnung, in der sie zwei Jahre verbracht hatten. Papa sagt: »Man kann den Arc de Triomphe sehen, das Trocadero und den Eiffelturm!« Sie ist auf dem Heimweg von der Schule und begegnet Papa auf der Straße. War das in London? Nein, in Paris, in der Rue Lauriston, wo später, während des Krieges, die Deutschen ihr Gestapo-Hauptquartier hatten. Papas Lippen bewegen sich, ohne daß er sich der Vorübergehenden bewußt wäre, formen sie Worte und Sätze, und plötzlich sieht er sie und lächelt.
Die Pension in Bloomsbury an einem heißen, sonnigen Tag. Sie findet Mama und Papa auf dem Streifen Bleidach vor dem offenen Zimmerfenster, Papa auf einem steiflehnigen Stuhl, Mama auf einer alten Decke ausgestreckt. »Wir nehmen ein Sonnenbad«, sagte Papa mit seinem leisen ironischen Lächeln, aber vom Londoner Himmel trieben Rußflocken und schwärzten alles, was man anfaßte. »Man kann nicht einmal mehr sonnenbaden«, sagte Mama; Rußkörnchen hatten sich auf ihr und Papa niedergelassen, und ihre Kleider, ihre Hände und Gesichter waren mit schwarzen Punkten übersät. Sie vermischten sich mit den Mustern des Vorhangs, immer noch saßen Mama und Papa da, und die Rußflocken schwebten herab, und auch Anna schwebte, schwebte und fiel. »Das Wichtigste beim Schreiben«, sagte Richard, aber das Flugzeug landete mit solchem Lärm, daß sie nicht mehr hörte, was so wichtig war, und Papa kam ihr auf dem Landesteg entgegen. »Papa«, sagte sie laut und fand sich in dem fremden Bett wie-

der und wußte einen Augenblick lang nicht, ob sie geschlafen oder gewacht hatte.
Wie auch immer – sie konnte nur ganz kurz geschlafen haben, denn das Licht hatte sich nicht verändert. Es ist Sonntag nachmittag, dachte sie. Ich liege in einem fremden Zimmer in Berlin, und es ist Sonntag nachmittag.
Wieder teilte die Zugluft die Vorhänge, und kleine Lichtflecke tanzten über die Steppdecke, über die Wand und verschwanden wieder. Es mußte draußen noch sonnig sein. Sie stand auf, um nachzusehen.
Vor dem Fenster lag ein Garten mit Bäumen und Büschen, im langen Gras lag Herbstlaub. In der Nähe des schadhaften Holzzauns regte sich etwas, etwas leuchtend Gelbrotes sprang, hing an einem wild wippenden Zweig, beschrieb eine Spirale um den Stamm, saß oben und schaukelte im Wind. Ein rotes Eichhörnchen. Natürlich. In Deutschland gab es viele rote Eichhörnchen. Sie beobachtete, wie das Tierchen sich putzte, während der Wind das Schwanzhaar auseinanderblies.
Es war ihr überhaupt nicht mehr übel.
Papa hätte das schaukelnde Eichhörnchen gefallen. Er hatte nichts mehr von Richard erfahren oder davon, daß Max eine kleine Tochter hatte und daß die Welt sich nach Jahren des Schreckens und des Elends wieder in einen so erfreulichen Ort verwandelte.
Aber ich lebe, dachte sie plötzlich. Was auch immer geschieht, ich lebe noch.

*

Konrad holte sie um sechs Uhr ab. »Wir verbringen den Abend mit Freunden«, sagte er. »Ich hielt es für das beste. Sie hatten deine Mutter und mich zum Bridge eingeladen, sie erwarten mich also auf alle Fälle. Natürlich wissen sie nur, daß sie Lungenentzündung hat.«
Anna nickte.
Während sie durch die dämmrigen, baumreichen Straßen fuh-

ren, hatte sie wieder das Gefühl, daß alles ihr irgendwie vertraut war. Gelbe Lichter schimmerten durch die Bäume, die schwankende Schatten auf das Pflaster warfen.
»Dies ist das Grunewaldviertel«, sagte Konrad. »Hier habt ihr gewohnt. Erinnerst du dich noch?«
Sie erinnerte sich nicht an die Straßen, wohl aber an das Empfinden, das sie gehabt hatte, wenn sie früher durch sie ging. Sie erinnerte sich: Es war schon dunkel, und sie ging mit Max nach Hause. Während sie von einer Straßenlaterne zur anderen sprangen und schlitterten, versuchte jeder, auf den Schatten des anderen zu treten. Sie dachte: Das ist das beste Spiel, das wir uns je ausgedacht haben. Wir werden es immer, immer, immer spielen . . .
»Es hat kaum unter den Bomben gelitten«, sagte Konrad. »Vielleicht hättest du Lust, dich morgen in der Umgebung deines alten Zuhauses umzusehen.«
Sie nickte.
Eine Reihe von Läden, unerwartet hell erleuchtet, warfen rechteckige Lichtflecken auf den Bürgersteig. *Apotheke. Papiergeschäft. Blumenladen* stand in Leuchtschrift über einem Schaufenster, und während sie das deutsche Wort las, hatte sie das Gefühl, plötzlich sehr nahe am Boden zu sein, umgeben von großen Blättern und überwältigenden Düften. Riesige, leuchtende Blumen nickten und schwankten über ihr auf Stengeln, so dick wie ihr Handgelenk, sie klammerte sich an eine riesige Hand an einem riesigen Arm, der sich in den Dschungel über ihrem Kopf erstreckte. *Blumenladen,* dachte sie zögernd. *Blumenladen.* Dann verschwand der Laden in der Dunkelheit, und sie saß wieder ein wenig benommen neben Konrad im Auto.
»Wir sind fast da«, sagte er auf englisch, und nach einer Weile nickte sie wieder.
Er bog in eine Seitenstraße ein, fuhr durch eine Gruppe von Bäumen hindurch und hielt vor einem Holzhaus, einem aus einer Gruppe gleicher Häuser, die ziemlich nah beieinander standen, durch dürftige Rasenstücke getrennt.

»Amerikanische Behelfswohnungen«, sagte er. »Die Goldblatts sind eben erst hier eingezogen.«
Sie stiegen eine Treppe hinauf, und als Hildy Goldblatt die Tür öffnete, war es Anna, als sei sie wieder während des Krieges in England, denn mit dem gekräuselten Haar, den sorgenvollen dunklen Augen, der Stimme, die klang, als ob jemand darauf gesessen hätte, kam Hildy ihr wie der Inbegriff aller Emigranten vor, die sie je kennengelernt hatte.
»Da ist sie ja«, rief Hildy und breitete die Arme aus. »All the way from London, um ihre kranke Mama zu besuchen. Und wie geht es ihr heute?«
Konrad antwortete hastig, daß Mamas Lungenentzündung sich ein wenig gebessert habe – dies stimmte, er hatte vor dem Weggehen das Krankenhaus angerufen –, und Hildy nickte. ». . . wird schon wieder werden.«
Ihr Mann, mager, klein und grauhaarig, war neben ihr in der Diele erschienen. »Heutzutage ist Lungenentzündung nicht schlimm. Ganz anders als früher.«
»Früher – na ja.« Sie hoben die Hände und die Augenbrauen und lächelten einander an, erinnerten sich nicht nur an die Gefährlichkeit von Lungenentzündung, sondern auch an all die anderen Fährnisse, die sie in der Vergangenheit überstanden hatten. »Heutzutage ist alles anders«, sagte sie.
Während Hildy sie zu einem üppig gedeckten Tisch führte (»Let's eat«, sagte sie, »dann haben wir's hinter uns.«), wunderte Anna sich, daß die Goldblatts in all den Jahren in England und auch jetzt, wo sie bei den Amerikanern in Deutschland arbeiteten, sich nie entschieden hatten, ob sie eigentlich englisch oder deutsch sprechen wollten. Aber die Mischung kam ihr liebenswert vertraut vor, und sie hätte auch die Mahlzeit, die Hildy auftischte, fast in jeder Einzelheit voraussagen können. Im London der Kriegszeit wäre es eine Knödelsuppe gewesen, gefolgt von Apfelkuchen. In Berlin, wo man Zugang zum Laden der amerikanischen Truppe hatte, gab es zusätzlich einen Gang, der aus Steak und Bratkartoffeln bestand.

Während Hildy ihr den Teller vollud, glitt die Konversation zwischen den beiden Sprachen hin und her, und es hatte, wie sie fand, etwas Beruhigendes. Erwin Goldblatt arbeitete mit Konrad zusammen bei der JRSO, der Wiedergutmachungsbehörde, wo sie die Ansprüche der Millionen Juden bearbeiteten, die unter den Nazis ihre Familien, ihre Gesundheit und ihren Besitz verloren hatten. »Natürlich kann man sie nicht wirklich entschädigen«, sagte Erwin. »Nicht mit Geld.« Und Konrad sagte: »Man tut, was man kann.« Sie sprachen von der Arbeit, von den alten Zeiten in London (»Ich kann euch sagen, Finchley im Jahre 1940, das waren keine Sommerferien!«), von Kollegen in Nürnberg, wo sie sich alle kennengelernt hatten.

»Und Ihr Bruder?« fragte Hildy. »Was macht er? Er ist in Griechenland, wie Ihre Mutter sagte.«

»Er hat einen wichtigen Fall, er vertritt einen griechischen Reeder«, sagte Anna. »Er mußte wegen einer Besprechung hinfahren, und der Reeder hat ihm anschließend für sich und seine Familie ein Ferienhaus zur Verfügung gestellt. Leider ist es auch noch von Athen weit weg auf einer kleinen Insel. Er wird bestimmt einige Zeit brauchen, um herzukommen.«

Hildy machte ein überraschtes Gesicht. »Der Max kommt auch. Ist es denn so ernst?«

Ich hätte das nicht sagen sollen, dachte Anna.

Konrad kam ihr zu Hilfe. »Lungenentzündung ist kein Spaß, auch heutzutage nicht, Hildy. Ich fand es besser, ihn zu verständigen.«

»Ja, ja.« Aber sie hatte etwas erraten. Ihre klugen Augen suchten kurz die ihres Mannes, dann wandten sie sich wieder Konrad zu. »Such a lot of worries«, sagte sie vage.

»Ach, always worries.« Konrad seufzte und bot Anna Kuchen an. »Aber dieser junge Mann«, sagte er, und sein Gesicht erhellte sich, »seit kurzem erst Anwalt, und schon stellen ihm Reeder ihre Landhäuser zur Verfügung. Er macht Karriere!«

»Du weißt doch, wie sie über ihn spricht«, rief Hildy. »The wonder boy. Er bekam ein Stipendium für Cambridge.«

»Und danach ein Stipendium für sein Jurastudium«, sagte Anna.
Hildy tätschelte ihr die Hand. »Da sehen Sie«, sagte sie. »Es wird alles wieder gut. Ganz gleich, wie krank sie ist, wenn die Mutter ihren Sohn sieht, steht sie aus ihrem Bett auf und wandelt.«
Alle lachten. Und sie hat ganz recht, dachte Anna. Mama würde für Max alles tun. Etwas in ihr dachte gleichzeitig: Was in Gottes Namen tue ich denn hier? Aber sie unterdrückte diesen Gedanken schnell wieder.
Hildy ging in die Küche und kam gleich darauf mit der Kaffeekanne zurück. »Das Mädele sieht müde aus«, sagte sie, während sie Anna eine Tasse reichte. »Was können wir für Sie tun?«
Erwin sagte: »A drink«, aber Hildy schüttelte den Kopf. »Einen Drink gibt es hinterher. Für jetzt weiß ich was Besseres.«
Sie winkte, und Anna verließ hinter ihr das Zimmer. Sie fühlte, daß sie nahe daran war, die Fassung zu verlieren. Ich will keinen Drink, dachte sie, und keinen Kaffee und Kuchen mehr. Ich will einfach nach Hause. Sie stand jetzt neben Hildy in der Diele. Diese war leer bis auf ein kleines Tischchen mit einem Telefon darauf. Hildy wies auf den Apparat.
»Wollen Sie nicht Ihren Mann mal anrufen?« fragte sie.
»Meinen Sie?« sagte Anna. Sie fühlte, wie ihr Tränen in die Augen stiegen, und dachte, ich mache mich lächerlich.
»Aber natürlich.«
»Nun, wenn Sie meinen.« Sie blinzelte, um die Tränen zurückzudrängen. »Ich weiß nicht, was mit mir ist – ich fühle mich so . . .« Sie wußte selber nicht, was es war.
Hildy klopfte auf das Telefon.
»Rufen Sie ihn an«, sagte sie und ließ Anna allein.
Als sie ins Wohnzimmer zurückkam, tranken alle Cognac.
»Seht sie euch an«, rief Erwin. »Sie sieht schon ganz anders aus.«
Konrad tätschelte ihr die Schulter. »Alles in Ordnung?«
»Ja.« Allein Richards Stimme zu hören, hatte ihr geholfen.

Um Hildys Telefonrechnung zu schonen, hatten sie nur ganz kurz miteinander gesprochen. Sie hatte ihm erzählt, daß sie Mama gesehen habe – aber nichts über Konrad, der ja im Zimmer nebenan saß –, und er hatte berichtet, daß er versuche, mit dem Drehbuch weiterzukommen, und daß er zu Mittag das kalte Lammfleisch gegessen hatte.

Es war eine Rückverbindung mit einem wesentlichen Teil ihres Selbst gewesen, eine Verbindung, die sich sonst auf gefährliche Weise hätte lockern können. Mittendrin hatte sie plötzlich gefragt: »Spreche ich mit deutschem Akzent?« Er hatte beruhigend gelacht und gesagt: »Natürlich nicht.«

»Entschuldigen Sie«, sagte sie. »Es ist alles ein wenig verwirrend.«

Sie gaben ihr Cognac, den sie trank, und plötzlich wurde der Abend ganz heiter. Erwin erzählte alte Emigrantenwitze, die Anna seit ihrer Kindheit kannte, aber die sie jetzt aus irgendeinem Grund belustigten. Sie sah, daß auch Konrad sich zurücklehnte und lachte.

»Ach, the worries we've had, the worries we've had.« Hildy hatte noch einen Kuchen gebracht, diesmal einen Schokoladenkuchen, und drängte ihre Gäste, zuzugreifen. »Und am Ende ist doch alles wieder gut geworden, und man denkt sich: Ich hab so viel ge-worried – besser wär's gewesen, ich hätte in der Zeit noch eine Sprache gelernt.«

Alle lachten bei dem Gedanken, daß sich Hildy zu ihrem Flüchtlingsenglisch noch an einer anderen Sprache versucht hätte, und sie tat so, als wollte sie ihnen den Kuchen an den Kopf werfen.

»Ihr könnt lachen«, sagte sie, »aber es stimmt doch. Das meiste kommt doch zu einem guten Ende.« Sie warf Erwin einen Blick zu. »Nicht alles, natürlich. Aber das meiste.«

Erwin sah sie liebevoll an. »Nu, was wollt ihr«, sagte er, »wenigstens ist es besser als früher.«

Als Anna wieder in ihrem Hotelzimmmer war, hatte sie beinahe ein schlechtes Gewissen, weil sie den Abend so genossen hatte. Aber was hätte ich sonst tun sollen, dachte sie. Sie

lag im Dunkeln unter ihrer deutschen Steppdecke und hörte im Garten eine Katze schreien. In der Ferne ratterte und rumpelte ein Zug über eine Weiche.
Plötzlich fiel ihr ein, daß sie auch als kleines Mädchen so im Bett gelegen und fernen Zügen gelauscht hatte. Wahrscheinlich ist es dieselbe Strecke, dachte sie. Manchmal, wenn sie wach gelegen hatte, während alle anderen schliefen, hatte das Rattern der Güterzüge, die endlos durch die Nacht rollten, sie getröstet. Nachdem Hitler gekommen war, hatten Güterzüge eine ganz andere Fracht zu ganz anderen Bestimmungsorten gebracht. Sie fragte sich, ob andere deutsche Kinder trotzdem durch das Rattern in der Nacht getröstet worden waren, da sie ja nicht wußten, was die Züge enthielten. Sie fragte sich, was später mit den Zügen geschehen war, ob sie immer noch in Gebrauch waren.
Die Katze schrie, und der Wind trug das Rumpeln eines zweiten Zuges zu ihr. Vielleicht geht es Mama morgen besser, dachte sie und schlief ein.

Montag

Als sie am Morgen aufwachte, goß es. Noch bevor sie die Augen in das graue Licht des Raumes öffnete, hörte sie den Regen gegen die Scheibe trommeln und über die Dachrinne platschen. Im Garten war fast alles Laub von den Bäumen gewaschen worden, und sie hoffte, daß die Katze einen Unterschlupf gefunden hatte.
Während sie über verschlissene Läufer und vorbei an verblichenen Tapeten nach unten ging, bemerkte sie zum ersten Mal, daß dies kein richtiges Hotel war, sondern ein notdürftig umgebautes Privathaus. Es schienen nur wenige Gäste dazusein, denn der Frühstücksraum war leer bis auf einen älteren Mann, der bei ihrem Eintritt aufstand und ging. Sie setzte sich an den einzigen Tisch, an dem noch gedeckt war, und sofort erschien eine kleine krummbeinige Frau, an die sie sich vom Vortag her erinnerte, mit einem Tablett.
»Jut jeschlafen?« fragte sie in einem breiten Berlinerisch. »Sie sehen heute besser aus. Als ich Sie gestern sah, dachte ich, die ist fix und fertig.«
»Es geht mir jetzt gut, danke«, sagte Anna. Wie gewöhnlich, betonte sie ihren englischen Akzent und sprach zögernder als nötig. Sie wollte auf jeden Fall verhindern, daß man sie für eine Deutsche hielt.
»Ich bringe Ihnen Ihr Frühstück.«
Die Frau war in mittlerem Alter, ihr helles Haar war so farblos, man konnte es für blond oder für grau halten. Sie hatte sehr helle, scharfe Augen. Während sie auf ihren kurzen Beinen herumwieselte, redete sie ununterbrochen.
»Der Herr hat angerufen; er kommt Sie gegen neun abholen. Es ist schrecklich naß draußen. Es regnet Strippen, so nennen

wir das in Berlin, denn es sieht aus wie lange Schnüre, nicht wahr? Ich hab richtige Angst, nach draußen zu gehen, aber ich muß ja einkaufen, es ist sonst niemand da.«
Während sie redete, brachte sie Anna eine kleine Blechkanne mit Tee, Butter, Marmelade und Brötchen.
»Danke«, sagte Anna und goß sich Tee ein.
»Ich gebe kein Abendessen, aber wenn Sie wünschen, könnte ich Ihnen immer mal ein Ei kochen, oder Sie können Hering haben oder etwas Blumenkohl.«
Anna nickte und lächelte kurz, und die Frau, beeindruckt von soviel englischer Reserviertheit, zog sich zurück.
Sie blickte auf ihre Uhr. Es war erst kurz nach halb neun, sie hatte reichlich Zeit. Wie mochte es Mama gehen? Wahrscheinlich unverändert, sonst hätte Konrad, als er anrief, darauf bestanden, sie zu sprechen. Sie schmierte sich ein Brötchen und nahm einen Bissen. Es schmeckte fast genau wie in ihrer Kindheit.
»Es sind noch mehr Brötchen da, wenn Sie möchten«, sagte die Frau, die den Kopf durch die Küchtentür gesteckt hatte.
»Nein, danke«, sagte Anna.
Als sie klein war, hatte es zum Frühstück für jeden immer nur ein Brötchen gegeben. »Wenn ihr noch Hunger habt, könnt ihr Brot essen«, hatte Heimpi, die Haushälterin, immer gesagt, während Anna und Max vor der Schule ihr Brötchen verschlangen. Anna war von der Unumstößlichkeit dieser Regel so überzeugt, daß sie einmal, als sie über die Existenz Gottes grübelte und dabei sehr hungrig wurde, ein Wunder herausforderte.
»Wenn sie mir ein zweites Brötchen geben«, hatte sie zu ihm gesagt, »dann werde ich wissen, daß du existierst.« Und ehrfürchtiges Erstaunen überkam sie, als Heimpi ihr tatsächlich eines hinhielt.
Es war ein schlechter Handel gewesen, wie sie fand, denn monatelang hatte sie der Gedanke bedrückt, daß sie als einzige in einer Familie von Agnostikern einen Beweis für die Existenz Gottes hatte. Zuerst hatte sie es spannend gefunden, wenn sie

da stand und mit Mama und Papa plauderte und gleichzeitig die Hände auf dem Rücken zum Gebet gefaltet hielt und dachte: die haben ja keine Ahnung, was ich jetzt tue. Aber schließlich war es zu einer solchen Bedrückung geworden, daß Mama sie gefragt hatte, ob sie Sorgen habe. Sie erinnerte sich noch, wie sie Mama angesehen hatte, die im Sonnenlicht stand, das durch das Wohnzimmerfenster schien, wie sie überlegt hatte, was sie ihr antworten könnte.
In jenen Tagen beschäftigten sie recht unterschiedliche Dinge: Sie machte sich Sorgen über Gott wie auch über ein Heft Tombola-Lose, deren Verkauf sie leichtsinnigerweise in der Schule übernommen hatte und die sich nicht an den Mann bringen ließen. Sollte sie Mama das von den Losen oder von Gott sagen? Sie hatte prüfend Mamas Gesicht betrachtet – die Direktheit der blauen Augen, die kindliche Stupsnase und der energische, unkomplizierte Zug um den Mund –, dann hatte sie sich entschieden. Sie hatte ihr das von den Tombola-Losen erzählt.
Während sie da saß und in dem schäbigen Frühstücksraum ihr Brötchen aß, wünschte sie, sie hätte ihr damals lieber von Gott erzählt. Wenn es Papa gewesen wäre, hätte sie es getan.
»Ich gehe jetzt«, sagte die Frau. Sie hatte einen langen unförmigen Mantel angezogen, der ihre Beine versteckte. Auf dem Kopf hatte sie einen Hut mit einem schadhaften Schleier.
»Auf Wiedersehn«, sagte sie.
»Auf Wiedersehn«, sagte Anna.
Einen Augenblick lang sah sie Mama mit Hut und Schleier vor sich. Der Schleier war blau, er reichte bis an Mamas Nasenspitze, und er war zerknittert, denn Mama weinte. Wo in aller Welt war das gewesen? Sie konnte sich nicht erinnern.

Konrad traf pünktlich ein. Er schüttelte Regentropfen von Hut und Mantel.
»Die Lungenentzündung deiner Mutter hat sich etwas gebessert«, sagte er. »Sonst ist ihr Zustand unverändert. Aber es ist mir gelungen, den Arzt ans Telefon zu bekommen; er sagte

mir, daß sie es jetzt mit einer anderen Behandlung versuchen.«
»Ach so.« Sie wußte nicht, ob das gut oder schlecht war.
»Jedenfalls wird er im Krankenhaus sein, du kannst also selber mit ihm sprechen. Oh, und Max hat aus Athen angerufen. Er hofft, heute nachmittag ein Flugzeug nach Paris zu bekommen, dann könnte er heute abend oder morgen hier sein.«
»O gut.« Der Gedanke an Max heiterte sie auf.
»Natürlich weiß er nur von der Lungenentzündung.«
»Nicht von den Schlaftabletten?«
»Er hat nicht danach gefragt, so habe ich nichts gesagt«, sagte Konrad steif.

*

Während sie durch den strömenden Regen fuhren, fiel es ihr wieder auf, wie erschöpft er aussah. Unter seinen Augen lagen dunkle Schatten, und nicht nur sein Gesicht, auch sein mächtiger Körper wirkte eingesunken. Natürlich macht er das alles schon viel länger mit als ich, dachte sie. Aber als sie sich dem Krankenhaus näherten, zog sich ihr beim Gedanken an Mama wieder der Magen zusammen, und sie fühlte Zorn in sich aufsteigen. Wenn Konrad kein Verhältnis mit dieser elenden Stenotypistin angefangen hätte, wäre das alles nicht passiert.
Anders als am Tag zuvor war die Eingangshalle voller Geschäftigkeit. Schwestern eilten hin und her, das Telefon klingelte ohne Unterbrechung, ein Mann in triefendem Regenmantel stand geduldig am Empfangspult, und gleich hinter ihnen wurde eine alte Dame im Rollstuhl, beschützt von mehreren schwarzen Regenschirmen, durch die Tür manövriert. Natürlich, dachte sie, heute ist Montag. Gestern hatte gewiß der größere Teil des Personals seinen freien Tag.
Die Schwester hinter dem Pult meldete ihre Ankunft telefonisch nach oben, und wenige Minuten später kam ein schlanker kleiner Mann mit beginnender Glatze und in weißem

Mantel auf sie zugeeilt. Er stellte sich mit einer leichten Verbeugung und einem leisen Zusammenschlagen der Hacken als Mamas Arzt vor und stürzte sich gleich in eine Analyse von Mamas Zustand.
»Also«, sagte er, »die Lungenentzündung macht mir nicht mehr allzuviel Sorgen. Wir haben sie mit Antibiotika vollgepumpt, und sie hat gut darauf reagiert. Aber das hilft uns nicht viel, wenn wir sie nicht aus dem Koma holen können. Damit haben wir noch gar keine Fortschritte gemacht. Wir haben ihr jetzt starke Anregungsmittel gegeben und hoffen, daß das hilft. Sie werden finden, daß sie sehr unruhig ist.«
»Unruhig?« sagte Anna. Das hörte sich so an, als gehe es ihr besser.
Er schüttelte den Kopf. »Leider bedeutet die Unruhe nicht, daß es ihr bessergeht. Es ist nur eine Reaktion auf die Medikamente. Aber wir hoffen, daß es schließlich doch zu einer Besserung führt.«
»Ich verstehe«, sagte sie. »Was . . .?« Sie wußte plötzlich nicht mehr, wie sie es auf deutsch ausdrücken sollte. »Was glauben Sie, wird geschehen?«
Er breitete die Hände aus und streckte sie ihr entgegen. »Fifty-fifty«, sagte er auf englisch. »Sie verstehen? Wenn sie aus dem Koma auftaucht – dann ist es kein Problem. Dann ist sie in ein paar Tagen gesund. Wenn nicht . . .« Er zuckte die Schultern. »Wir tun, was wir können«, sagte er.
Als sie Mama sah, glaubte sie trotz allem, was der Arzt gesagt hatte, es müsse ihr bessergehen. Als sie den Flur betrat, an dessen anderem Ende Mamas Bett hinter einem umfangreichen Apparat halb verborgen stand, sah sie, wie die Bettdecke sich bewegte, so, als zerre Mama daran. Aber neben dem Bett stand eine Schwester, die irgend etwas mit Mamas Arm machte, und als sie näher kam, sah sie, daß der Arm mit einer Bandage auf einer Schiene befestigt war, wahrscheinlich, damit Mama die Kanüle, die von einer über dem Bett hängenden Flasche in den Arm führte, nicht herausreißen konnte.
So, nur an dem einen Arm gefesselt, warf Mama sich heftig

im Bett hin und her, und jedesmal kam ein merkwürdiger, dunkler Ton aus ihrer Brust, so, als strömte Luft aus einem Akkordeon. Sie hatte kein Rohr mehr im Mund, aber ihre Augen waren immer noch fest geschlossen, und das Gesicht hatte einen gequälten Ausdruck, so, als wäre sie in einem Alptraum gefangen, aus dem sie sich zu befreien versuchte.
»Mama«, sagte Anna und berührte sanft ihr Gesicht, aber Mama warf sich ihr mit einem plötzlichen Ruck entgegen, so daß ihr Kopf beinahe gegen Annas Kinn geschlagen wäre, und Anna wich entsetzt zurück. Sie blickte trostsuchend zu Konrad, aber der starrte ausdruckslos auf das Bett hinunter.
»Es sind die Medikamente«, sagte die Schwester. »Die Stimulantien, die als Gegenmittel gegen die Barbiturate wirken sollen, die sie genommen hat. Sie rufen eine heftige Reaktion hervor.«
Mama warf sich auf die andere Seite, deckte sich dabei auf, und ein Teil ihres rosa Nachthemdes wurde sichtbar. Anna deckte sie wieder zu.
»Können Sie ihr denn nichts geben?« fragte sie die Schwester. »Sie sieht so – sie muß sich schrecklich fühlen.«
»Sie meinen, ein Beruhigungsmittel?« sagte die Schwester. »Aber davon hat sie ja schon zuviel. Darum ist sie ja hier.«
Mama bewegte sich wieder und atmete keuchend aus.
»So, fertig«, sagte die Schwester und tätschelte, nachdem sie die Kanüle eingeführt hatte, den bandagierten Arm. »Sie müssen daran denken, daß Ihre Mutter nicht bei Bewußtsein ist«, sagte sie nicht unfreundlich. »Sie merkt nichts von dem, was mit ihr geschieht.«
Sie nickte Konrad zu und ging.
Anna betrachtete Mama und versuchte zu glauben, was die Schwester gesagt hatte, aber Mama sah nicht so aus, als merkte sie nicht, was geschah. Wenn auch ihre Augen geschlossen waren, so sah sie doch so aus wie so oft in der Vergangenheit, als wäre sie über irgend etwas wütend. Über den Tod oder darüber, daß man sie am Leben hielt? Wer konnte das wissen.

Sie hatte gehofft, Konrad werde auch versuchen, Mama anzusprechen, aber er stand nur da, auf seinen Stock gestützt, mit verschlossener Miene.
Plötzlich bäumte sich Mama mit aller Gewalt auf, sie stieß mit den Beinen die Bettdecken beiseite und fiel dann mit ihrem seltsamen Stöhnen zurück. Ihr rosa Nachthemd, das sie, wie Anna sich erinnerte, bei ihrem letzten Besuch in London gekauft hatte, war bis unter die Brust hochgerutscht, und so lag sie, peinlich entblößt, auf den zerwühlten Laken.
Anna sprang hinzu, zog mit der einen Hand das Nachthemd herunter, während sie mit der anderen versuchte, sie wieder zuzudecken. Die Schwester, die von irgendwoher aufgetaucht war, half ihr.
»Sehen Sie sich diese Beine an«, sagte sie und klopfte auf Mamas Schenkel, als gehöre er ihr. »Eine wundervolle Haut für ihr Alter.« Anna war sprachlos.
Einmal, es war in der Pension in Putney, war Mama ganz außer sich in ihr gemeinsames Schlafzimmer gestürzt. Wie sich herausstellte, hatte sie im Aufenthaltsraum gesessen und ihre Beine auf das spärliche Feuer zu ausgestreckt, um sich ein wenig zu wärmen, und ein ekliger alter Kerl, der ihr gegenüber saß, hatte plötzlich auf seine Nabelgegend gezeigt und gesagt: »Ich kann bis da oben hin gucken.« Mama hatte sich ganz besonders aufgeregt, weil der alte Mann einer der wenigen englischen Hausgenossen war, was sie viel schlimmer fand, als wenn er nur ein Emigrant gewesen wäre. »Es war entsetzlich«, hatte sie ausgerufen, hatte sich auf ihr Bett fallen lassen und war in Tränen ausgebrochen. Anna war wütend auf den alten Mann gewesen, aber während sie Mama in einer Art wilder Zuneigung tröstete, hatte sie ganz verzweifelt gewünscht, daß Mama sich mit geschlossenen Knien hingesetzt hätte, wie alle anderen; dann hätte das nicht passieren können.
Jetzt, da Mama sich in ihrem Bett hin und her warf und alle dastanden und auf sie hinunterschauten, hatte sie wieder dieses Gefühl, das aus rasendem Zorn und Mitleid gemischt war.

Sie versuchte, das Bettuch festzustecken, aber Mama riß es gleich wieder los.
»Ich glaube, im Augenblick hat es keinen Sinn, daß Sie hierbleiben«, sagte die Schwester. »Kommen Sie heute nachmittag zurück, dann wird sie ruhiger sein.«
Konrad nahm ihren Arm, um sie wegzuführen. Sie riß sich los, aber dann sah sie ein, daß die Schwester recht hatte, und folgte ihm. Das letzte, was sie von Mama sah, war ihr Gesicht, die geschlossenen Augen, der Mund, der einen wortlosen Schrei ausstieß. Es hob sich für einen Augenblick über den verhüllten Apparat und fiel dann wieder zurück.

*

Die Eingangshalle war voller Menschen in nassen Mänteln, und bei dem Geruch wurde ihr wieder übel. Es goß immer noch in Strömen: man sah das Wasser an den Scheiben hinunterfließen. Konrad blieb am Eingang stehen, wo auch eine kleine dicke Frau auf ein Nachlassen des Regens wartete.
»Es tut mir so leid«, sagte er, »aber ich muß in mein Büro.« Seine Stimme war heiser, wie eingerostet, und ihr fiel ein, daß er seit ihrer Ankunft im Krankenhaus kaum ein Wort gesprochen hatte. »Heute morgen ist eine Sitzung, und man würde es sehr merkwürdig finden, wenn ich nicht auftauchte.«
»Das macht nichts, ich kann schon auf mich aufpassen.«
»Was redest du da. Ich lasse dich doch nicht im Regen stehen. Was meinst du, was deine Mutter dazu sagen würde?«
Die kleine dicke Frau stürzte sich in den Regen hinaus, während sie gleichzeitig ihren Schirm mit einem Ruck öffnete, und verschwand die Stufen hinunter. Ein frischer, feuchter Luftzug traf Anna, bevor sich die Tür wieder schloß, und sie sog ihn dankbar ein.
»Ich habe mir gedacht, du könntest den Vormittag allein irgendwo verbringen, und wir treffen uns zum Essen wieder. Es gibt eine kleine Ausstellung hier zu Ehren deines Vaters – deine Mutter muß dir darüber geschrieben haben.«

»Ach ja?« Sie hatte keine Lust, eine Ausstellung zu besuchen, am allerwenigsten eine, die sie an Papa erinnerte.
Er sah sie an: »Es hat dich mitgenommen.«
»Ich würde am liebsten ins Hotel zurückgehen. Vielleicht, wenn Max morgen da ist.«
»Natürlich.« Er schaute auf die Uhr. »Ich bringe dich im Wagen hin.«
Ihr Mantel war nicht besonders wasserdicht, schon auf dem kurzen Weg zum Auto wurde sie durchnäßt. Er blickte wieder auf die Uhr, während sie dasaß und das Polster feucht wurde.
»In diesem Hotel wirst du deine Sachen nicht trocknen können. Die Frau dreht die Heizung wahrscheinlich tagsüber herunter. Es ist ein miserables Haus, aber ich konnte nichts Besseres finden. Alles ist überfüllt.«
Sie schüttelte den Kopf. »Es macht mir wirklich nichts aus.«
»Aber ich kann keine zwei Kranken brauchen.« Er startete den Wagen. »Ich bringe dich in meine Wohnung. Da ist es wenigstens warm.«
Der strömende Regen behinderte trotz der Scheibenwischer die Sicht, sein Trommeln auf dem Wagendach übertönte das Motorengeräusch. Ab und zu gelang ihr ein Blick auf überschwemmte Bürgersteige, tropfende Markisen, gebeugte Gestalten, die unter naß glänzenden Schirmen dahineilten. Konrad saß da, nach vorn gebeugt, und versuchte, die Fahrbahn zu erkennen.
»Wann hast du denn deine Sitzung?« fragte sie.
Er warf einen Blick auf die Uhr. »Hat vor fünf Minuten angefangen. Sie müssen eben warten.«
Seine Wohnung lag in einer Seitenstraße wie die der Goldblatts, und als das Auto vor dem Haus hielt, schoß Wasser aus der Pfütze, die sich in der Gosse gebildet hatte, über den Bordstein und über die Füße eines alten Herrn, der etwas schrie und drohend seinen Schirm schüttelte. Konrad bestand darauf, ihr die Tür aufzuhalten; das Wasser lief ihm dabei von der Hutkrempe. Endlich konnten sie sich über den Bürgersteig ins Trockene retten.

»Jetzt komme ich zurecht«, sagte sie, sobald er sie in die kleine Diele hatte treten lassen, aber er blieb, suchte einen Bügel für ihren Mantel, sagte ihr, sie solle sich Kaffee machen, sah nach, ob die Heizkörper aufgedreht waren.
»Also bis zum Mittagessen«, sagte er, blieb dann aber zögernd in der Tür stehen. »Übrigens«, sagte er, »du wirst sehen, daß ein paar weibliche Utensilien herumliegen. Sie gehören natürlich alle deiner Mutter.«
»Natürlich«, sagte sie überrascht. Sie wäre gar nicht auf den Gedanken gekommen, es könnte anders sein.
»Nun ja.« Er winkte verlegen. »Bis später.«
Als sich die Tür hinter ihm geschlossen hatte, blieb sie in der dunklen Diele stehen und überlegte, was sie tun solle. Dann fühlte sie, wie es ihr feucht den Nacken hinunterlief, und ging in das Badezimmer, um sich das Haar trockenzureiben.
Wie in der Wohnung der Goldblatts war hier alles neu und modern. Es gab eine Dusche, einen großen Spiegel und eine geblümte Badematte. Auf dem Bord über dem Waschbecken standen zwei blaue Zahngläser, in jedem eine Zahnbürste. Die eine mußte Mama gehören.
Konrad hatte Nescafé und Kekse in der Küche für sie hingestellt, und sie goß gerade heißes Wasser in eine Tasse, als sie vom Läuten des Telefons aufgeschreckt wurde. Zuerst fiel ihr nicht ein, wo das Telefon stand. Dann fand sie es in einer Ecke des Wohnzimmers. Sie lief hin, nahm den Hörer auf und stellte fest, daß sie den Mund voller Kekse hatte. Während sie sich bemühte, sie schnell hinunterzuschlucken, hörte sie am anderen Ende eine deutsche Stimme mit wachsender Dringlichkeit sagen: »Konrad? Konrad, ist alles in Ordnung? Ist alles in Ordnung, Konrad?«
»Hallo«, sagte sie mit vollem Mund.
»Hallo.« Die Stimme – eine Frauenstimme – klang überrascht.
»Wer ist denn da, bitte?«
Anna erklärte es.
»Oh, ich verstehe.« Die Stimme wurde jetzt sehr nüchtern.

»Hier spricht die Sekretärin von Dr. Rabin. Könnten Sie mir sagen, wann Dr. Rabin seine Wohnung verlassen hat? Er sollte zu einer Sitzung hiersein, und man wartet auf ihn.«
Anna sagte es ihr.
»Oh, vielen Dank. Dann wird er bald hiersein.« Eine kleine Pause entstand, dann sagte die Stimme: »Es tut mir leid, Sie gestört zu haben, aber bitte verstehen Sie, seine Kollegen haben sich schon Sorgen gemacht.«
»Natürlich«, sagte Anna, dann wurde der Hörer aufgelegt.
Sie ging wieder zu ihrem Kaffee in die Küche und trank ihn langsam aus. Das muß sie gewesen sein, dachte sie. Das Mädchen im Büro. Die Stimme hatte sich jung angehört. Irgendwie war es Anna nicht in den Sinn gekommen, das Mädchen könnte noch im Büro sein und für Konrad arbeiten. Das machte alles noch ungewisser. Die arme Mama, dachte sie. Aber ein anderer Teil ihres Bewußtseins prüfte die Situation ganz kühl, als wäre es eine Romanhandlung, und dachte ärgerlich: wie kitschig.
Als sie ihren Kaffee getrunken hatte, ging sie in der Wohnung umher. Sie war aufgeräumt, gut eingerichtet und unpersönlich. Die Vorhänge im Wohnzimmer waren fast die gleichen wie die bei den Goldblatts – offensichtlich stammte alles aus amerikanischen Armeebeständen. Es war ein Bücherbord da mit ein paar Taschenbüchern, fast alles Kriminalromane, und ein Schreibtisch mit dem gerahmten Foto einer Frau in mittleren Jahren mit zwei Mädchen in den Zwanzigern – wohl seine Frau und seine Töchter. Die Frau trug ein geblümtes Kleid, das selbstgeschneidert wirkte. Ihr Haar war glatt zurückgestrichen und in einen Knoten gefaßt und ihr Ausdruck war vernünftig und ein wenig selbstzufrieden. Eine richtige deutsche Hausfrau, dachte Anna.
Das Schlafzimmer war nicht ganz so ordentlich wie das Wohnzimmer. Konrad mußte sich beim Aufstehen verspätet haben. Die Tür des Kleiderschranks stand halb offen, und Anna konnte darin ein Kleid von Mama zwischen seinen Anzügen sehen. Ihr hellblauer Morgenmantel hing neben sei-

nem an der Tür, und ihre Haarbürste lag auf seinem Frisiertisch. Daneben, in einer Schlinge der Schnur seines Elektrorasierers, stand eine kleine Glasschale, darin Mamas Kette, eine Sicherheitsnadel und ein halbes Dutzend Haarklemmen.
Sie nahm die Kette in die Hand und ließ die Perlen durch ihre Finger laufen. Sie waren aus irisierendem blauen Glas. Mama liebte die Kette und trug sie ständig. Dann dachte sie plötzlich, aber sie benutzt keine Haarklemmen. Mamas Haar war kurz und lockig. Zu kurz, um es feststecken zu müssen. Aber vielleicht hatte sie das Haar nach der Wäsche gelegt und festgesteckt. Das muß es sein, dachte sie. Daß sie Mama nie dabei beobachtet hatte, bedeutete nicht, daß es nie geschah. Die Haarklemmen mußten ihr gehören.
Trotzdem – als sie ins Wohnzimmer zurückging, fühlte sie sich plötzlich sehr einsam. Was wußte sie eigentlich über Konrad? Er hatte, so nahm sie an, wegen Mama seine Frau verlassen. Könnte er dann nicht auch jetzt Mama um einer anderen Frau willen verlassen? Und was würde Mama dann tun, selbst wenn sie wieder gesund wurde? Sie verließ sich so sehr auf ihn, nicht nur auf seine Liebe, auch auf seine Fürsorge. Nachdem sie jahrelang versucht hatte, mit den praktischen Problemen einer Familie fertig zu werden (und obgleich Mama praktischer war als Papa, war sie doch, so fand Anna, viel unpraktischer als die meisten Leute), war es ihr wie ein Wunder vorgekommen, daß Konrad bereit war, sich um sie zu kümmern.
»Er ist so gut zu mir«, hatte sie einmal zu Anna gesagt. Anna hatte erwartet, daß sie das näher erklären würde, aber Mama hatte es offensichtlich als schwierig empfunden. »Weißt du«, hatte sie schließlich fast ehrfürchtig gesagt: »Er kann sogar Pakete packen.«
Es regnete immer noch, wenn auch nicht mehr so heftig. Durch das Fenster konnte sie auf der anderen Straßenseite die nassen Dächer anderer amerikanischer Wohnblocks sehen, dort lag auch Mamas Wohnung.
Woran hatte Mama wohl gedacht, als sie die Schlaftabletten

nahm? Hatte sie zum Fenster hinausgeschaut, hatte es geregnet oder war schönes Wetter gewesen, war es dämmrig oder schon dunkel gewesen? Hatte es ihr nicht leid getan, daß sie den Himmel nicht mehr sehen würde, die Straßenlaternen, die dunklen Bürgersteige, daß sie die fahrenden Autos nicht mehr hören würde? Nein, sie mußte das Gefühl gehabt haben, daß all dies ohne Konrad keinen Wert mehr hatte. Aber vielleicht hatte sie auch gar nicht nachgedacht. Vielleicht hatte sie in einem Anfall von Wut die Tabletten geschluckt, hatte gedacht: Ich werd es ihm zeigen! Anders als Papa hatte sie für niemanden eine Nachricht hinterlassen.
Auf Konrads Schreibtisch lag Briefpapier, und sie verbrachte den Rest des Morgens damit, an Richard zu schreiben. Es war eine Erleichterung, ihm alles erzählen zu können, angefangen von Konrads Seitensprung bis zu ihren eigenen Reaktionen. Als sie den Brief beendet hatte, fühlte sie sich besser. Sie klebte den Umschlag zu, zog den Mantel an, der auf dem Heizkörper getrocknet war, schlug die Tür hinter sich zu, wie Konrad ihr gesagt hatte, und ging wie verabredet zum Mittagessen.

*

Sobald sie Konrad sah, wurde sie verlegen – wahrscheinlich wegen der Haarklemmen und des Telefonanrufs. Was soll ich zu ihm sagen, dachte sie. Er erwartete sie in einem kleinen Restaurant in einer Nebenstraße des Kurfürstendamms. Es war neu erbaut, mitten in Ruinen hinein, die noch abgerissen werden mußten. Er stand sofort auf, um sie zu begrüßen.
»Du hast es gefunden«, sagte er. »Ich hätte dich mit dem Wagen abgeholt, aber die Sitzung wollte kein Ende nehmen. Und da es aufgehört hatte zu regnen . . .«
»Es war gar nicht schwierig«, sagte sie.
»Ich habe im Krankenhaus angerufen, bevor ich herkam; sie meinen, du solltest deine Mutter irgendwann nach vier besuchen. Sie glauben, daß sie dann besser dran sein wird.«

»Gut.«
»Ich kann mich vor fünf freimachen. Ich könnte dich dann hinfahren.«
»Nicht nötig«, sagte sie. »Ich finde den Weg schon.«
Es entstand ein verlegenes Schweigen, dann sagte er: »Zum mindesten bist du wieder trocken.«
»Ja – vielen Dank.«
»Heute gibt es gute Nachrichten über Ungarn. Hast du sie schon gesehen?«
Sie schüttelte den Kopf.
»Sie haben die Russen aufgefordert, abzuziehn.«
»Wirklich?«
»Ja.« Er zog eine gefaltete Zeitung aus seiner Manteltasche, wurde aber von einem kleinen Mann mit einem Kaninchengebiß angesprochen, der neben ihnen aufgetaucht war.
»Mein lieber Konrad«, rief der kleine Mann, »ich hatte gehofft, dich hier zu treffen.«
»Hallo, Ken«, sagte Konrad.
War er froh oder ärgerlich über die Unterbrechung? Unmöglich, es zu sagen. Höflich wie immer, stellte er den Fremden vor: Ken Hathaway vom British Council.
»Für Dichtung zuständig«, sagte Mr. Hathaway, zeigte lächelnd seine Zähne und sah dabei dem Kanichen aus dem Bilderbuch bestürzend ähnlich. Er wies auf die Zeitung. »Ist das nicht erstaunlich?« rief er. »Sie sagen ihnen einfach, daß sie weggehen sollen. Haut ab! Packt euch! Zurück zum Mütterchen Rußland! Aber das überrascht mich nicht. Ein feuriges Volk, diese Ungarn.«
»Glaubst du, daß die Russen wirklich gehen werden?«
Konrad zuckte die Schultern. »Es sollte mich sehr wundern.«
Mr. Hathaway hatte sich zu ihnen an den Tisch gesetzt, und nach einer Weile bat Konrad ihn, mit ihnen zu essen. (Er findet es wohl auch schwierig, mit mir allein zu sein, dachte Anna.) »Es hat mir so schrecklich leid getan, von der Krankheit Ihrer Mutter zu hören«, sagte Mr. Hathaway, und Konrad brachte seine gewohnten unbestimmten Phrasen über die

Lungenentzündung vor. Mr. Hathaway brachte es fertig, seine Zähne irgendwie zum Zeichen des Mitgefühls zu senken. »Grüßen Sie sie doch von mir«, sagte er. »Ich bewundere sie so sehr.« Er wandte sich an Anna. »Sie hat einen solchen Enthusiasmus, solche Lebensfreude – die Fähigkeit, das Leben bis ins letzte auszukosten. Ich denke immer, das ist eine ausgesprochen kontinentale Eigenschaft.«
Ein wenig traurig stimmte Anna dem zu, was er über Mamas Enthusiasmus sagte. Gleichzeitig stellte sie sich vor, wie sich Mama darüber ärgern würde, wenn man von ihr als »kontinental« sprach. Es gab nichts, worauf Mama so stolz war wie auf ihre britische Staatsangehörigkeit. Sie sprach von sich und den Briten immer als »Wir« (während Anna sich immer große Mühe gab, diesen Ausdruck zu umgehen). Eimal hatte Mama sogar in ihrem leichten, aber unmißverständlich deutschen Akzent zur allgemeinen Verwirrung geäußert: »Als wir den Ersten Weltkrieg gewannen.«
»Ihr Kunstverständnis, ihre Liebe fürs Theater – all das wird ja wohl von Ihrem Vater angeregt worden sein. Aber ihre Musik, die gehört ihr. Sie ist der Typ des europäischen Menschen . . .« Plötzlich wußte er nicht mehr weiter. »Wie dem auch sei, wir haben sie alle sehr gern«, sagte er mit solcher Überzeugungskraft, daß Anna beschloß, ihn trotz seines Kaninchengebisses und seiner Albernheit nett zu finden.
Es war schon seltsam, Mamas Musik hatte sie ganz vergessen. Als sie klein gewesen war, hatte das Klavierspielen so selbstverständlich zu Mama gehört wie deren Aussehen. Jeden Tag, während Papa in seinem Studierzimmer schrieb, hatte Mama gespielt und sogar komponiert. Recht begabt, sagten die Leute. Aber mit der Emigration hatte das alles aufgehört. Wenn sie weiter Musik getrieben hätte – vielleicht hätte ihr das einen Halt gegeben und sie hätte dann nicht die Pillen geschluckt.
Hatte sie wegen all der endlosen, sie niederdrückenden Sorgen aufgehört? Oder war ihr die Musik vielleicht doch nicht ganz so wichtig gewesen? Nur Teil eines romantischen Image, das sie von sich selbst gehabt hatte. Wer sollte das wissen.

»Wir werden sie am Mittwoch vermissen«, sagte er, und es kam heraus, daß er am Mittwoch eine Party gab, zu der beide, Konrad und Mama, eingeladen gewesen waren. »Hätten Sie vielleicht Lust, an ihrer Stelle zu kommen?« Er lächelte sie hoffnungsvoll über seine Gabel mit dem aufgespießten Stück Schnitzel hinweg an.

»Oh, das kann ich unmöglich«, sagte Anna.

Es war ihr entsetzlich, an Mittwoch zu denken. Ob Mama dann noch immer im Koma lag? Ob sich ihr Zustand bis dahin verschlechtert hatte? Dann sah sie Mr. Hathaways Gesicht und merkte, wie unhöflich ihre Antwort geklungen haben mußte.

»Ich meine«, sagte sie, »ich muß es davon abhängig machen, wie es meiner Mutter bis dahin geht.«

»Wir wollen sagen, ich bringe sie mit, wenn ihre Mutter sie entbehren kann«, sagte Konrad und brachte damit alles wieder in Ordnung.

Sie wußte, daß er es um Mamas willen tat, damit es leichter für sie war, wenn sie wieder gesund wurde, aber es beunruhigte sie trotzdem, wie gut er sich aufs Vertuschen verstand.

Vielleicht ist Mama am Mittwoch tot, dachte Anna.

Am Nebentisch aß ein kleiner deutscher Junge Kirschkuchen, und seine Mutter redete dauernd auf ihn ein, er solle die Kerne nicht verschlucken.

»Was passiert denn mit Leuten, die Kirschkerne verschlukken?« fragte er.

»Was passiert mit Leuten, wenn sie sterben?« hatte Anna einmal Mama auf deutsch gefragt, in einer längst vergangenen Zeit, als sie noch ein deutsches Kind war.

»Das weiß niemand«, hatte Mama gesagt. »Aber wenn du groß bist, wirst du vielleicht der erste Mensch, der es herausbekommt.« Danach hatte sie sich nicht mehr so vor dem Tod gefürchtet.

Sie mußte gegessen haben, ohne es zu bemerken, denn plötzlich bezahlte Konrad die Rechnung.

»Kann ich dich irgendwo hinbringen?« fragte er. »Es ist noch

zu früh, um zum Krankenhaus zu gehen. Was möchtest du tun?«
»Am liebsten würde ich nur umhergehen.«
»Umhergehen?«
»Ja, mich mal in der Gegend umschauen, wo wir früher gewohnt haben. Das ist der einzige Teil von Berlin, an den ich mich erinnere.«
»Natürlich.«
Er setzte sie an der gewünschten Stelle ab, nachdem er sie mit einem Stadtplan versehen hatte und mit genauen Anweisungen, wie sie zum Krankenhaus und von da zum Hotel zurückkommen würde.
»Ich rufe dich nach sechs an«, sagte er. »Paß auf dich auf.«
Sie winkte und sah ihn davonfahren.

*

Sie sah diesen Teil Berlins nicht zum ersten Mal wieder. Vor zwei Jahren war sie hier mit Mama und Richard umhergegangen. Sie hatte Richard die Orte gezeigt, an die sie sich erinnerte, und Mama hatte die Veränderungen erklärt, die seither stattgefunden hatten. Sie hatten unentwegt geplaudert – es war ein wunderschöner Tag gewesen, das wußte sie noch –, und sie war so glücklich gewesen, daß Richard und Mama sich so gut verstanden, daß ihr für andere Gefühle kein Raum geblieben war. Jetzt, da sie hier allein im böigen Wind stand, war es ganz anders.
Konrad hatte sie am Ende der Straße abgesetzt, in der sie als Kind gewohnt hatte. Wie durchschnittlich die Straße aussah. Sie mußte sich am Namensschild an der Ecke vergewissern, daß es die richtige war.
Als sie klein war, war ihr die Straße immer sehr dunkel vorgekommen. Die Bürgersteige waren von einer dichten Baumreihe gesäumt, und als Mama und Papa ihr gesagt hatten, daß sie hier wohnen würden statt in ihrer alten Etagenwohnung in der hellen Straße, in der es überhaupt keine Bäume gab, da

hatte sie gedacht, sie sind verrückt, und sie hatte sich ganz kühl gefragt, welche Torheit ihnen als nächstes einfallen würde. Das war im Sommer gewesen – sie mußte vier oder fünf gewesen sein –, als die Blätter eine Art Baldachin über die ganze Straße hinweg bildeten. Jetzt lagen die meisten Blätter am Boden, waren in der Gosse zu Haufen zusammengekehrt, und der Wind pfiff durch kahle Äste.
Sie hatte das Haus am anderen Ende erwartet, aber sie stand sehr bald davor. Es war kaum wiederzuerkennen – aber das wußte sie schon von ihrem ersten Besuch her. Die kleine Einfamilienvilla war zu drei luxuriösen Etagenwohnungen ausgebaut worden. Das Giebeldach war flacher geworden, und sogar die Fenster sahen anders aus.
Nur der Garten fiel noch zum Zaun hin ab, wie er es früher getan hatte, und auch die kurze gepflasterte Auffahrt, auf der Max ihr auf seinem Fahrrad das Radfahren beigebracht hatte. (»Kann man das denn nicht einfacher lernen?« hatte sie ihn gefragt, denn da sie weder bremsen noch den Boden mit den Füßen erreichen konnte, war sie wiederholt in das Tor am Ende hineingekracht. Aber er hatte gesagt, es ginge nicht anders, und sie hatte ihm wie immer geglaubt.)
Dann bemerkte sie, daß noch etwas unverändert war. Die Stufen, die zur Vordertür hinaufführten – dem jetzigen Eingang zu einer der Wohnungen –, waren noch genauso, wie sie sie in Erinnerung hatte. Die Steilheit, die Farbe des Steins, die etwas bröcklige Oberfläche der Balustrade, sogar der Rhododendronstrauch dicht daneben – das alles war genau, wie es vor zwanzig Jahren gewesen war.
Sie starrte hinüber und erinnerte sich, wie sie nach der Schule da hinaufgestürzt war, an der Klingel gerissen hatte und, sobald sich die Tür öffnete, gerufen hatte: *»Ist Mami da?«*
Einen Augenblick lang erinnerte sie sich genau, was sie damals empfunden hatte. Für den Bruchteil einer Sekunde war sie wieder die kleine wilde, verletzliche Person, die sie einmal gewesen war, mit den Schnürstiefeln und den von Gummibändern gehaltenen Strümpfen, mit der Angst vor Vulkanen

und einem Tod in der Dunkelheit, mit ihrem Glauben, daß man von Rost Blutvergiftung bekam und daß Lakritze aus Pferdeblut gemacht wurde und daß es nie mehr Krieg geben würde, und mit ihrer unerschütterlichen Überzeugung, daß es kein Problem in der Welt gab, das Mama nicht mit Leichtigkeit lösen konnte. Die kleine Person sagte nicht: »Is mama home?« Sie sagte: *»Ist Mami da?«* Sie sprach kein Wort Englisch und brachte mit ihrem plötzlichen Auftauchen Anna für einen Moment aus der Fassung.
Sie ging ein paar Schritte am Gartenzaun entlang und versuchte, um die Hausecke herum zu spähen. Es hatten dort einmal Johannisbeersträucher gestanden, und hinter ihnen – sie glaubte, die unterste Stufe zu erkennen – hatte eine Holztreppe zur Terrasse vor dem Eßzimmer hinaufgeführt.
Bei warmem Wetter hatte sie, oder die kleine Person, die sie einmal gewesen war, auf der Terrasse gesessen und gezeichnet. Sie hatte eine runde Blechdose gehabt mit Buntstiften verschiedener Länge darin, mit alten Bleistiftspänen und anderem Krimskrams, und wenn man die Dose aufmachte, hatten diese Dinge einen ganz besonderen, angenehmen Geruch ausgeströmt.
Einmal, während ihrer religiösen Phase, hatte sie sich entschlossen, eine ihrer Zeichnungen Gott zu opfern. Zuerst hatte sie daran gedacht, sie zu zerreißen, aber das hatte ihr dann leid getan – sie wußte ja nicht einmal, ob Gott das Bild überhaupt haben wollte. Sie hatte es also mit geschlossenen Augen in die Luft geworfen und dabei gesagt – natürlich auf deutsch – »Hier Gott. Das ist für dich.« Nachdem sie Gott reichlich Zeit gelassen hatte, sich zu bedienen, wenn er überhaupt wollte, hatte sie die Augen wieder aufgemacht und das Bild auf dem Boden gefunden. Sie hatte es ganz ruhig wieder in ihr Zeichenheft gelegt. Später – vielleicht war es auch bei einer ganz anderen Gelegenheit gewesen – war sie durch die Verandatür ins Speisezimmer getreten und hatte dort Mama mit einem großen weißen Hut auf dem Kopf vorgefunden. Als sich ihre Augen an den dunkleren Raum gewöhnt hatten,

als die Vorhänge, die Tischdecke und die Bilder an den Wänden wieder Farbe angenommen hatten, hatte sie gedacht: Wie schön ist das alles, besonders Mama. Sie hatte voller Überraschung Mamas Gesicht betrachtet, denn sie hatte es nie zuvor auf diese Weise gesehen.
Hinter der Terrasse, auf der Rückseite des Hauses, die man nicht sehen konnte, lag der Rest des Gartens. War er jetzt bepflanzt und gepflegt? Damals war es eine graslose Wüste gewesen, die Mama vernünftigerweise den Kindern überlassen hatte. Dort hatten sie Fußball gespielt (sie selbst im Tor, ohne recht zu wissen, wo die vorgestellten Torpfosten sein sollten und ohne Interesse, die Bälle zu stoppen), sie hatten sich hier gebalgt und Schneemänner gebaut und Löcher in den Boden gegraben in der Hoffnung, den Mittelpunkt der Erde zu erreichen.
Einmal, im Sommer, hatte sie mit Heimpi im Schatten des Birnbaums gesessen und zugeschaut, wie diese ihrem Lieblingstier, einem rosa Plüschkaninchen, neue Augen stickte, weil die Glasaugen ausgefallen waren.
Als sie vor den Nazis geflohen waren, war das rosa Kaninchen mit seinen komischen Augen zusammen mit all den anderen Sachen zurückgelassen worden, und auch Heimpi, die sie nicht mehr bezahlen konnten. Sie fragte sich, was aus beiden geworden war.
Der Wind sang in den Zweigen über ihrem Kopf, und sie ging weiter, vorbei an der Stelle, wo sie immer ihre Schildkröte fand, wenn diese versuchte, aus dem Garten zu entkommen, vorbei an der Stelle, wo ein Mann auf einem Fahrrad sich einmal vor ihr entblößt hatte. (»Auf einem Fahrrad?« hatte Papa erstaunt gesagt, aber Mama hatte gesagt – sie konnte sich nicht erinnern, was Mama gesagt hatte, aber was es auch war, danach war alles wieder in Ordnung gewesen, und sie hatte sich von dem Vorkommnis nicht mehr bedrückt gefühlt.)
An der Straßenecke, wo sie und Max sich immer mit ihrer Bande zum Spielen trafen, blieb sie überrascht stehen.
»Wo ist denn die Sandkiste?«

Sie war sich nicht sicher, wer das plötzlich auf deutsch gesagt hatte, sie oder die kleine Person in Schnürstiefeln, die plötzlich sehr nahe schien. Die Sandkiste, die städtischen Sand enthielt, mit dem bei Schnee die Straße gestreut wurde, war der Mittelpunkt ihrer Spiele gewesen. Sie war die Grenze zwischen Räubern und Gendarmen gewesen, der Ausgangspunkt beim Versteckspielen, sie hatte anstelle des Netzes gedient, wenn sie mit einem Gummiball und selbstgemachten Holzschlägern Tennis spielten. Wie hatte man sie nur einfach wegnehmen können? Anna und die kleine Person in Schnürstiefeln konnten nicht darüber hinwegkommen.
Aber die kleinen Bäume auf beiden Seiten des Bürgersteigs waren noch da. *Vogelbeeren* hießen sie auf deutsch, und als Mama einmal die roten Beeren reifen sah, hatte sie voller Bedauern ausgerufen: »Schon.« Als Anna fragte warum, hatte Mama gesagt, es bedeute, daß der Sommer zu Ende ging.
Ein Auto fuhr vorbei, zog eine Fahne von Abgasen hinter sich her, und die Straße schien plötzlich leer und öde. Anna ging langsam zur Hauptstraße zurück.
Da war der Schreibwarenladen, wo sie ihre Zeichenblocks und ihre Stifte, die Hefte und das blaue Umschlagpapier gekauft hatte, in das diese eingeschlagen werden mußten. Sie war bei ihrem vorigen Besuch mit Mama hineingegangen, aber der Inhaber hatte gewechselt, und niemand erinnerte sich an sie. Das Gemüsegeschäft daneben war verschwunden, aber der Kiosk an der alten Straßenbahnhaltestelle war noch da und bot immer noch gebrannte Mandeln in winzigen Pappschächtelchen zum Verkauf an, wenn auch keine Straßenbahn mehr dort hielt, sondern nur Busse.
Dann kam das Café, und um die Ecke der Lebensmittelladen, zu dem immer noch vom Bürgersteig zwei Stufen hinunterführten; dorthin hatte Heimpi sie manchmal zum Einkaufen geschickt. *Bitte ein Brot von gestern.* Warum hatte Heimpi immer darauf bestanden, daß das Brot von gestern war? Vielleicht, weil es leichter zu schneiden war. Die Nummern der Straßenbahnen waren 76, 176 und 78. Die 78 hatte etwas Unzuverläs-

siges: Sie hielt manchmal nicht lange genug. Einmal hatte Max, als sie nicht anhielt, ein Paar gymshoes auf das Trittbrett gestellt – *Turnschuhe* hießen sie auf deutsch – und hatte sie erst zwei Tage später zurückbekommen.
Hagenplatz. Fontanestraße. Königsallee.
Hier war sie zur Schule abgebogen, begleitet von ihrer besten Freundin Marianne, die älter war und Ohren von vorn zeichnen konnte. *»Quatsch!«* hatte sie gerufen, wenn sie mit etwas nicht einverstanden war, und Marianne hatte zurückgerufen: *»Du blödes Schaf.«*
Ein Schwarm von Blättern – *Herbstlaub* – segelte vor ihr her über den Bürgersteig, und sie kam sich plötzlich verloren vor. Was tue ich eigentlich hier? dachte sie auf deutsch. Die Mama wartet doch auf mich. Aber wo wartete Mama? Hinter der Tür am Kopf der ausgetretenen Steintreppe? Wollte sie hören, wie es heute in der Schule gewesen war? Oder wartete sie im Krankenhausbett, stöhnend und sich unter den Decken hin und her werfend?
Sie hatte das Gefühl, von etwas bedroht zu werden. Der dräuend graue Himmel schien sie zu erdrücken. *(Die Wolken,* dachte sie auf deutsch in Zeitlupentempo wie in einem Traum.) Das Pflaster und das Laub schienen unter ihren Schritten wegzusacken. Hinter ihr war eine Mauer. Sie lehnte sich an. Ich werde doch nicht etwa ohnmächtig, dachte sie. Aber da drang aus dem gleitenden Himmel eine Stimme zu ihr, die unverkennbar war.
»Liebes Kind, Sie sehen ja ganz bleich aus«, sagte die Stimme, und ein Gesicht unter krausem Haar schob sich vor den Rest der Welt.
Sie nahm die Freundlichkeit wahr, noch ehe ihr der Name einfiel. Hildy Goldblatt von gestern abend. Natürlich, dachte sie, sie wohnen ja hier in der Gegend.
Sie fühlte, wie sie am Arm genommen wurde. Nasses Pflaster und Bäume glitten vorüber, und aus dem Nichts kam Hildys Stimme wie die des lieben Gottes. »What you need is a cup of tea«, sagte sie, »auch wenn es hier natürlich keinen richtigen

gibt.« Eine Tür öffnete sich und entließ einen plötzlichen Strom warmer Luft, und dann fand Anna sich hinter einem der Tischchen des Cafés wieder, vor sich eine Tasse mit heißem Tee.

»Na also«, sagte Hildy. »Geht's jetzt wieder?«

Anna trank den Tee und nickte.

Hatte sie nicht einmal mit Mama an diesem Tisch gesessen und Kuchen gegessen? Aber das ganze Lokal, das in gelbes Neonlicht getaucht war, hatte sich zu sehr verändert.

»Es tut mir leid«, sagte sie. »Es war alles ein bißchen überwältigend.«

»Natürlich.« Hildy tätschelte ihr die Hand. »Und dann die Sorge um die arme Mama. Wenn Mütter sich wegen ihrer Kinder Sorgen machen, dann ist das gar nichts. Sie sind schließlich dran gewöhnt. Aber umgekehrt, das ist immer schlimm.« Vor sich hatte sie einen Teller mit Kuchen stehen, und Anna sah ihr zu, wie sie ein Stück in den Mund schob. »Gehen Sie nachher ins Krankenhaus?«

»Nur für einen Moment.« Sie hatte Angst, Hildy würde mitkommen wollen, aber Hildy nickte nur.

»All right«, sagte sie. »Trinken Sie Ihren Tee, und vielleicht nehmen Sie ein Stück Kuchen – Nein? Wirklich nicht? –, und ich werde versuchen, nicht so viel zu plappern – das hält Erwin mir immer vor –, und wenn Sie sich dann besserfühlen, setze ich Sie in ein Taxi. Was meinen Sie?«

Anna nickte dankbar.

Hinter Hildy sah sie durch das Caféfenster hindurch auf den Bürgersteig der Königsallee. Hier waren sie und Max jeden Tag auf dem Schulweg entlanggegangen. Seltsam, dachte sie, man sollte denken, wir hätten irgendeine Spur hinterlassen. So viele Male. Allein ... mit Mama und Papa ... mit Heimpi ...

Die Kellnerin blieb zögernd neben ihrem Tisch stehen. Hildy füllte ihre Tasse nach. »Ach ja, bitte noch ein Stückchen Kuchen.« Und dann kam es auch, diesmal war es mit Äpfeln, und Hildy aß es.

»Ich habe Ihre Mutter erst vor zwei Wochen gesehen«, sagte Hildy. »Sie zeigte mir Fotos aus ihren Ferien.« Und plötzlich waren sie an der See, sie war noch ganz klein, und Mamas Gesicht stand über ihr, groß und lächelnd gegen den Sommerhimmel.

»Mami, Mami, Mami!« quietschte sie mit ihrer deutschen Kinderstimme.

Sie spürte Sand zwischen ihren Zehen, und ihr wollener Badeanzug klebte ihr an den nassen Beinen und am sandigen Körper, um den Mama sie jetzt gefaßt hielt.

»Hoch, Mami, hoch!«

Sie flog in den Himmel. Die See stand wie eine Mauer am Rande des Strandes, und Mamas Gesicht war plötzlich unter ihr, lachte aus dem leuchtenden Sand herauf.

»Sie genießt immer alles so sehr«, sagte Hildy.

»Ja«, sagte Anna.

Sie sah Mama immer noch vor sich, die strahlenden blauen Augen, den lachenden Mund und dahinter den Strand in der Sonnenglut. Wie eine Vision, dachte sie. Und dann verblaßte das Bild, und ihr gegenüber am Tisch saß Hildy und machte eine besorgte Miene.

»Ich will nicht, daß Mama stirbt«, sagte sie kindisch, als ob Hildy das arrangieren könnte.

»Nun, aber natürlich nicht.« Hildy füllte ihre Tasse neu und rührte den Zucker darin um. »Trink«, sagte sie.

Anna trank.

»Ich glaube nicht, daß Ihre Mutter sterben wird«, sagte Hildy. »Wie auch immer die Sache jetzt aussieht, es bleibt ihr noch viel, um das es sich lohnt zu leben.«

»Meinen Sie?« Der heiße süße Tee hatte sie durchwärmt, und sie fühlte sich besser.

»Natürlich. Sie hat zwei nette Kinder, ein Enkelkind – und vielleicht werden es noch mehr. Sie hat einen Job, eine Wohnung, und sie hat Freunde.«

Anna nickte. »Es ist nur – sie hat es jahrelang so schwer gehabt.«

»Hören Sie mal!« Hildy sah sie über die Teetassen hinweg an. »Mein Erwin hat in Nürnberg gearbeitet. Ich weiß, was mit den Juden geschehen ist, die hiergeblieben sind. *Die* haben es schwer gehabt.« Und als Anna sie überrascht ansah: »Wenn Sie Ihren Tee ausgetrunken haben, gehen Sie ins Krankenhaus, und ich hoffe, daß Ihre Mutter – ich hoffe, daß es mit der Lungenentzündung nicht so schlimm ist. Und wenn sie Sie hören kann, dann sagen Sie ihr, daß es an der Zeit ist, wieder gesund zu werden.«
»Ja, gut.« Zum ersten Mal mußte sie lachen, denn Hildy machte alles so einfach.
»That's right.« Hildy tupfte die letzten Krumen von ihrem Teller auf. »Die Menschen«, sagte sie, ohne zu erklären, wen genau sie damit meinte, »die Menschen sollten nicht so leicht aufgeben.«

*

Im Krankenhaus wurde sie von der Schwester empfangen, die am Morgen Dienst getan hatte. »Ihre Mutter ist jetzt ruhiger«, sagte sie auf deutsch und führte Anna durch die vertrauten Flure und Treppen. Die Vision, die sie von Mama auf dem Strand gehabt hatte, stand ihr noch vor Augen, und es überraschte sie einen Moment lang, sie grauhaarig und in mittleren Jahren vor sich zu sehen. Sie lag ruhig unter ihrer Decke, ihr Atem ging fast normal, so, als schlafe sie. Nur manchmal wandte sie den Kopf unruhig hin und her, und die nicht gefesselte Hand zuckte.
Anna setzte sich ans Bett und betrachtete sie. Sie ist sechsundfünfzig, dachte sie. Mamas Augen waren fest geschlossen, zwischen ihnen standen tiefe Falten, und zwei weitere Falten liefen von den heruntergezogenen Mundwinkeln nach unten. Das Kinn hatte etwas von seiner Festigkeit verloren, es war jetzt eher etwas schwammig als rund. Das Haar lag zerwühlt auf dem Kissen, aber in der Mitte von dem allen war die Nase, winzig, aufgestülpt und unerwartet kindlich reckte sie sich hoffnungsvoll aus dem alternden Gesicht.

Als ich klein war, dachte Anna, hatte ich auch eine solche Nase. Alle hatten gesagt, ihre Nase sei genau wie die von Mama. Aber dann, als sie heranwuchs, war auch ihre Nase gewachsen – wenn es auch ganz gewiß keine jüdische Nase war, wie Mama gesagt hatte, so war sie doch gerade und von normaler Länge. Irgendwie hatte Anna immer das Gefühl gehabt, daß sie zusammen mit ihrer Nase Mama beim Erwachsenwerden überholt hatte. Ihre Nase war eine ernste, eine Erwachsenennase, eine Nase mit einem Gespür für die Wirklichkeit. Jemand, der eine Nase hatte wie Mama, um den mußte man sich kümmern. Mama rührte sich. Der Kopf hob sich ein wenig vom Kissen und fiel wieder zurück, die geschlossenen Augen hatten sich ihr zugewandt.
»Mama«, sagte Anna. »Hallo, Mama.«
Etwas wie ein Seufzer kam zwischen den Lippen hervor, und einen Augenblick lang glaubte Anna, dies sei eine Antwort auf ihre Stimme, aber dann wandte Mama den Kopf ab, und sie merkte, daß sie sich getäuscht hatte.
Sie legte die Hand auf Mamas bloße Schulter, und Mama mußte es spüren, denn sie zuckte ganz leicht zurück.
»Mama«, sagte Anna wieder. Mama rührte sich nicht, gab auch kein Zeichen des Erkennens von sich.
Anna wollte sie noch einmal anrufen, als sich tief in Mamas Brust ein Laut zu bilden begann. Er schien langsam in die Kehle hochzusteigen und quälte sich schließlich rauh und undeutlich durch Mamas halbgeöffnete Lippen.
»Ich will«, sagte Mama auf deutsch, »ich will.«
Anna wußte sofort, was Mama wollte. Mama wollte sterben.
»Du darfst nicht!« schrie sie. Sie würde es nicht zulassen. Sie war so entschlossen, es nicht zuzulassen, daß es eine Weile dauerte, bis ihr bewußt wurde, daß Mama tatsächlich gesprochen hatte. Sie starrte überrascht und irgendwie zornig auf Mama hinunter. Mama versuchte, den Kopf abzuwenden, und der seltsame Laut stieg wieder in ihr hoch.
»Ich will«, sagte sie.
»Nein!«

Warum mußte sie sich ausgerechnet jetzt an den Bleistiftspitzer erinnern, den Mama bei Harrods gestohlen hatte? Es war ein doppelter Spitzer in einem kleinen Schweinslederetui, und Mama hatte ihn ihr zum vierzehnten oder fünfzehnten Geburtstag geschenkt. Anna hatte natürlich sofort gewußt, daß Mama ihn unmöglich bezahlt haben konnte. »Sie hätten dich schnappen können«, hatte sie geschrien. »Sie hätten die Polizei rufen können.« Darauf hatte Mama einfach gesagt: »Ich wollte aber, daß du ihn hast.«
Wie konnte jemand so hoffnungslos, so hilflos verbohrt sein, daß er Bleistiftspitzer stahl und jetzt sterben wollte?
»Mama, wir brauchen dich!« (War das wirklich auch nur teilweise wahr? Das schien jetzt nicht wichtig.) »Mama! Bitte, Mama!« Ihre Augen und Wangen waren jetzt tränennaß und sie dachte: dieser verdammte Doktor Kildare. Dann rief sie auf deutsch: »Du darfst nicht sterben! Ich will es nicht! Du mußt zurückkommen!«
Nichts. Das Gesicht zuckte ein wenig, das war alles.
»Mami!« schrie sie. *»Mami! Mami! Mami!«*
Dann kam wieder ein kleiner Laut aus Mamas Kehle. Es war absurd, sich einzubilden, daß in der tonlosen Stimme, die aus ihrem Innern kam, ein Ausdruck lag, aber Anna fand, daß sie entschlossen klang, Mama klang wie jemand, der entschlossen ist, eine Sache, die getan weden mußte, zu erledigen.
»Ja, gut«, sagte Mama.
Dann seufzte sie und wandte das Gesicht ab.
Anna verließ den Flur, auf dem das Bett ihrer Mutter stand, in einem Zustand verwirrten Glücksgefühls. Es war alles gut. Mama würde leben. Dein kleiner Bruder wird wieder Geige spielen, dachte sie und stellte wieder überrascht fest, wie abgedroschen das alles war.
»Ich habe mit meiner Mutter gesprochen, und sie hat mir geantwortet«, sagte sie der Schwester. »Sie wird wieder gesund.«
Die Schwester schürzte die Lippen und murmelte etwas von der Meinung des Herrn Doktor.

Aber Anna nahm keine Notiz davon. Sie wußte, daß sie recht hatte.
Sogar Konrad war vorsichtig.
»Es war ein großer Fortschritt«, sagte er am Telefon. »Morgen werden wir wohl mehr wissen.« Er hatte von Hildy Goldblatt von ihrem Schwächeanfall in der Königsallee gehört und wollte wissen, wie es ihr ging. »Ich werde dich zum Abendessen abholen«, sagte er, aber sie wollte ihn nicht sehen und sagte, sie sei zu müde.
Statt dessen aß sie Rühreier an einem etwas schmuddeligen Tisch im Frühstücksraum und dachte an Mama.
Die krummbeinige Wirtin machte sich in der Nähe zu schaffen und redete – über die Nazis (sie behauptete, mit ihnen nie etwas zu tun gehabt zu haben), über die Konzentrationslager, von denen sie nichts gewußt haben wollte, und über die schlimmen Zeiten gleich nach dem Krieg. Nichts zu essen – und die schrecklich schwere Arbeit. Sogar die Frauen hatten die Trümmer forträumen müssen.
Ihre Berliner Stimme – ein wenig klang sie wie Heimpis Stimme und wie alle Stimmen aus Annas Kindheit – dröhnte fort und fort, aber obgleich Anna wenig von dem glaubte, was sie da erzählt bekam, wollte sie doch nicht, daß die Stimme schwieg. Sie antwortete ihr auf deutsch und wunderte sich, daß sie es, wenn sie sich Mühe gab, fast fehlerfrei sprach.
»Is doch schön, daß es der Frau Mutter 'n bißchen besser jeht«, sagte die Frau.
Auch Anna war froh. »Sehr schön«, sagte sie.
Sie fühlte sich weich und entspannt und unendlich glücklich, als wäre sie jetzt endlich nach Hause gekommen.

Dienstag

Der Dienstag begann mit einem Anruf von Konrad. Anna lag noch zu Bett, als es an der Tür klopfte. Sie warf sich den Mantel über das Nachthemd und lief zum Telefon in die Diele hinunter. Die Kälte stieg ihr aus dem bröckligen Linoleum in die bloßen Füße, während sie »Hallo?« in den Hörer hinein sagte. »Hallo, Konrad?«
»Mein liebes Kind«, Konrads Stimme klang viel fester. »Es tut mir leid, dich zu wecken. Aber ich dachte, du solltest es gleich erfahren. Ich habe mit dem Arzt gesprochen, und er sagt, daß deine Mutter wieder ganz gesund wird.«
»Oh, ich bin so froh.« Obgleich sie es gewußt hatte, strömte jetzt eine Woge der Erleichterung über sie weg. »Ich bin so froh.«
»Ja – nun – ich auch.« Er lachte ein wenig. »Wie du dir vorstellen kannst.«
»Ja.«
»Nun, ich wollte es dir nur eben sagen. Damit du in Ruhe frühstücken kannst. Ich treffe dich um halb zehn im Krankenhaus.«
»Gut.« Es schien ihr, als solle sie ausgehen. Zu einer Party, zu einer Feier. »Und vielen Dank, Konrad. Danke, daß du es mir gesagt hast.«
Sie rannte in ihr Zimmer zurück, um sich anzuziehen. Sie war kaum fertig, als sie schon wieder ans Telefon gerufen wurde. Diesmal war es Max, der vom Flughafen aus anrief. »Max«, rief sie, »es ist alles gut. Mama wird wieder gesund.«
»Ich weiß.« Er war wie immer Herr der Lage. »Ich habe eben mit dem Krankenhaus gesprochen.«
»Haben sie dir gesagt –?«

»Die Überdosis? Ja.« Er schwieg eine Weile. »Es ist komisch«, sagte er dann, »ich habe jetzt zwei Tage in Flugzeugen und Flughäfen herumgesessen und nichts tun können, als über Mama nachzudenken, aber diese Möglichkeit ist mir nicht in den Sinn gekommen. Ich habe mich nur gefragt, ob ich sie noch lebend antreffen würde.«
»Ich weiß.« Sie konnte ihn durchs Telefon hindurch atmen hören – schnelle, flache Atemzüge. Er mußte todmüde sein.
»Weißt du, warum sie es getan hat?«
»Konrad«, sagte sie. »Er hatte was mit einer andern.«
»Konrad? Du lieber Himmel.« Er war genauso überrascht, wie sie es gewesen war. »Ich dachte, es hätte etwas mit uns zu tun. Ich hatte ziemlich lange nicht geschrieben.«
»Ich weiß. Ich auch nicht.«
»Du lieber Himmel«, sagte er noch einmal, dann wurde er sachlich. »Hör mal, ich weiß noch nicht, wie ich von hier wegkomme, aber ich komme ins Krankenhaus, so schnell ich kann. Ich sehe dich dort.«
»Gut.« Das seltsame Gefühl, daß sie etwas feiern würden, überkam sie wieder, als sie sagte: »Bis nachher dann.«
»Bis nachher«, sagte er und legte auf.
Sie beeilte sich mit dem Frühstück und gab der Pensionswirtin, die entschlossen war, die gestrige Unterhaltung fortzusetzen, nur einsilbige Antworten. Trotzdem – als sie im Krankenhaus ankam, war Max schon da. Er sprach mit der Schwester am Empfang, und sie erkannte nicht nur seinen Rücken, sondern auch den Ausdruck auf dem Gesicht der Schwester – dieses ganz besondere Lächeln, das nicht nur Vergnügen ausdrückte, sondern auch Bereitwilligkeit, alles für ihn zu tun: Gefühle, die er, seit er siebzehn war, bei fast allen Menschen, die ihm begegneten, hatte erwecken können.
»Max«, sagte sie.
Er wandte sich um und kam auf sie zu. Er sah müde aus, aber sein eleganter Anzug zeigte keine Spuren der langen Reise, und die meisten Besucher und Patienten sahen interessiert hinter ihm her.

»Hallo, kleiner Mann«, sagte er, und bei diesem Kosewort aus ihrer gemeinsamen Kindheit wurde ihr warm ums Herz, und sie begegnete ihm mit dem gleichen Lächeln wie die Schwester. Er küßte sie und sagte: »Was für eine Mühe uns die Erziehung unserer armen Mama macht.«
Sie nickte lächelnd. »Hast du mit Konrad gesprochen?«
»Nur ganz kurz. Er hat mir deine Nummer gegeben. Er sagte, daß er die volle Verantwortung übernimmt oder so was. Ich konnte mir nicht denken, was er damit meinte.«
»Das Ganze tut ihm sehr leid.«
»Nun, das sollte es auch. Aber vielleicht ... Es ist ja nicht so leicht mit Mama.« Max seufzte. »Oh, ich weiß nicht. Hat er was davon gesagt, was er nun tun will?«
»Nicht genau. Aber er sagte, diese Affäre bedeute ihm nichts – alles sei vorüber.«
»Das ist wenigstens etwas.«
»Ja.«
Es entstand eine Pause. Sie war sich der anderen Leute und der Schwester am Empfang, die sie beobachteten, bewußt. »Er kommt um halb zehn her«, sagte sie. »Willst du auf ihn warten oder gleich zu Mama gehen?«
»Gehn wir zu Mama«, sagte er, und ihr fiel ein, wieviel leichter es sein würde, hinaufzugehen, jetzt, da es Mama besserging, und mit Max an ihrer Seite.
Sie gingen den Flur entlang, der wie immer nach Desinfektionsmitteln und Bohnerwachs roch, aber diesmal wurde ihr überhaupt nicht übel. »Heute fühle ich mich ganz wohl«, sagte sie. »Sonst wurde mir immer übel, wenn ich herkam.«
Er lächelte. »Du hättest dir ein sauberes Taschentuch auf den Bauch legen sollen.« Sie war überrascht und gerührt, denn für gewöhnlich hatte er wenig Erinnerungen an die Vergangenheit.
»Ich glaube, das hat nur gewirkt, wenn du mir das Taschentuch aus der Schublade geholt hast«, sagte sie.
Sie hatten die Treppe erreicht, und sie wollte hinaufgehen, aber er führte sie vorbei, in einen anderen Flur hinein.

»Zimmer 17«, sagte er. »Die Schwester hat es mir gesagt.«
»Zimmer 17?« Dann hatte sie begriffen. »Sie haben sie verlegt, weil sie außer Gefahr ist. Dann müssen sie sich ganz sicher sein.«
Er nickte. »Die Schwester sagt, daß sie sehr müde sein wird. Wir sollen nur einen Augenblick bleiben.«
»Bis jetzt hat ihr Bett auf dem Flur gestanden.« Aus irgendeinem Grund schien es wichtig, es zu erklären. »Wo jeder sie sehen konnte. Und natürlich hat sie sich herumgeworfen und gestöhnt, und ich habe geschrien und versucht, zu ihr durchzudringen. Es war wirklich schrecklich.«
Aber sie hatten jetzt Mamas Tür erreicht, und er hörte gar nicht richtig zu. »Soll ich?« sagte er mit der Hand auf der Klinke. Sie war überrascht, wie hübsch das Zimmer war, voller Licht, mit pastellfarbenen Wänden und einem großen Fenster, durch das man auf den Park hinaussah. Die Vorhänge waren geblümt, es gab einen Sessel, und auf dem Boden lag ein flauschiger Teppich.
Mama lag in einem sauberen weißen Bett, ohne Fesseln, ohne Schläuche, die eine Hand unter das Kopfkissen geschoben, die andere entspannt auf der Bettdecke, so wie Anna sie oft in der Pension in Putney hatte liegen sehen, und sie schien friedlich zu schlafen.
Max stand schon neben dem Bett. »Mama«, sagte er.
Mamas Augenlider flatterten, dann senkten sie sich wieder und öffneten sich dann ganz normal. Einen Augenblick lang war ihr Blick verwirrt, dann hatte sie ihn erkannt.
»Max«, flüsterte sie. »O Max.« Ihre blauen Augen, so blau wie die seinen, lächelten und schlossen sich beinah wieder. Als sie sie dann öffnete, waren sie voller Tränen. »Es tut mir so leid, Max«, flüsterte sie. »Dein Urlaub ... Ich wollte doch nicht ...« Auch ihre Stimme klang jetzt wie immer.
»Das macht doch nichts, Mama«, sagte Max. »Jetzt ist alles wieder gut.«
Ihre Hand schob sich über die Decke in die seine, und er hielt sie fest.

»Max«, murmelte sie. »Lieber Max ...« Ihre Lider senkten sich, und sie schlief wieder ein.
Anna wußte zuerst nicht, was sie tun sollte, dann trat sie neben Max ans Bett.
»Hallo, Mama«, sagte sie leise an Mamas Ohr.
Mama, fast schon eingeschlafen, reagierte kaum. »Anna ...« Ihre Stimme war kaum zu hören. »Bist du auch hier?«
»Ich bin seit Sonntag hier«, sagte Anna, aber Mama hörte sie schon nicht mehr. Ihre Augen blieben geschlossen, und nach einer Weile machte Max seine Hand frei und sie gingen hinaus.
»Ist das in Ordnung?« fragte er. »Hat sich ihr Zustand seit gestern sehr verändert?«
»Sie hat drei Tage lang im Koma gelegen«, sagte Anna. »Sie ist erst gestern abend, während ich bei ihr war, zu sich gekommen.« Sie wußte, es war töricht, aber sie fühlte sich gekränkt, weil Mama sich nicht daran zu erinnern schien. »Man hat mir gesagt, daß ich sie immer wieder anrufen soll. Ich habe es getan, und schließlich hat sie reagiert.«
»Es tut mir leid«, sagte Max. »War es schlimm?«
»Ja, es war schlimm. Wie in einem dieser gräßlichen Kitschfilme.«
Er lachte ein wenig. »Ich wußte gar nicht, daß man es immer noch so macht – daß man die Angehörigen bittet, sie zu rufen. Ich dachte, man macht das heute mit Medikamenten. Wahrscheinlich hast du ihr das Leben gerettet.«
Für Anna war das eine Gewißheit, aber sie hütete sich, es auszusprechen. »Vielleicht hat das etwas mit der deutschen Vorliebe für dramatische Lösungen zu tun«, sagte sie. »Ich kann mir nicht vorstellen, daß man in England so verfahren würde, nicht wahr? Ich meine, sie würden einen dort überhaupt nicht ins Krankenzimmer lassen.«
In der Nähe des Treppenhauses begegneten sie der säuerlichen Schwester vom ersten Tag, die eine Bettpfanne trug. Bei ihrem Anblick – oder vielmehr bei Maxens Anblick, wie Anna dachte – verzog sich ihr Mund zu einem Lächeln.

»Na«, sagte sie befriedigt. »Die Frau Mutter ist von den Schatten zurückgekehrt.«
Anna, die sich inzwischen wieder an die deutsche Ausdrucksweise gewöhnt hatte, brachte es fertig, sich das Lachen zu verbeißen, aber für Max war es, zusammen mit der Bettpfanne, zuviel. Er platzte los, stotterte etwas Zustimmendes und flüchtete um die nächste Ecke. Anna folgte ihm in der Hoffnung, daß die Schwester das Ganze für einen Ausbruch von Rührung gehalten hatte.
»Sie reden alle so«, kicherte sie, als sie ihn eingeholt hatte. »Hattest du das vergessen?«
Er konnte nur den Kopf schütteln. *»Von den Schatten zurückgekehrt . . .* Wie hält Mama das nur aus?«
Sie sah ihn an und fing dann auch zu lachen an. *»Die Frau Mutter . . .«* keuchte sie. Sie wußte, daß dies alles gar nicht so komisch war, aber sie konnte sich nicht fassen. Sie lehnte sich an die Wand und hielt sich an seinem Arm fest. Als die Schwester wieder vorbeikam, diesmal ohne die Bettpfanne, taten sie so, als suchten sie etwas in Annas Tasche, um hinterher sofort wieder loszuplatzen.
»O Max«, rief Anna schließlich, ohne genau zu wissen, was sie damit meinte, »du bist doch der einzige.«
Es hatte mit ihrer Kindheit zu tun. Damit, daß sie dreisprachig aufgewachsen waren. Um sich über all die Sorgen wegen Mama und Papa hinwegzuhelfen, hatten sie in drei verschiedenen Sprachen Scherze gemacht, die andere nicht verstanden.
»Nun, nun, kleiner Mann«, sagte Max und tätschelte ihren Arm, »das bist du auch.«

*

Immer noch etwas lachend kamen sie in die Eingangshalle, in der sich jetzt noch mehr Menschen befanden. Konrad sprach in einer Ecke mit dem Arzt, die Schwester am Empfang deutete lächelnd auf die beiden, um Max und sie aufmerksam zu

machen, und Konrad, der sie wohl erwartet hatte, kam ihnen gleich entgegen und drückte Max herzlich die Hand.
»Wie gut, dich zu sehen, Max«, sagte er. »Es tut mir leid, daß wir dich holen mußten, aber bis heute morgen hätte es mit deiner Mutter so und so ausgehen können.«
»Natürlich«, sagte Max. »Vielen Dank, daß du dich um alles gekümmert hast.«
»Nu«, sagte Konrad in einem Ton, der an die Goldblatts erinnerte. »In meinem Alter hat man gelernt, mit allem fertig zu werden.«
Es entstand eine verlegene Pause, dann wandte Konrad sich mit sichtlicher Erleichterung an Anna. »Du siehst jetzt schon wieder viel besser aus.«
»Ich habe dir doch gesagt, daß Mama durchkommen wird«, sagte sie fröhlich. Sie hatten inzwischen den Arzt erreicht, Konrad stellte ihm Max vor, und Max dankte ihm für alles, was er für Mama getan hatte.
»Wie ich höre, haben Sie eine lange Reise hinter sich«, sagte der Arzt, Max sagte ein paar Worte dazu, brachte das Gespräch aber schnell wieder auf Mama.
»Wir haben Glück gehabt«, sagte der Doktor. »Ich habe Ihrer Schwester gesagt –« er spreizte die Finger, wie er es am Tag zuvor getan hatte, »fifty-fifty. Erinnern Sie sich?«
Anna nickte. Es schien lange her.
»Ja«, sagte der Arzt. »Fifty-fifty. Natürlich weiß man in einem solchen Fall nicht immer, was der Patient gewünscht hätte. Aber man muß annehmen ... hoffen ...« Es wurde ihm bewußt, daß seine Finger immer noch in der Luft schwebten, und er ließ sie sinken.
Hinter ihm sah Anna eine alte Dame, die mühsam an einem Stock ging, und einen kleinen Jungen, der den Arm in der Schlinge trug. Sie nahm den wolligen Geruch wahr, den Konrads Mantel ausströmte, die Wärme des nahen Heizkörpers, das Gewirr der deutschen Stimmen, das sie umgab, und sie fühlte sich plötzlich müde und weit weg von allem. Mama wird wieder gesund, dachte sie, alles andere ist unwichtig.

Aus irgendeinem Grund sah sie Mama wieder vor sich, wie sie weinte in ihrem blauen Hut mit dem Schleier. Der Schleier war ganz naß gewesen und zerknitterte immer mehr, während Mama sich die Augen mit der Hand wischte. Wann in aller Welt war das gewesen?
Konrad hustete und trat von einem Fuß auf den anderen.
»... können Ihnen nicht genug danken ...« sagte Max in seinem tadellosen Deutsch, und Konrad nickte und sagte: »... zutiefst dankbar ...« – »... noch ein paar Tage in der Klinik, bis sie wieder ganz hergestellt ist ...« Der Doktor machte eine Geste, und es schien eine Frage in der Luft zu hängen. Da sagte Konrad laut und fest: »Natürlich werde ich mich danach um sie kümmern.«
Anna schaute ihn an, um zu sehen, ob es ihm ernst sei. Seine Miene war entschlossen.
Der Doktor war offensichtlich erleichtert, ebenso Max, der jetzt, wie sie feststellte, ziemlich blaß war und plötzlich sagte: »Ich habe seit gestern mittag nichts gegessen. Glaubst du, ich könnte hier irgendwo Frühstück bekommen?«
Daraufhin trennte sich die Gruppe.
Sie dankten alle dem Arzt noch einmal, dann ging Anna mit Max, gefolgt von Konrad, die Treppe hinunter zum Auto, und Konrad sagte: »Ihr müßt daran denken, den Deutschen die Hand zu schütteln, sonst meinen sie noch, ihr verachtet sie, weil sie den Krieg verloren haben.« Das kam ihr so absurd vor, daß sie glaubte, sich verhört zu haben, aber dann fing sie Maxens Blick auf und schaute schnell weg, um nicht wieder einen Lachanfall zu bekommen.
Während Konrad chauffierte und verschiedene Abmachungen mit Max traf, starrte sie zum Fenster hinaus. Es war kalt, aber das Wetter war schön. Sie kam erst wieder an einem Tisch im Café ganz zu sich, umgeben von Kaffee- und Würstchendüften. Max hatte offenbar schon zum zweiten oder dritten Mal gesagt: »Willst du wirklich nichts essen?«
Er selbst war dabei, einen Riesenteller mit Würstchen und Bratkartoffeln zu verputzen. Vor ihr stand eine Tasse Kaffee,

sie nahm einen Schluck und schüttelte dann lächelnd den Kopf.
»Konrad ruft von seinem Büro aus das Theater an«, sagte Max. »Sie erwarten uns also.«
»Das Theater?«
»Wo diese Ausstellung über Papa ist.«
»Natürlich.« Sie hatte es ganz vergessen.
»Sie ist eigentlich schon geschlossen. Konrad glaubt, daß sie vielleicht schon angefangen haben, abzubauen. Aber die Sachen sind bestimmt noch da, und Konrad will mit dem Hausmeister sprechen, damit er uns hereinläßt.«
Er sah wieder ganz normal aus, und sie fragte: »Geht's dir wieder besser?«
Er nickte mit vollem Mund. »Es war nur die Reaktion. Nichts zu essen und nicht genügend Schlaf.«
Sie freute sich sehr, daß sie die Ausstellung gemeinsam besuchen würden. Das war jetzt genau das richtige. »Es wird schön sein, etwas zu sehen, das mit Papa zu tun hat«, sagte sie.

*

Sie mußten mit der U-Bahn fahren. Konrad hatte Max den Weg erklärt und ihm auch einen Stadtplan gegeben. Wenn man zu weit fuhr, brachte einen die Bahn aus dem Westteil in den Russischen Sektor, und Anna, die das für eine wirkliche Gefahr hielt, zählte ängstlich die Stationen, und als sie die richtige erreichten, stand sie schon an der Tür, bereit auszusteigen.
»Sie warnen einen, bevor man an die Grenze kommt«, sagte Max, während sie die Treppe zur Straße hinaufstiegen. »An der letzten Station davor stehen riesige Schilder, und man wird über Lautsprecher gewarnt. Man kann unmöglich versehentlich hinüberkommen.«
Sie nickte, glaubte es aber nicht so ganz. Einmal, wenige Monate, nachdem sie aus Deutschland entkommen waren, waren sie mit Papa auf der Fahrt nach Paris in Basel umgestiegen. Sie

hatten schon ihr Gepäck im Abteil verstaut, als sie merkten, daß sie im falschen Zug saßen.
»Erinnerst du dich noch an Basel«, sagte sie, »als wir schon in einem Zug saßen, der nach Deutschland fuhr? Wir hatten nicht einmal mehr Zeit, das Gepäck herauszuholen, und du hast geschrien, bis jemand es uns zum Fenster hinausgeworfen hat.«
»Wirklich?« sagte Max. Er war über seine damalige Aktivität erfreut, konnte sich aber an nichts erinnern.
Das Theater lag in einer verkehrsreichen, ihr unbekannten Straße, aber alle Straßen, außer den wenigen um das alte Haus und die Schule herum, waren ihr ja unbekannt. In der Nähe des Theaters sah man noch schwere Bombenschäden, aber das Gebäude selbst war entweder unversehrt geblieben oder sorgfältig restauriert.
Sie gingen die Eingangsstufen hinauf, klopften und warteten. Lange Zeit geschah nichts. Dann sahen sie durch die Scheibe in der Tür, wie ein alter Mann aus den Schatten des Foyers langsam auf sie zukam. Ein Schlüssel knirschte im Schloß, die Tür öffnete sich, und er wurde im Licht der Straße deutlich sichtbar, sehr alt, sehr gebeugt, mit einem langen grauen Gesicht, das aussah, als ginge er nie an die Luft.
»Komm' Se rein, komm' Se rein«, sagte er ungeduldig, genau wie die Hexe, dachte Anna, die Hänsel und Gretel ins Pfefferkuchenhaus lockte. Dann führte er sie langsam über den dikken roten Teppich des Foyers auf die gewundene Treppe zu.
Während er vor ihnen hertrottete, sprach er unaufhörlich. »Ik kann die Lichter nich anmachen«, sagte er, »nich am Morgen. Det is gegen die Vorschrift.« Er blieb plötzlich stehen und deutete auf einen Kandelaber über ihren Köpfen. »Schauen Sie sich det an. Da wären Sie platt, wenn der brennen würde. Reines Jold.«
Er trottete weiter und murmelte wieder etwas von den Vorschriften, die ihm offenbar zu schaffen machten, aber dann hatte er eine befriedigende Lösung des Problems gefunden. Während er mit unendlicher Langsamkeit, Stufe für Stufe, die

Treppe hinaufklomm, sagte er. »Ik mach die Herrschaftn oben Licht. Det haben se verjessen in die Vorschrift zu erwähnen.«
Auf dem Absatz in der Mitte der Treppe blieb er wieder stehen, um Atem zu holen. Anna sah Max an, aber da war nichts zu machen, sie mußten warten.
»Ik war nämlich früher hier Kontrollöhr«, sagte der alte Mann. »Vor die Nazizeit.« Er warf Max einen Blick zu. »Verstehen Sie, wie ik dat meine?«
Max sagte ja, er verstehe.
Der alte Mann nickte befriedigt. »Ik hab immer unten jestanden, und an mir hamse alle vorbeijemußt«, sagte er. – »All die Herrschaften in die Smokings und die Damen in ihrem Tüll. Scheen war det damals.«
Er seufzte und setzte seinen langsamen Aufstieg fort. Ein Plakat mit Papas Namen und dem Wort »Ausstellung« tauchte aus dem Halbdunkel auf. »Der große Schriftsteller und Kritiker«, stand darunter.
»Den kenn ik ooch«, sagte der alte Mann und wies mit dem Finger auf das Plakat. »Der war oft hier.«
»Wirklich?« sagte Anna. »Sie haben ihn wirklich gesehen?«
Er dachte wohl, daß sie ihm nicht glaubte. »Na wat denken Sie denn«, sagte er. »Ik hab ihn doch immer uff seinen Platz jeführt. Immer in die Mitte von die dritte Reihe, und am nächsten Tag hat dann wat von ihm in die Zeitung jestanden. Da jab's Leute, sag ik Ihnen, die haben jezittert vor dem. Einmal hab ik nach die Vorstellung 'ne Taxe jerufen, und als er fort war, kommt unser Herr Direktor und sagt: ›Herr Klaube‹, sagt er, ›von dem Mann hängt es ab, ob die Leute sich ein Stück ansehen oder nicht.‹ Det war ein wirklich feiner Mensch, hat sich immer bedankt und mir 'nen Jroschen zujesteckt.«
Anna sah Maxens halb gerührtes, halb amüsiertes Gesicht. Sie hätte so gern gehabt, daß der alte Mann noch mehr von Papa erzählte, aus dieser Zeit, an die sie sich nicht mehr erinnern konnte, sie war damals noch zu jung gewesen. Sie suchte verzweifelt nach einer Frage, die sie ihm hätte stellen können.
»Wie –« sagte sie schließlich, »wie sah er denn aus?«

Man sah ihm an, wie töricht er diese Frage fand. »Na ja, junge Frau«, sagte er, »wat soll ik sagen, er sah eben aus, wie damals alle ausjesehen haben. Er hatte so einen Umhang und einen Spazierstock und einen Zylinder.« Vielleicht spürte er ihre Enttäuschung, denn er fügte hinzu: »Och, sehn Sie sich doch drin man die Bilder an.«
Sie waren an einer Tür angekommen, an der ein noch größeres Plakat hing, der Alte schloß sie auf und knipste die Lichter an, während Max ihm eine Münze in die Hand drückte.
»Vielen Dank, mein Herr. Da werd ik mir erlauben, ein Glas auf Ihr Wohl zu trinken«, sagte er, wie er es vielleicht vor mehr als dreißig Jahren zu Papa gesagt hatte.
Der Raum, den er ihnen geöffnet hatte, war das Buffet des ersten Ranges, und jetzt, da die Lichter brannten, sah sie, daß nicht nur die Wände des Erfrischungsraumes, sondern auch die des Ganges davor mit Fotografien und Reproduktionen behängt waren. Da war Papa mit Einstein, Papa mit Bernard Shaw, Papa, wie er eine Rede hielt, Papa in Amerika mit Wolkenkratzern im Hintergrund, Papa und Mama an Bord eines Ozeandampfers. Die meisten der Bilder waren ihr bekannt, und auf keinem davon sah Papa so aus, wie sie ihn in Erinnerung hatte, denn Papa hatte beim Fotografieren immer eine besonders würdige Miene aufgesetzt.
Zeitungsauschnitte waren gerahmt und mit Erklärungen versehen. »Der Artikel, der im Jahr 1927 eine solche Kontroverse hervorrief«, »Der letzte Artikel vor seiner Ausreise aus Deutschland im Jahr 1933«. Es gab Zeichnungen und Karikaturen, eine Zeitschrift, die Papa herausgegeben hatte (»Davon wußte ich gar nichts«, sagte Anna), gerahmte Manuskriptseiten mit seiner vertrauten, spinnenbeinigen Handschrift mit endlosen Korrekturen.
Gerührt und verwirrt betrachtete sie dies alles. »Ist es nicht seltsam«, sagte sie. »In der Zeit, während er all das gemacht hat, haben wir ihn kaum gekannt.«
»Ich weiß noch, daß ich in der Schule immer nach ihm gefragt wurde«, sagte Max.

»Und weißt du noch ... der Besuch. Da war doch mal so ein Mann, der hat uns zwei Marzipanschweinchen mitgebracht. Ich weiß noch, wie Mama sagte, er sei sehr berühmt. Vielleicht ist es Einstein gewesen.«
»Ich glaube, an Einstein würde ich mich erinnern«, sagte Max, der sogar die Marzipanschweinchen vergessen hatte.
Eine Vitrine mit Exemplaren aller Bücher, die Papa geschrieben hatte, war schon abgehängt. »Als er Deutschland verließ, besaß er nicht einmal eine vollständige Sammlung seiner eigenen Werke«, sagte eine erklärende Notiz. »Er mußte sich bei ihrer Beschaffung auf die Hilfe von Freunden verlassen.« In einer anderen Vitrine standen die beiden neuen dicken Bände mit seinem gesammelten Werk, um dessen Neuauflage Mama sich im vergangenen Jahr so sehr bemüht hatte.
»Ich wünschte, er hätte das alles noch erlebt«, sagte Anna, und Max nickte. Sie hatten es beide so oft gedacht.
Vom hinteren Ende des Raumes führten Stufen zu einem anderen Flur. Hier waren die Ausstellungsstücke schon abgenommen und mit der Vorderseite zur Wand gedreht. Sie zog auf gut Glück einen der Rahmen heraus. Er enthielt eine Vergrößerung eines kürzlich erschienenen Artikels über Papas Werk. Sie las: »... einer der glänzendsten Geister seiner Generation. Die Bücher, Klassiker ihrer Art, befinden sich in jeder Universitätsbibliothek.« Natürlich wußte sie das, aber in England, wo niemand je etwas von Papa gehört hatte, war es schwer, sich das vorzustellen.
»Sieh dir das an«, sagte Max. Er hatte eine Fotografie gefunden, die sie alle vier im Garten in Berlin zeigte, Papa wie gewöhnlich in Autorenpose, Mama mit einem strahlenden Lächeln, sie selber und Max in den gleichen gestreiften Pullovern, Max mit Pagenfrisur auf einem Roller, sie, Anna, mit einem Dreirad.
»Ich weiß noch, wie das aufgenommen wurde«, sagte sie. »Ich weiß noch, ich hatte das Dreirad eben bekommen und versuchte so auszusehen wie jemand, der mit einem Dreirad um Ecken fahren kann.«

Max überlegte. »Ich finde, es ist dir nicht ganz gelungen«, sagte er. Dann fügte er hinzu: »Wirklich, du siehst genau aus wie Papa.«
Dann hingen da keine Bilder mehr – sie waren ans Ende der Ausstellung gelangt.
»Das wär's«, sagte Max. »Es ist eigentlich nicht viel, nicht wahr?«
Sie gingen zum Ende des Ganges, traten durch eine Tür und befanden sich in der hintersten Reihe des ersten Ranges, einem Halbrund leerer roter Sitze, die sich in Reihen nach unten hin senkten. Im weiten dämmrigen Raum unter der Decke hing der vertraute Theatergeruch von Leim und Putz, und aus der Tiefe des Parketts kam das Summen eines Staubsaugers. Anna schaute nach unten und entdeckte die verkürzte Gestalt, die die Gänge entlang staubsaugte. Sie suchte mit dem Blick die Mitte der dritten Reihe und versuchte, sich Papa dort vorzustellen, aber es gelang ihr nicht.
»Die Ausstellung ist nur etwas zum Anschauen während der Pause«, sagte Max neben ihr. »Aber ich glaube, sie war wirklich informativ, bevor man die Hälfte abgehängt hat.«
Sie nickte und wandte sich zum Gehen – und da, zwischen zwei Ausgängen, fast wie ein Heiliger in einer Nische, stand, beinahe lebensgroß, Papa. Er trug seinen alten grauen Hut und den schäbigen Wintermantel, den er getragen hatte, solange sich Anna erinnern konnte, und er schien gerade etwas zu sagen. Seine Augen waren voller Interesse auf etwas oder jemanden gleich neben der Kamera gerichtet, er wirkte angeregt und voller Leben.
Sie kannte natürlich dieses Bild, hatte es aber noch nie in einer solchen Vergrößerung gesehen. Es war von einem Pressefotografen gemacht worden, als Papa an jenem längst vergangenen Tag in Hamburg aus dem Flugzeug stieg – das letzte Bild vor seinem Tod. Papa hatte nicht gewußt, daß der Fotograf dort stand, und hatte keine Zeit gehabt, sein Fotografiergesicht aufzusetzen, er sah genauso aus, wie Anna ihn im Gedächtnis hatte.

»Papa«, sagte sie, jetzt zum ersten Mal gerührt.
Max, der ihrem Blick gefolgt war, blieb mitten auf der Treppe stehen, und sie betrachteten das Bild gemeinsam.
»Es war eine sehr gute Idee, es hier aufzuhängen«, sagte sie schließlich. »Es überschaut das ganze Theater.«
Sie schwiegen. Das Geheul des Staubsaugers drang immer noch aus dem Parkett nach oben.
»Seltsam«, sagte Max, »aber dies Bild ist das einzige hier, das mir wirklich etwas bedeutet. Ich meine, das andere ist alles sehr interessant, aber das hier ist für mich Papa. Was ich so seltsam finde ist, daß er für alle anderen Menschen jemand ganz anders war.«
Sie nickte. »Ich habe nicht einmal alles, was er geschrieben hat, gelesen.«
»Ich auch nicht.«
»Das Wesentliche ist –« Wie sollte sie es nur ausdrücken, was war das Wesentliche? Es hatte etwas damit zu tun, daß sie Papa geliebt hatte, als er alt und erfolglos war und dennoch interessanter als irgendein anderer Mensch, den sie kannte. »Er hat sich nie selbst bemitleidet«, sagte sie, aber das war es nicht, was sie hatte sagen wollen.
»Das Wesentliche ist«, sagte Max, »daß es gar nicht darauf ankommt, was er getan hat. Wesentlich ist, was für ein Mensch er war.«
Während sie die Wendeltreppe wieder hinunterstiegen, bemerkten sie, daß es im Foyer jetzt lebendiger zuging. Die Türen zur Straße standen offen, jemand saß hinter der Glasscheibe des Billettschalters, und ein älterer Mann versuchte, eine Vorbestellung zu machen. Sie hatten den Fuß der Treppe erreicht, als plötzlich eine schlaksige junge Frau vor ihnen stand, die etwas von *Kulturbeziehungen* sagte und ihnen herzlich die Hand schüttelte. »Hat es Ihnen gefallen?« rief sie. »Es tut mir so leid, daß ich Sie nicht empfangen konnte. Ich hoffe, daß der Pförtner – wissen Sie, er erinnert sich noch an Ihren Vater. Ihre Mutter war natürlich hier, als die Ausstellung eröffnet wurde, sie schien zufrieden, aber man weiß nie so

recht. Wissen Sie, wir hätten das Zehnfache an Material aus dem Archiv haben können, aber da so wenig Platz war, mußte ausgewählt werden.«
»Ich fand es ausgezeichnet«, sagte Max, und sie blühte unter seinem Lächeln auf, wie es die Leute immer taten, und sah auch gar nicht mehr so hager aus.
»Wirklich?« sagte sie. »Tatsächlich? Man hofft immer so sehr, es recht zu machen.«
»Oh, ja«, sagte Anna. »Ich finde, das ist Ihnen gelungen.«

*

Nachher, beim Mittagessen in einem kleinen Restaurant, sprachen sie über Mama.
»Es ist schwer zu fassen«, sagte Max, »wenn man diese Ausstellung gesehen hat, bedenkt, was für eine Persönlichkeit Papa war und welches Leben sie an seiner Seite geführt hat. Und jetzt versucht sie, sich wegen eines Menschen wie Konrad umzubringen.«
»Er hat ihr Sicherheit gegeben«, sagte Anna.
»Oh, ich weiß, ich weiß.«
»Ich mag Konrad«, sagte Anna. »Was ich so erstaunlich finde, ist, wie Mama über die Dinge spricht, die sie gemeinsam unternehmen. Du weißt – ›wir haben im Bridge drei Dollar gewonnen‹, und ›der Wagen hat in anderthalb Stunden hundertdreißig Kilometer gemacht‹ – Es ist alles so langweilig und alltäglich.«
Max seufzte. »Wahrscheinlich ist es das, was ihr daran gefällt. Sie hat früher nie Gelegenheit für so etwas gehabt.«
»Wahrscheinlich.«
Max seufzte wieder. »Papa war ein großer Mann. Es ist gar nicht so leicht, sich seiner würdig zu erweisen. Mit ihm verheiratet und dazu ein Flüchtling zu sein – da würde jeder sich nach ein bißchen Alltäglichkeit sehnen. Ich glaube, irgendwie haben wir es alle getan.«
Anna erinnerte sich einer Zeit im englischen Internat, als sie

sich nichts so sehr gewünscht hatte, wie Pam zu heißen und gut im Lacrosse zu sein. Aber das hatte nicht lange gedauert.
»Vielleicht empfindet man es nicht so sehr«, sagte Max, »wenn man den Wunsch hat, zu malen oder zu schreiben, dann ist es vielleicht nicht so wichtig, daß man anders ist als die anderen. Aber ich –«
»Unsinn«, sagte Anna. »Du bist immer anders gewesen als die anderen.«
Er schüttelte den Kopf. »Was die Leistungen, den Erfolg angeht . . . vielleicht: Bester Student, Stipendiat, glänzender junger Anwalt, von dem man munkelt, daß er der jüngste Kronanwalt sein wird . . .«
»Stimmt das?«
Er grinste. »Vielleicht. Aber bei all dem kommt es auf Anpassung an, nicht wahr? Was ich in Wirklichkeit tue: Ich setze alles daran, zu erreichen, daß ich mich in nichts von der obersten Schicht der englischen Normalbürger unterscheide. Manchmal habe ich mich gefragt, was gewesen wäre, wenn wir keine Flüchtlinge gewesen wären . . .«
»Du hättest auch dann Jura studiert. Da liegt deine Begabung.«
»Wahrscheinlich. Aber vielleicht wären meine Motive ein wenig anders gewesen.« Er verzog das Gesicht. »Nein, ich kann durchaus begreifen, warum Mama ein gewöhnlicher Mensch sein will.«
Eine Weile saßen sie schweigend da. Schließlich sagte Anna: »Was glaubst du, wie es jetzt weitergehen wird?«
Er zuckte die Schultern. »Konrad versichert immer wieder, daß er sich um sie kümmert . . . mit allem, was das heißt. Ich weiß nicht, ob er sich vorstellt, sie könnten so weiterleben wie früher, so, als ob gar nichts geschehen wäre. Vielleicht äußert er sich mal dazu, wenn wir heute abend zusammen essen.«
»Ja.« Sie sah Mama plötzlich ganz deutlich vor sich, mit ihren verletzlichen blauen Augen, dem entschlossenen Mund, der kindlichen Stupsnase. »Sie wird verzweifelt sein, wenn er es nicht tut.«

»Nun, ich denke, er wird es tun. Jedenfalls glaube ich, daß er die Absicht hat. Ich möchte nur nicht den Eindruck entstehen lassen, daß wir das für selbstverständlich hielten und ihn mit dem Problem allein lassen. Ich glaube, er braucht etwas Unterstützung.«

»Die könnten wir ihm doch geben, nicht wahr?«

Eine Weile lang sagte er gar nichts. Dann sah er sie an. »Ich habe Wendy mit dem Kind auf einer abgelegenen griechischen Insel zurückgelassen. Ich kann nicht lange bleiben.«

»Ach so.« Sie hatte nicht daran gedacht; eine plötzliche Mutlosigkeit überfiel sie. »Vielleicht könnte ich ohne dich noch etwas länger bleiben.« Aber in Wirklichkeit hatte sie keine Lust, etwas in dieser Richtung zu unternehmen.

»Wenn du das könntest, das wäre wunderbar.«

»Ich muß es mir überlegen. Weißt du, ich habe erst kürzlich diese Stellung als Redakteurin angetreten.« Die Stelle und Mama verquickten sich zu einem hoffnungslosen Gewirr. Zurück zu Mama, dachte ein Teil ihres Bewußtseins, und wie immer überkam sie Panik bei diesem Gedanken; ein anderer Teil dachte an Richard, aber der schien weit weg. »Ich müßte erst mit Richard darüber sprechen.«

»Aber natürlich«, sagte er.

Als jetzt die Kellnerin die Rechnung brachte, war er wieder sehr blaß. Er sagte: »Hast du etwas dagegen, wenn wir ins Hotel zurückgehen? Ich habe die letzten zwei Nächte kaum geschlafen und bin plötzlich sehr müde. Konrad sagte, er habe mir ein Zimmer bestellt.«

Während er schlief, lag sie auf ihrem Bett und starrte auf die gemusterten Vorhänge, die sich leise im Luftzug bewegten. Sie wünschte, sie hätte nichts vom Längerbleiben gesagt. Jetzt wird es schwerer sein, wegzukommen, dachte sie und kam sich gemein vor. Und doch, dachte sie, warum muß immer ich es sein? Schließlich hatte sie sich noch nicht festgelegt, und schlimmstenfalls würden es ja nur ein paar Tage sein. Länger bleibe ich auf keinen Fall, dachte sie trotzig. Einen Moment spielte sie mit dem Gedanken, Richard anzurufen. Aber es war

besser, zuerst mit Konrad zu sprechen. Da Mama jetzt außer Gefahr war, wollte er vielleicht gar nicht, daß jemand dabliebe.
Die gemusterten Vorhänge blähten sich und sanken zurück. Plötzlich stand alles ganz scharf in ihrem Bewußtsein: sie selber, das schäbige deutsche Haus, das sie umgab, Max, der im Nebenzimmer ruhte, Konrad in seinem Büro, seine Sekretärin, die ihn beobachtete, Mama, die endlich richtig aus ihrer langen Betäubung erwachte, und Richard, der in London an seinem Manuskript arbeitete und auf sie wartete, und hinter allem, in der Vergangenheit, stand Papa.
Genauso ist es, dachte sie. Sie hatte das Gefühl, alles sehen zu können, jede Einzelheit in der Beziehung zum Übrigen, daß sie die Gedanken eines jeden kannte und seine Gefühle, daß sie sie haargenau gegeneinander abwägen konnte. Ich könnte über all das schreiben, dachte sie. Aber dieser Gedanke kam ihr so kaltblütig vor, daß sie erschrak und sich einzureden versuchte, sie habe ihn gar nicht gedacht.

*

Am späten Nachmittag gingen sie zum Krankenhaus, und als sie die Tür zu Mamas Zimmer öffneten, war Konrad schon da. Er saß auf ihrem Bett, und Mama, mit verkrampftem Gesicht und den Tränen nahe, hielt seine Hand. Ihre blauen Augen waren fest auf seine gerichtet, und sie hatte Lippenstift aufgelegt, der in ihrem erschöpften Gesicht seltsam grell wirkte.
»Nu«, sagte Konrad, »da sind deine Kinder, die aus allen Ekken der Welt gekommen sind, um dich zu besuchen, also verlasse ich dich.«
»Geh nicht.« Mamas Stimme war immer noch schwach. »Mußt du gehn?«
»Yes, ma'am, ich muß«, sagte Konrad. Er stemmte sich mit Anstrengung vom Bett hoch und lächelte sein schiefes Lächeln. »Ich werde einen Spaziergang machen; das ist gut für mich, und deshalb tue ich es so selten. Danach komme ich zu-

rück und lade deine Kinder zum Essen ein. Und du mußt inzwischen brav sein.«
»Geh nicht zu weit.«
»No, ma'am«, sagte er, und Anna sah, wie es um Mamas Mund zuckte, als er das Zimmer verließ.
»Er nennt mich immer ma'am«, sagte sie mit zittriger Stimme, als wäre damit alles erklärt.
Sie hatten Blumen mitgebracht, und Anna ordnete sie in eine Vase, die schon einen viel prächtigeren Strauß von Konrad enthielt, und Max setzte sich auf Konrads Platz aufs Bett.
»Nun, Mama«, sagte er mit seinem warmen Lächeln, »ich bin so froh, daß es dir bessergeht.«
»Ja«, sagte Anna, die noch an der Vase hantierte. Sie hatten beide Angst, Mama würde anfangen zu weinen.
Sie schien immer noch ziemlich benommen. »Wirklich?« sagte sie, und dann fügte sie fast mit ihrer üblichen Lebhaftigkeit hinzu: »Ich nicht. Ich wünschte, sie hätten mich in Ruhe gelassen. Es wäre für alle viel einfacher gewesen.«
»Unsinn, Mama«, sagte Max, und daraufhin füllten sich ihre Augen mit Tränen.
»Das einzige, was mir leid tut«, sagte sie, »ist, daß ich dir deine Ferien verdorben habe. Das wollte ich nicht – wirklich nicht. Aber es war so schrecklich –« Sie schnüffelte durch ihr Stupsnäschen und suchte unter dem Kopfkissen nach einem Taschentuch. »Ich hab versucht, es nicht zu tun«, rief sie. »Ich hab versucht, wenigstens zu warten, bis du wieder in London warst, aber jeden Tag – ich konnte es einfach nicht länger aushalten.« Sie hatte das Taschentuch gefunden und putzte sich ausgiebig die Nase. »Wenn sie mich nur hätten sterben lassen«, sagte sie, »dann hättest du erst zum Begräbnis zu kommen brauchen, und bis dahin wären deine Ferien vielleicht zu Ende gewesen.« – »Ja, Mama«, sagte Max, »aber ich hätte sie wahrscheinlich nicht sehr genossen.«
»Nicht?« Sie sah sein Gesicht, und ihre Stimme belebte sich, sie kicherte beinahe. »Was ist schließlich schon eine alte Mutter?«

»Stimmt, Mama. Aber zufällig hänge ich an meiner, und Anna auch.«
»Ja«, sagte Anna durch die Blumen hindurch.
»Oh, ich weiß nicht, ich weiß nicht.«
Sie ließ sich aufs Kissen zurücksinken und schloß die Augen, Tränen quollen unter ihren geschlossenen Lidern hervor und netzten die Wangen.
»Ich bin so müde«, sagte sie.
Max tätschelte ihr die Hand. »Bald wird's dir wieder bessergehen.« Aber sie schien ihn nicht zu hören.
»Hat er euch gesagt, was er getan hat?« sagte sie. »Er hatte ein anderes Mädchen.«
»Aber es bedeutete ihm nichts«, sagte Anna. Sie hatte sich neben das Bett hingehockt. Sie sah jetzt Mamas tränennasses Gesicht auf der gleichen Höhe wie ihr eigenes, so wie sie es so oft neben sich im Bett in der Pension in Putney gesehen hatte, und das gleiche Gefühl wie damals stieg in ihr auf: Sie konnte es nicht ertragen, Mama unglücklich zu sehen, dem mußte irgendwie ein Ende gemacht werden.
Mama sah sie an. »Sie war jünger als ich.«
»Ja, aber Mama –«
»Du weißt nicht, wie das ist«, rief Mama. »Du bist selber jung, und du hast deinen Richard.« Sie wandte ihr Gesicht zur Wand und weinte. »Warum konnten sie mich nicht sterben lassen? Man hat doch auch Papa in Frieden sterben lassen – dafür hab ich immerhin gesorgt. Warum haben sie mich nicht gelassen?«
Anna und Max sahen sich an.
»Mama –« sagte Max.
Anna waren die Beine eingeschlafen, und sie stand auf. Sie wollte sich das Bein nicht reiben, weil sie fürchtete, es könnte gleichgültig wirken, deshalb trat sie ans Fenster, stand da unglücklich herum und bog und streckte das Knie.
»Hör mal, Mama, ich weiß, daß es schlimm für dich gewesen ist, aber ich bin überzeugt, es wird alles wieder gut werden. Schließlich seid ihr beiden, Konrad und du, schon lange Zeit

zusammen.« Max sprach in seinem vernünftigen Anwaltston.
»Sieben Jahre«, sagte Mama.
»Siehst du. Und diese Affäre, was immer es war, hat ihm nichts bedeutet. Er hat es selber gesagt. Und wenn Menschen ein so langes und gutes Verhältnis zueinander gehabt haben wie ihr beide, dann lassen sich noch viel größere Schwierigkeiten überwinden.«
»Es war wirklich ein gutes Verhältnis«, sagte Mama. »Wir waren ein gutes Gespann. Alle haben das gesagt.«
»Da siehst du.«
»Weißt du, daß wir Zweitbeste im Bridgeturnier waren? Unter einer ganzen Reihe amerikanischer und englischer Paare, die alle sehr erfahrene Spieler waren. Eigentlich hätten wir mit dem Paar, das gewann, gleichziehen müssen, nur gab es da diese blöde Regel –«
»Ihr wart immer ein wunderbares Ehepaar.«
»Ja«, sagte Mama. »Sieben Jahre lang.« Sie sah Max an. »Wie konnte er das alles zerstören? Wie konnte er nur?«
»Ich glaube, es ist ihm einfach so passiert.«
Aber sie hörte gar nicht zu. »Die Ferien, die wir zusammen verbracht haben«, sagte sie. »Als das Auto ganz neu war und wir nach Italien fuhren. Er fuhr, und ich las die Karte. Und wir fanden diesen reizenden kleinen Ort an der See – ich habe euch doch Fotos geschickt, nicht wahr? Wir waren so glücklich. Und nicht nur ich – er war mindestens so glücklich. Er hat es mir gesagt. Er sagte: ›Noch nie im Leben bin ich so glücklich gewesen wie jetzt.‹ Weißt du, seine Frau war sehr langweilig. Sie unternahmen nie etwas, gingen nirgendwo hin. Alles, was sie wollte, war, immer mehr Möbel kaufen.«
Max nickte, und Mamas Augen, die auf ein fernes Erinnerungsbild gerichtet waren, wandten sich ihm plötzlich wieder zu.
»Dieses Mädchen«, sagte sie, »mit dem er etwas hatte. Wußtest du, daß sie eine Deutsche ist?«
»Nein«, sagte Max.

»So ist es aber. Eine kleine deutsche Sekretärin. Ungebildet, spricht sehr schlechtes Englisch, und sie ist nicht einmal hübsch. Nur –« Mamas Augen wurden wieder feucht. »Nur jünger ist sie!«
»Oh, Mama. Ich bin sicher, daß es gar nichts damit zu tun gehabt hat.«
»Womit sonst soll es denn zu tun haben? Es muß doch an etwas liegen. Man zerstört nicht sieben Jahre Glück ohne irgendeinen Grund.«
Max nahm ihre Hand. »Mama, es gab bestimmt keinen Grund. Es ist einfach so passiert. Er hat es gar nicht wichtig genommen, bevor er sah, wie du reagiertest. Aber er ist doch hier gewesen. Hat er es dir nicht selber gesagt?«
»Ja«, sagte Mama mit dünner Stimme. »Aber wie soll ich wissen, daß es wahr ist?«
»Ich glaube, es ist wahr«, sagte Anna. »Ich bin jetzt zwei Tage lang mit ihm zusammengewesen, und ich glaube, es ist wahr.«
Mama warf ihr einen kurzen Blick zu und wandte sich dann wieder an Max.
»Ich glaube das auch«, sagte Max. »Ich sehe ihn ja heute abend noch. Ich werde mit ihm sprechen und feststellen, was er wirklich denkt. Und ich verspreche dir, ich werde es dir ehrlich sagen. Aber ich bin sicher, daß alles gut werden wird.«
Mama, deren Augen jetzt überströmten, ließ sich in ihre Kissen zurückfallen.
»Oh, Max«, sagte sie. »Ich bin so froh, daß du da bist.«

*

Dann saßen sie wieder im Auto, und Anna sah im Licht der Straßenlaternen die Trümmer und die halbfertigen Gebäude draußen vorbeifliegen und fragte sich, wie das alles noch enden solle. Konrad lenkte den Wagen, vorsichtig und geschickt wie immer, und sie wurde sich plötzlich bewußt, daß sie nicht die geringste Vorstellung davon hatte, was er dachte. Er schien, mit Max neben sich, eine kurze Stadtrundfahrt mit ih-

nen zu machen und wies sie von Zeit zu Zeit auf Sehenswürdigkeiten hin.
»Kurfürstendamm... Leibnitzstraße... Gedächtniskirche... Potsdamer Platz...«
Sie sahen Soldaten, eine Art Barriere und darüber ein hell erleuchtetes Schild: »Sie verlassen jetzt den amerikanischen Sektor.« Es war kalt und dunkel. Ein paar junge Leute, die in einer Gruppe beieinanderstanden, schlugen mit den Armen und stampften mit den Füßen. Die meisten trugen Transparente, und während sie noch hinschaute, bewegten sie sich plötzlich auf die Barriere zu und riefen im Chor: »Russen raus! Russen raus! Russen raus!«
Konrad fing ihren Blick im Rückspiegel. »Sie demonstrieren für Ungarn«, sagte er. »Viel nützen wird das nicht, aber es ist doch schön, daß sie es versuchen.«
Sie nickte. »In London gibt es auch viele Demonstrationen.«
Der Potsdamer Platz blieb hinter ihnen zurück.
»Schlagen die Russen jemals zurück?« fragte Max.
»Nicht, indem sie Schlagwörter brüllen. Sie haben wirksamere Methoden. Zum Beispiel verschärfen sie die Straßenkontrollen nach und von Berlin. Das bedeutet, daß alles die doppelte Zeit braucht, um durchzukommen.«
Immer noch hörte man in der Ferne leise: »Russen raus!« Einen Augenblick lang kam eine Gruppe marschierender amerikanischer Soldaten bewaffnet und mit Stahlhelm, ins Gesichtsfeld und verschwand wieder in der Dunkelheit.
»Ist es nicht manchmal bedrückend, so eingekesselt zu sein?« sagte Anna. »Ich meine, wenn nun die Russen angreifen?« Es sollte nüchtern klingen, aber das mißlang.
Max grinste sie über die Schulter hinweg an: »Mach dir keine Sorgen, kleiner Mann. Ich verspreche dir, daß sie dich nicht kriegen.«
»Wenn die Russen angriffen«, sagte Konrad, »so könnten sie Berlin in zehn Minuten besetzen. Jeder, der hier lebt, weiß das. Aber sie greifen nicht an, weil sie wissen, daß sie sich dann sofort im Krieg mit Amerika befänden.«

»Ach so.«
»Und nicht einmal, um dich zu schnappen, kleiner Mann«, sagte Max, »würden sie einen dritten Weltkrieg riskieren.«
Sie lachte etwas gequält. Es war kalt hinten im Wagen, und als Konrad um eine Ecke bog, wurde ihr plötzlich wieder übel. Doch nicht schon wieder! dachte sie.
Konrad beobachtete sie im Rückspiegel.
»Noch drei Straßen weiter«, sagte er, »dann gibt's Abendessen. Ich habe uns in einem Restaurant einen Tisch bestellt, in dem du schon einmal gewesen bist – ich hoffe, es ist dir recht, denn damals hat es dir gefallen.«
Es stellte sich heraus, daß es das Lokal war, wo sie ihre Verlobung mit Richard gefeiert hatten, und sobald sie es erkannte – die warme, verräucherte Atmosphäre, die mit roten Tüchern gedeckten Tische, die durch die hohen Holzlehnen der Bänke voneinander getrennt waren –, fühlte sie sich besser.
»Etwas zu trinken?« fragte die dicke Wirtin.
(Das letztemal hatte Mama ihr stolz erklärt, was da gefeiert wurde, und sie hatte ihnen einen Schnaps ausgegeben.)
Konrad bestellte Whisky, und als sie ihn brachte, sagte sie lächelnd auf deutsch: »Ein Familientreffen?«
»So könnte man es nennen«, sagte Konrad. Es war lächerlich, aber so kam es ihnen auch vor.
Konrad saß zwischen ihnen und half ihnen wie ein lieber und freigebiger Onkel, auf der Speisekarte die Gerichte zu wählen, besprach sich mit Max über den Wein, war bemüht, es ihnen behaglich zu machen, und füllte ihre Gläser nach. Währenddessen sprach er über allgemeine Themen – das zweifelhafte russische Versprechen, aus Ungarn abzuziehen, sobald die Ungarn die Waffen niederlegten, die Unruhen in Suez, wo die Israelis nun doch Ägypten angegriffen hatten. (»Ich hoffe, Wendy macht sich nicht allzuviel Sorgen«, sagte Max. »Schließlich ist Griechenland nicht weit davon entfernt.«)
Dann, als sie mit dem Hauptgericht fertig waren, lehnte Konrad sich zurück, soweit das einem so beleibten Mann in einer so engen Bank möglich war, und wandte sich an Max.

»Deine Schwester wird dir einen ungefähren Begriff davon gegeben haben, was hier geschehen ist«, sagte er. »Aber ich vermute, du möchtest es genau wissen.«
»Ja«, sagte Max.
»Natürlich.« Er legte Messer und Gabel genau nebeneinander auf den Teller. »Ich weiß nicht, ob deine Mutter es in ihren Briefen erwähnt hat, aber sie fuhr neulich für ein paar Tage nach Hannover. Es war ein besonderer Auftrag und bedeutete für sie so etwas wie eine Auszeichnung. Während sie weg war – knüpfte ich eine Beziehung zu einer anderen Frau an.«
Sie sahen ihn beide an. Was sollte man darauf sagen?
»Dieses – vorübergehende Verhältnis war nichts Ernsthaftes. Es ist jetzt endgültig vorbei. Ich habe eurer Mutter davon erzählt, weil ich nicht wollte, daß sie es von dritter Seite erfuhr. Ich dachte, sie wäre verständig genug, es in der richtigen Perspektive zu sehen . . .«
(Nun mach aber einen Punkt, dachte Anna. Bis jetzt hatte sie ihm folgen können, aber wenn er das wirklich glaubte . . . Wie hatte er nur annehmen können, daß Mama es ruhig hinnehmen würde?)
». . . schließlich sind wir beide keine Kinder mehr.«
Sie sah ihn an. Sein freundliches, gereiftes Gesicht wirkte jetzt seltsam verschlossen. Wie ein kleiner Junge, dachte sie, der darauf besteht, die Uhr könnte unmöglich dadurch beschädigt worden sein, daß er sie auseinandergenommen hatte.
»Aber Konrad –«
Sein Gesicht verlor an Gelassenheit. »Ich finde, sie *hätte* es verstehen müssen. Die Sache war ohne jede Bedeutung. Ich habe ihr das gesagt. Ihr wißt doch, eure Mutter ist eine intelligente, vitale Frau. Sie liebt das Leben. Sie möchte soviel wie möglich daraus machen, und auch ich habe das in den vergangenen Jahren von ihr gelernt. Was wir alles miteinander geteilt haben – die Freundschaften, die Urlaubsreisen, sogar einige der beruflichen Positionen, die ich innegehabt habe –, das hätte ich alles ohne sie nie gemacht. Dagegen dies andere Mädchen – sie ist eine kleine Sekretärin. Sie ist nie irgendwo

gewesen, hat nichts unternommen, sie lebt zu Hause bei ihrer Mutter, kocht und flickt, spricht kaum . . .«
»Aber dann – warum?« fragte Max.
»Ich weiß nicht.« Er runzelte die Stirn, grübelte. »Wahrscheinlich«, sagte er schließlich, »konnte ich mich bei ihr ein bißchen ausruhen.«
Es klang so komisch, daß sie lachen mußte. Sie fing Maxens Blick auf, und auch er lachte. Es lag nicht nur an dem Ton, in dem Konrad es gesagt hatte, es war auch, daß sie beide sofort wußten, was er meinte.
Mamas Intensität war manchmal erschöpfend. Nie konnte man ihre Gegenwart einen Augenblick vergessen, auch nicht, wenn sie zufrieden war. »Ist das nicht *herrlich?«* konnte sie sagen, und man wagte nicht zu widersprechen. »Findest du nicht auch, daß dies ein ganz *wunderschöner* Tag ist?« Oder ein ganz wunderschöner Ort oder ein Gericht oder was immer sie glücklich gemacht hatte. Mit rücksichtsloser Energie war sie hinter dem her, was sie für das Vollkommene hielt; sie kämpfte um den besten Platz am Strand, den richtigen Job, einen zusätzlichen Urlaubstag. Sie tat es mit einer Entschlossenheit, die die meisten Leute schließlich mürbe machte.
»Es ist nicht die Schuld eurer Mutter«, sagte Konrad. »Sie ist einfach so.« Er lächelte schwach. »Immer mit dem Kopf durch die Wand.«
»Das hat Papa ihr auch immer gesagt«, sagte Anna.
»Wirklich?« fragte Konrad. »Das hat sie mir nie erzählt. Aber natürlich hatte das damals seinen Sinn. Euch beiden eine Ausbildung zu verschaffen, wo doch kein Geld da war. Ohne Qualifikation einen Job zu finden. Ich glaube, ohne ihre Gewohnheit, mit dem Kopf durch die Wand zu gehen, hättet ihr beiden die Emigration nicht so gut überstanden.«
»Ja natürlich.« Sie wußten es beide auch, ohne daß es so ausdrücklich betont wurde.
Es entstand eine kurze Pause. »Aber dies andere Mädchen – die Sekretärin«, sagte Max schließlich. »Was hält sie denn von all dem? Glaubt *sie,* daß alles vorbei ist?«

Konrad setzte wieder seine verschlossene Kleine-Jungen-Miene auf. »Ich habe es ihr gesagt«, sagte er. »Ich bin ganz sicher, daß sie es versteht.«
Aus dem Qualm und dem Gewirr der deutschen Stimmen tauchte plötzlich die Wirtin mit Kaffee und drei kleinen Gläsern auf.
»Ein Schnäpschen«, sagte sie, »zum Familientreffen.«
Sie dankten ihr, und Konrad machte einen Scherz über die Lasten eines Familienvaters. Sie brach in Lachen aus und verschwand wieder im Dunst.
Konrad wandte sich an Max.
»Und jetzt?« sagte Max. »Wie geht es jetzt weiter?«
»Jetzt?« Der Kleine-Jungen-Ausdruck war verschwunden, und man sah plötzlich wieder, was Konrad wirklich war – ein ziemlich gewöhnlicher älterer Jude, der viel mitgemacht hat. »Jetzt lesen wir die Scherben auf und fügen sie wieder zusammen.« Er hob das kleine Glas und setzte es an die Lippen. »Auf das Familientreffen«, sagte er.

*

Später kam der Rest des Abends Anna wie eine Party vor. Sie fühlte sich verwirrt, aber glücklich, so, als wäre sie betrunken, nicht so sehr vom Schnaps, sondern von der Überzeugung, daß alles wieder gut werden würde. Mama würde ihren Kummer überwinden. Konrad würde dafür sorgen, wie er bisher für alles gesorgt hatte. Und sie alle zusammen – ganz besonders aber Anna – hatten Mama davor bewahrt, eines törichten, sinnlosen Todes zu sterben, in einem Zustand von Verzweiflung zu sterben, für den sie sich ewig schuldig gefühlt hätten. Auch Max und Konrad schienen viel entspannter. Ohne die Verlegenheit, die sonst oft zwischen ihnen herrschte, tauschten sie juristische Anekdoten aus. Als Anna von der Toilette zurückkam (einem sehr nüchternen Ort, der beinahe ganz von einer dicken Frau ausgefüllt wurde, die gerade einen steifen Filzhut auf ihrem eisengrauen Haar befestigte), fand sie die beiden, wie sie wie alte Freunde schallend miteinander lachten.

Erst als Konrad sie nach Hause fuhr, flaute die Stimmung ab. Vielleicht lag es an der Kälte und dem Anblick der erst halb wiederaufgebauten Straßen mit den patrouillierenden Soldaten. Wahrscheinlich hatte es aber auch damit zu tun, daß Anna festgestellt hatte, daß es beinahe Mitternacht und somit zu spät war, um Richard noch anzurufen. Jedenfalls fühlte sie sich plötzlich niedergeschlagen und hatte Heimweh, und sie war entsetzt, als Konrad an der Hoteltür auf einmal sagte: »Ich bin so froh, daß du noch einige Zeit in Berlin bleiben kannst. Das wird eine große Hilfe sein.«

Sie war zu überrascht, um sofort darauf zu antworten, erst als er weg war, wandte sie sich zornig an Max. »Hast du Konrad gesagt, daß ich noch bleiben würde?« fragte sie.

Sie standen in dem kleinen Frühstückszimmer, das auch als Empfangsraum diente, und ein verschlafenes halbwüchsiges Mädchen, ohne Zweifel eine Verwandte der Besitzerin, suchte nach ihren Schlüsseln.

»Ich weiß nicht – es ist möglich«, sagte Max. »Aber du hast doch gesagt, du würdest bleiben.«

»Ich habe nur gesagt: vielleicht.« Sie verlor plötzlich die Fassung. »Ich habe nichts Bestimmtes gesagt. Ich habe gesagt, ich wollte zuerst mit Richard sprechen.«

»Nun, das kannst du Konrad doch erklären. Ich verstehe nicht, warum du dich so aufregst.«

Auch Maxens Stimmung war offenbar umgeschlagen. Sie standen sich am Pult gegenüber und starrten sich wütend an.

»Zimmer fünf und sechs«, sagte das Mädchen und schob ihnen die Schlüssel und einen Zettel hin. »Und ein Telefonanruf für die Dame.«

Der Anruf war natürlich von Richard. Er hatte angerufen und sie nicht angetroffen. Der Zettel enthielt nur seinen Namen, der auf groteske Weise entstellt war. Er hatte nicht einmal eine Nachricht hinterlassen können, weil niemand im Hotel Englisch sprach.

»Oh, verdammt, verdammt, verdammt!« schrie sie.
»Um Himmels willen«, sagte Max. »Er ruft doch bestimmt morgen abend wieder an.«
»Morgen abend bin ich auf dieser verdammten Party«, schrie sie. »Konrad hat das arrangiert. Jeder hier scheint zu entscheiden, was genau ich zu jeder gegebenen Zeit zu tun habe. Vielleicht könnte man mich wenigstens gelegentlich fragen. Vielleicht könntest du das nächste Mal, bevor du langfristige Verabredungen für mich triffst, dich erst mal bei mir erkundigen, ob es mir auch paßt.«
Max war starr. »Was denn für eine Party?«
»Das ist doch ganz gleich, was für eine Party. Irgend so ein gräßliches British-Council-Unternehmen.«
»Hör mal.« Er sprach sehr ruhig. »Du siehst das Ganze völlig falsch. Wenn du willst, erkläre ich Konrad die Sache. Das ist doch überhaupt kein Problem.«
Aber natürlich stimmte das nicht. Jetzt, wo Konrad glaubte, sie würde bleiben, war es sehr viel schwieriger, ihm zu erklären, daß es nicht so war.

Später, als sie im Bett lag, dachte sie an Richard und stellte entsetzt fest, daß sie sich sein Gesicht nicht mehr genau vorstellen konnte. Ihr Magen zog sich zusammen. Die schon vertraute Übelkeit überkam sie, und lange lag sie unter der großen Steppdecke in der Dunkelheit und hörte in der Ferne die Züge dahinrattern. Schließlich konnte sie es nicht mehr aushalten. Sie stand auf, kramte ein sauberes Taschentuch aus ihrem Koffer, stieg wieder ins Bett und breitete es sich über dem Bauch aus.

Mittwoch

Max hatte wohl auch nicht gut geschlafen; beim Frühstück waren sie beide schlecht gelaunt. Sie mußten auf ihren Kaffee warten, denn der kleine Frühstücksraum war voll besetzt. Es waren sechs oder sieben Gäste da, die wohl am Abend zuvor angekommen waren, und die Wirtin war so konfus, daß sie nicht einmal mit Hilfe des jungen Mädchens mit dem Bedienen zu Rande kam.

»Wann, meinst du, wirst du abreisen?« fragte Anna Max in kühlem Ton.

Er machte eine ungeduldige Geste. »Ich weiß nicht. Aber ich muß bald nach Griechenland zurück. Begreif das doch«, sagte er. »Niemand dort versteht ein Wort Englisch, und Wendy spricht kein Wort Griechisch, und sie hat einen zehn Monate alten Säugling.«

Einen Augenblick lang sagte sie nichts. Sie konnte den Groll, der in ihr hochstieg, nicht unterdrücken und sagte: »Ich sehe nur nicht ein, warum immer ich es bin, an der alles hängenbleibt.«

»Du bist es nicht immer.« Er versuchte vergeblich, die Aufmerksamkeit der Wirtin auf sich zu lenken. »Du weißt ganz genau, daß ich sogar während des Krieges, als ich bei der Luftwaffe war, und später in Cambridge, als ich vor Arbeit nicht wußte, wo mir der Kopf stand, immer wieder nach Hause gekommen bin. Ich bin immer gekommen, wenn es eine Krise gab, und auch sonst, sooft ich konnte, nur so zur moralischen Unterstützung.«

»Du bist gekommen«, sagte sie. »Aber du bist nicht geblieben.«

»Nein, natürlich bin ich nicht geblieben. Ich mußte dies ver-

dammte Flugzeug fliegen. Ich mußte mein juristisches Examen mit Auszeichnung bestehen, ich mußte eine Karriere machen und der Familie eine Stütze sein.«
»Oh, ich weiß, ich weiß.« Sie hatte plötzlich das Streiten satt. »Es ist nur – du kannst dir nicht vorstellen, wie es war, die ganze Zeit dabeizusein. Die Frustration, nie etwas für Papa tun zu können, und Mamas Depressionen. Weißt du, schon damals hat sie dauernd von Selbstmord gesprochen.«
»Aber sie hat nur geredet, sie hat doch nie etwas dergleichen getan«, sagte Max. »Ich meine, dies hier *ist* ja wohl etwas anderes.«
Plötzlich sah sie Mama wieder in ihrem blauen Hut vor sich, mit tränennassem Gesicht. Mama sagte: »Ich kann nicht mehr. Ich kann einfach nicht mehr.« Irgendwo auf der Straße – wahrscheinlich in Putney. Warum fiel ihr das immer wieder ein? War es wirklich geschehen, oder bildete sie es sich nur ein?
»Also«, sagte Max. »Wenn du wirklich nach London zurückwillst, dann mußt du eben fahren. Wenn ich auch nicht gedacht hätte, daß ein paar Tage mehr oder weniger soviel ausmachten.«
»Oh, laß uns abwarten«, sagte sie erschöpft. »Laß uns abwarten, wie es Mama heute morgen geht.«
Max war es endlich gelungen, die Wirtin auf sich aufmerksam zu machen, sie kam gereizt an ihren Tisch gelaufen.
»Schon gut, schon gut«, sagte sie. »Hier ist ja kein Krieg, nicht?«
Während er das Frühstück bestellte, beschloß Anna, sich den Ausdruck zu merken – wahrscheinlich eine Berliner Redensart, die selbst Heimpi nie benutzt hatte. Ein Deutscher am Nebentisch hatte es auch gehört und grinste. Dann lächelte er Anna an und wies auf seine Zeitung. »Rule Britannia, nicht wahr?« sagte er. Sie warf einen Blick auf die Titelseite und las die Schlagzeile: ENGLISCHER ANGRIFF IN SUEZ.
»Um Himmels willen, Max«, sagte sie. »Sieh dir das an. Wir haben Krieg.«

»Was?«
»Bitte, bitte«, sagte der Deutsche und reichte ihnen die Zeitung hinüber.
Es stimmte. Britische Fallschirmjäger unterstützten die Israelis in Ägypten. Außer der Schlagzeile stand nicht viel in der Zeitung – offenbar waren die näheren Einzelheiten noch nicht bekannt –, aber in einem längeren Artikel wurde über die Wirkung spekuliert, die die neue Entwicklung auf die Lage in Ungarn haben könnte. Eine ebenso dicke Schlagzeile wie die über Suez sagte: »Die Russen bieten Rückzug ihrer Truppen aus Ungarn, Rumänien und Polen an.«
»Was hat das zu bedeuten?« fragte Anna und versuchte, der Panik, die in ihr aufstieg, Herr zu werden.
Max bekam seinen wachsamen Juristenblick, so, als hätte er sich in den wenigen Augenblicken schon ein Urteil über die Lage gebildet.
»Eines ist sicher«, sagte er. »Ich muß Wendy holen.«
»Und ich? Wie wird es mit mir hier in Berlin?«
»Ich glaube nicht, daß sich hier etwas ändern wird. Wenigstens nicht für den Augenblick. Aber ruf lieber Richard heute abend an. Vielleicht kann er die Sache besser beurteilen.«
»Die Russen –«
Max wies auf die Zeitung. »Sie scheinen im Augenblick ganz versöhnlich. Ich glaube, sie haben im Augenblick andere Sorgen. Hör mal, kümmere du dich um das Frühstück, ich versuche inzwischen, bei der BEA anzurufen. Gott weiß, wie lange ich brauche, um nach Athen zu kommen.«
Sie saß allein an dem schäbigen kleinen Tisch, und als der Kaffee kam, nippte sie nervös daran.
»Bitte«, sagte der Deutsche und zeigte auf die Zeitung, und sie gab sie ihm zurück.
Dann kehrte Max, berstend vor Tatendrang, an den Tisch zurück. »Ich soll vor Mittag vorbeikommen«, sagte er. »Vielleicht gibt es morgen einen Flug, der Anschluß hat. Wenn ich da einen Platz kriege und meinen Reeder telefonisch erreiche, kann der vielleicht dafür sorgen, daß ich in Athen weiterkomme.«

»Max«, sagte sie, »könnte ich nicht versuchen, Richard jetzt anzurufen?«
Er setzte sich. »Das geht leider nicht«, sagte er. »Alle Gespräche nach London haben eine Wartezeit von drei Stunden.«
»Ach so.«
»Hör mal, es kommt gar nicht in Frage, daß du hierbleibst, falls irgendwelche Gefahr besteht. Beim geringsten Anzeichen setzt du dich ins Flugzeug und fliegst heim. Dafür wird Konrad sorgen. Aber ehrlich, ich glaube, daß du heute hier so sicher bist wie eh und je.«
Sie nickte ohne Überzeugung.
»Ruf auf jeden Fall heute abend Richard an. Und sprich mit Konrad. Wenn wir uns beeilen, treffen wir ihn vielleicht noch im Krankenhaus.«

*

Aber Konrad hatte eine Nachricht hinterlassen, daß er zu einer dringenden Sitzung müßte und Mama während seiner Mittagspause besuchen werde. Mama war äußerlich beinahe die alte, aber sie wirkte sehr gespannt. Die Schwester holte gerade das Frühstückstablett (wie Anna mit Erleichterung bemerkte, hatte Mama alles aufgegessen), und Mama wartete nicht einmal, bis sich die Tür hinter ihr geschlossen hatte, bevor sie fragte: »Na? Was hat er gesagt?«
»Was hat wer gesagt?« Max wußte es natürlich genau, aber er versuchte, sie zu beschwichtigen.
»Konrad. Was hat er gestern abend zu euch gesagt? Was hat er über mich gesagt?« Ihre blauen Augen blitzten. Ihre Hände trommelten nervös auf der Bettdecke. Ihre Spannung hing fast greifbar im Raum.
Max brachte es fertig, ganz gelassen zu sprechen. »Mama, er hat genau das gesagt, was ich erwartet hatte und was er dir auch schon gesagt hat. Diese Geschichte ist vorbei. Er will dich zurückhaben. Er will alles vergessen, was passiert ist, und von neuem da anfangen, wo ihr beide aufgehört habt.«

»Oh.« Sie entspannte sich ein wenig. »Aber warum ist er dann heute morgen nicht gekommen?«
»Er hat es dir doch sagen lassen. Er hat eine Sitzung. Vielleicht hat es etwas mit dieser Suez-Geschichte zu tun.«
»Suez? Oh, das.« Die Schwester wird es ihr erzählt haben, dachte Anna. »Aber damit hat Konrad doch nichts zu tun.«
Max konnte seine Gereiztheit kaum verbergen. »Vielleicht hat Konrad nichts damit zu tun. Aber ich habe etwas damit zu tun. Ich muß so bald wie möglich nach Griechenland zurück und Wendy und das Kind holen. Wahrscheinlich morgen. So laß uns doch wenigstens heute aufhören, uns über jede Äußerung und jede Geste von Konrad Gedanken zu machen; laß uns vernünftig miteinander sprechen.«
»Wendy und das Kind? Aber warum mußt du sie denn holen? Warum können sie sich nicht allein ins Flugzeug setzen?«
Jetzt gibt's Krach zwischen ihnen, dachte Anna.
»Um Himmels willen, Mama. Sie sind auf einer weit entlegenen Insel. Wendy spricht kein Wort Griechisch. Sie kann unmöglich in dieser Situation allein zurechtkommen.«
»Wirklich nicht?« In Mamas Ärger mischte sich ein gewisser Triumph. »Nun, ich könnte es. Als ihr klein wart, du und Anna, habe ich euch beide ohne jede fremde Hilfe aus Deutschland herausgebracht. Und davor habe ich zwei Wochen lang Papas Flucht geheimzuhalten gewußt, mehr noch, ich habe euch dazu gebracht, daß ihr den Mund hieltet – und ihr wart damals erst zwölf und neun. Ich habe das ganze Haus aufgeräumt und unser ganzes Hab und Gut zusammengepackt, und dann habe ich euch beide rausgebracht, vierundzwanzig Stunden, bevor die Nazis kamen, um uns die Pässe abzunehmen.«
»Ich weiß, Mama, das hast du großartig gemacht. Aber Wendy ist anders.«
»Wieso anders? Ich wäre auch gern anders gewesen, so daß alle sich um mich gekümmert hätten. Statt dessen mußte ich mich immer um alle kümmern.«
»Mama –« Aber es war zwecklos.

»Als wir in Paris wohnten, habe ich gekocht und geputzt. Und als Papa dann nichts mehr verdiente, habe ich eine Stelle angenommen und euch alle unterhalten. Ich habe dich in dein englisches Internat gebracht –«
»Nicht ganz allein, Mama. Ich habe wohl auch etwas dazu getan.«
»Du weißt, was ich meine. Und dann, als wir das Schulgeld nicht mehr bezahlen konnten, ging ich zum Schulleiter –«
»Und er gab mir eine Freistelle. Ich weiß, Mama. Aber für uns andere war es auch nicht leicht. Für Papa war es kein Spaß, und auch ich und Anna hatten unsere Probleme.«
Mamas Hände zerknüllten das Bettuch. »Aber ihr wart jung«, rief sie. »Da macht es einem nicht soviel aus. Ihr hattet euer ganzes Leben noch vor euch. Während ich . . . Während all der Jahre, die ich in miesen Pensionen verbrachte, in ewigen Geldsorgen, wurde ich immer älter. Es hätte die beste Zeit meines Lebens sein sollen, statt dessen mußte ich jeden Pfennig umdrehen und mich zu Tode sorgen um Papa und Anna und dich. Und jetzt hatte ich endlich jemanden gefunden, der mich umsorgte, mit dem ich all das nachholen konnte, was ich verpaßt habe, und da muß er hingehen – da muß er hingehen und sich mit einer blöden, blassen kleinen deutschen Stenotypistin einlassen.« Ihre Stimme brach, und sie weinte wieder.
Anna wußte nicht, ob sie etwas sagen sollte, entschloß sich dann, es nicht zu tun. Es hätte ihr sowieso niemand zugehört.
»So war es gar nicht, Mama. So einfach ist das alles nicht.« Max sah aus, als hätte er das schon seit Jahren einmal sagen wollen. »Du machst immer alles zu einfach.«
»Aber ich hab das doch alles getan. Ich hab alles in Gang gehalten. Als wir nach England kamen und am Anfang noch etwas Geld hatten, war ich es, die entschied, dich auf eine gute Schule zu schicken, und ich hatte recht – ohne diese Schule wärst du nie geworden, was du geworden bist.«
»Es wäre vielleicht etwas schwieriger gewesen.«
»Und der Direktor deiner Schule sagte mir – ich erinnere mich

immer noch daran, was er über dich sagte. Er sagte: ›Er hat einen ausgezeichneten Kopf, er arbeitet und hat Charme. Es gibt nichts, was er nicht erreichen kann. Wenn er will, kann er noch Ministerpräsident werden!‹«
»Das kann er gar nicht gesagt haben.« Max konnte ein Grinsen kaum unterdrücken. »Der alte Chetwyn – das war doch nicht sein Stil.«
»Aber er hat es gesagt. Er hat es gesagt. Und er hat gesagt, was für eine gute Mutter ich sei. Und ich erinnere mich an Weihnachten, als ich noch die gute Stelle bei Lady Parker hatte und sie mich fragte, was ich mir zu Weihnachten wünsche, und ich sagte: ›Ich hätte gern ein Radio für meinen Sohn‹, und sie sagte: ›Möchten Sie nicht etwas für sich selbst, ein Kleid oder einen Mantel?‹ und ich sagte: ›Es ist das einzige, was ich mir wünsche. Wenn ich ihm das schenken kann, dann ist mir das lieber als alles andere‹, und sie sagte –«
»Oh, ich weiß, Mama, ich weiß –«
»Und während des Krieges, als du interniert warst, wollte Papa einfach alles laufen lassen, aber ich *zwang* ihn, sich an die Presse zu wenden, ich war es, die dich freibekam. Wenn ich nicht gewesen wäre, wärst du viel länger im Lager geblieben. Und ich war es, die die kaufmännische Schule für Anna fand, und als du dann in der Luftwaffe warst und mit diesem Mädchen Schwierigkeiten kriegtest, da hab ich die Sache in die Hand genommen, ich bin zu ihr gegangen –«
»Ich weiß, Mama, es stimmt ja alles –«
Mamas Gesicht war gerötet und naß von Tränen wie das eines ganz kleinen Kindes. »Ich *war* eine gute Mutter«, rief sie. »Ich weiß es. Alle haben gesagt, was für eine gute Mutter ich sei.«
»Natürlich warst du das«, sagte Max.
Plötzlich war es still.
»Aber warum denn«, sagte Mama, »warum ist dann jetzt alles so schrecklich?«
»Ich weiß nicht«, sagte Max, »vielleicht, weil wir jetzt erwachsen sind.«
Sie sahen einander mit ihren ganz gleichen blauen Augen an,

und Anna dachte daran, wie oft sie in Putney, in Bloomsbury, sogar in Paris solche Szenen miterlebt hatte. Die Argumente waren jedesmal andere gewesen, aber bei allem Geschrei, bei allen Zornesausbrüchen hatte man immer gespürt, wie nahe sich die beiden waren, es war eine Nähe, die für niemand anderen Raum ließ. Wie jetzt war sie immer schweigend am Rande geblieben, hatte Mamas Gesicht beobachtet, hatte (damals schon?) die genauen Worte ihrer Beschuldigungen und Maxens Antwort darauf registriert. In jenen Tagen allerdings war Papa dagewesen, der verhinderte, daß sie sich völlig ausgeschlossen fühlte.

»Weißt du«, sagte Max, »irgendwie war alles genauso, wie du sagst. Aber es war auch ganz anders.«

»Wie denn«, schrie Mama. »In welcher Weise? Wie konnte es denn anders sein?«

Er runzelte die Stirn. Suchte nach den rechten Worten. »Nun, es stimmt natürlich, daß ich Erfolg hatte und daß ich es ohne dich viel schwerer gehabt hätte.«

»Sehr viel schwerer«, sagte Mama, aber er achtete nicht auf sie.

»Aber gleichzeitig war das alles nicht nur für mich. Ich meine, weil das Leben so schwer für dich war, brauchtest du vielleicht einen erfolgreichen Sohn.«

Mama trommelte gereizt auf ihrer Bettdecke. »Warum denn auch nicht? Was ist denn schlimm daran, wenn man Erfolg hat? Um Himmels willen, erinnere dich doch daran, wie wir lebten. Ich hätte alles getan – alles –, um Papa in jenen Tagen wenigstens ein bißchen Erfolg zu verschaffen.«

»Nein, du verstehst mich nicht. Ich will doch sagen – weil du es so sehr brauchtest, mußte jede Kleinigkeit, die ich unternahm, irgendwie zu einem Triumph werden. Ich hörte, wie du über mich sprachst. Du sagtest zum Beispiel: ›Er geht zu Besuch bei Freunden, die ein Gut auf dem Land haben.‹ Das war aber nicht so. Es war ein Junge, den ich sehr gern hatte, aber er wohnte in Esher in einem Reihenhaus. Das einzige Mal, wo ich während meiner Schulzeit in einem feinen Haus zu Besuch

war, platzte mein Koffer, als der Butler ihn auspacken wollte, und der Vater des Jungen, ein Sir Sowieso, mußte mir einen von seinen Koffern geben, was er sehr ungern tat. Es war alles sehr peinlich, aber bei dir hörte es sich dann so an: ›Diesem Lord gefiel Max so sehr, daß er darauf bestand, ihm einen seiner eigenen Koffer zu schenken.‹«
Mamas Gesicht war verwirrt und bestürzt. »Na, was macht das schon – das sind doch Kleinigkeiten. Und wahrscheinlich hat er dich wirklich gern gehabt, alle Leute haben dich gern.«
Max seufzte. Er war am Ende seiner Geduld. »Aber es waren auch noch andere Dinge. Du sagtest immer: ›Selbstverständlich bekommt er ein Stipendium, selbstverständlich kriegt er eine Eins.‹ Nun, ich habe sie gekriegt, aber es war gar nicht so selbstverständlich. Ich mußte schwer arbeiten, und oft hatte ich Angst, ob ich es schaffen würde.«
»Vielleicht – das ist ja möglich.« Mamas Mundwinkel waren trotzig nach unten gezogen. »Aber ich sehe immer noch nicht ein, was das soll.«
»Was das soll! Es machte es schwer für mich, die Dinge so zu sehen, wie sie sind. Und im Augenblick machst du es genauso. Du biegst dir die Dinge zurecht, wenn sie dir nicht passen. Alles ist schwarz oder weiß. Keine Ungewißheiten, keine Fehlschläge, keine Fehler.«
»Unsinn«, sagte Mama. »Das tue ich überhaupt nicht.« Sie war jetzt müde, und ihre Stimme wurde schrill. »Du weißt nicht, wie ich hier lebe«, rief sie. »Alle haben mich gern, alle sprechen gern mit mir, fragen mich sogar um Rat. *Sie* finden nicht, daß ich alles schwarz-weiß sehe. Die Leute kommen mit ihren Problemen zu mir, mit Liebesgeschichten, mit allen möglichen Dingen.« Jetzt brach sie in Tränen aus. »Du weißt überhaupt nichts von mir!« schrie sie.
Früher oder später läuft es immer darauf hinaus, dachte Anna. Sie war erleichtert, als in der Tür eine Schwester mit einer Tasse Bouillon erschien.
Mama schnüffelte und putzte sich die Nase. Sie alle beobachteten die Schwester, wie sie den Raum durchquerte, die Tasse

auf den Nachttisch stellte, *Gute Besserung* wünschte und wieder hinausging. »Und doch habe ich recht gehabt«, sagte Mama, noch bevor sich die Tür geschlossen hatte. »Es ist doch alles so gekommen, wie ich es gesagt habe. Du kennst jetzt doch wirklich alle möglichen Lords und solche Leute, und du machst jetzt doch wirklich eine große Karriere.«

»Ja, Mama.« Auch Max war erschöpft. Er tätschelte ihren Arm. »Ich muß bald gehen«, sagte er. »Ich muß etwas wegen meiner Flugkarte unternehmen.«

Sie klammerte sich an seine Hand. »Oh, Max!«

»Aber, aber, Mama. Du bist eine sehr gute Mutter, und alles wird wieder in Ordnung kommen.« Sie lächelten einander vorsichtig mit ihren ganz gleichen blauen Augen an.

Anna lächelte auch, nur so, um mit dabeizusein, und überlegte, ob sie mit Max gehen oder bei Mama bleiben und auf Konrad warten sollte. Was sollte man sagen, dachte sie. Nach der Aufregung mit Max mußte alles, was sie sich einfallen ließ, enttäuschend sein. Andererseits konnte sie, wenn sie blieb, mit Konrad über ihre Rückreise sprechen.

Mama hielt immer noch Maxens Hand. »Wie war es in Griechenland?« fragte sie.

»Einfach wundervoll.« Er fing an, ihr von dem Fall zu erzählen, den er gerade bearbeitete, und von dem Strandhaus des Reeders. ». . . gleich am Strand dieser winzigen Insel, mit Koch und wer weiß wie vielen Dienstboten. Es gehört ihm alles – die ganze Insel. Er hat Olivenhaine und eigene Weinberge, alles unglaublich schön, und es stand uns alles zur Verfügung. Der einzige Nachteil – Wendy machte sich etwas Sorgen wegen des fetten Essens für das Kind.«

»Habt ihr geschwommen?«

»Dreimal am Tag. Die See war so warm und klar –«

Aber unerwartet füllten sich Mamas Augen wieder mit Tränen. »Oh, Max, es tut mir so leid«, rief sie. »Ich wollte dir doch deinen Urlaub nicht verderben. Ich wollte dich nicht von dort weg nach Berlin zerren.«

Anna überkam ein kindischer Zorn. »Und was ist mit mir?«

fragte sie. Alle waren überrascht, denn sie hatte lange keinen Ton gesagt. »Mich hast du auch nach Berlin gezerrt.«
»Du?« Mama machte ein überraschtes und bestürztes Gesicht. »Ich dachte, du würdest vielleicht ganz gern kommen.«
»Ganz gern . . .?« Anna war sprachlos.
»Ich meine, du hattest doch nichts Besonderes vor, und ich wußte, daß du diesen Sommer nicht verreist warst.«
In Mamas Stimme klang die Spur einer Frage mit, gewohnheitsgemäß antwortete Anna. »Ich habe eine neue Stelle angetreten, und Richard ist mitten in einer Fernsehserie.« Es klang so wenig überzeugend, daß sie nicht weiterreden konnte. Ein heftiger Zorn überkam sie. Nach allem, was ich getan habe, dachte sie. Nachdem ich an ihrem Bett gesessen und sie aus dem Koma geholt habe. Aber noch während sie das dachte, registrierte ein anderer Teil ihres Bewußtseins ganz kühl Mamas genaue Worte, so wie sie den größten Teil des Gesprächs registriert hatte. Wenn man wirklich darüber schreiben wollte, dachte sie schuldbewußt, das wäre ein wunderbarer Dialog.

*

Schließlich verließ sie zusammen mit Max das Krankenzimmer und wartete in der Eingangshalle auf Konrad. Durch eines der Fenster beobachtete sie, wie er seinen Wagen in der Auffahrt parkte, zögerte, ob er seinen Stock mitnehmen sollte, und schließlich ohne Stock auf den Eingang zukam. Er manövrierte seinen schweren Körper durch die Schwingtür und lächelte, als er ihrer ansichtig wurde.
»Hallo«, sagte er, »wie geht's eurer Mutter?«
»Ich weiß nicht«, sagte sie, »wir hatten Krach.«
»Nu«, sagte er, »wenn ihr Krach hattet, dann muß es ihr bessergehen.« Er sah sie an. »War es ernst?«
»Ich glaube, nicht wirklich. Es war hauptsächlich mit Max, und das macht ihr nie soviel aus, glaube ich. Ich kam erst zum Schluß mit hinein.«
»Ach so. Und hast du darum hier auf mich gewartet?«

»Nein.« Sie entschloß sich, den Stier bei den Hörnern zu packen. »Es ist diese Geschichte mit Suez. Max macht sich Sorgen wegen Wendy und dem Kind. Er ist losgefahren, um sich um den Rückflug zu kümmern. Und ich fragte mich –«
»Was denn –«
Eine Frau mit einer verbundenen Hand sagte »Verzeihung« und schob sich an ihnen vorbei, so blieb ihr Zeit, ihre Worte zu überlegen.
»Was glaubst du?« sagte sie. »Könnte es hier zu Schwierigkeiten kommen? Ich meine, ich vermute, daß dies doch eine Wirkung auf die Russen haben muß.« Bevor er antworten konnte, fügte sie schnell hinzu: »Richard hat mich gestern abend angerufen, aber ich war nicht da. Ich denke, daß er sich auch Sorgen macht.«
»Ja«, sagte er und sah sie nachdenklich an. »Das mag schon so sein.«
»Natürlich will ich nicht sofort abreisen oder so etwas. Es ist nur – es scheint unmöglich, während des Tages nach London durchzukommen«, sagte sie. »Glaubst du, ich könnte Richard heute abend von der Party aus anrufen? Nur um zu hören, was er denkt.«
»Aber natürlich«, sagte er. »Da gibt es überhaupt keine Schwierigkeit.«
»Oh, gut.«
Es entstand eine Pause.
»Ich glaube nicht, daß sich die Sache mit Suez im Augenblick irgendwie auf Berlin auswirken wird«, sagte er schließlich. »Aber ich verstehe, daß du auch noch andere Dinge bedenken mußt.«
»Es geht mir um Richard«, sagte sie. »Ich möchte nicht, daß er sich Sorgen macht.«
Er nickte. Er sah erschöpft aus. »Ich gehe wohl besser jetzt zu deiner Mutter hinauf. Du rufst heute abend Richard an, und dann sprechen wir noch mal darüber.«

Mit schlechtem Gewissen saß sie im Bus zum Kurfürstendamm, wo sie Max zum Mittagessen treffen sollte. Aber ich habe doch nicht gesagt, ich reise ab, sagte sie sich, ich wollte doch nur einen Rat von ihm.
Trotzdem konnte sie sein erschöpftes Gesicht nicht vergessen. Während sie auf Max wartete, betrachtete sie die Schaufensterauslagen eines neuen Geschäftshauses, in dem buntkarierte Stoffe ausgestellt waren. »Echt englische Tartans« stand auf einem Schild. Die Muster waren mit Windsor, Eton und Dover bezeichnet, einer hieß sogar Sheffield. Das würde Richard amüsieren, dachte sie. Aber statt auch darüber zu schmunzeln, quälte sie sich weiter wegen Konrad. Ich will abwarten, dachte sie. Ich warte ab, was heute abend passiert.
Max war wie immer voller Energie und Zuversicht und zog sie in ein Café in der Nähe.
»Ich habe einen Flug gebucht«, verkündete er, noch bevor sie sich gesetzt hatten. »Er hat Anschluß an einen Flug von Paris nach Athen. Ich habe es auch erreicht, daß ich ihr Telefon benutzen durfte; ich habe mit meinem Reeder gesprochen; er wird jemanden schicken, der mich am Flughafen abholt.«
»Da bin ich froh«, sagte Anna.
»Ja.« Er fügte noch hinzu: »Mein Reeder fand auch, daß es unbedingt richtig ist, Wendy und das Kind dort rauszuholen.«
Sie nickte. »Wann fährst du?«
»Um ein Uhr in der Nacht.«
»Was – heute nacht?«
»Ja. Es macht doch auch keinen Unterschied mehr«, sagte er. »Selbst wenn ich bis zum Nachmittag bliebe, ich könnte ja Mama morgen nur noch einmal sehen. Und das wäre zu spät. Ich dachte mir, ich besuche sie heute nachmittag noch einmal und bleibe, so lange es erlaubt ist, womöglich, bis sie schläft. Und danach – nun, ich könnte zu dieser Party kommen und von dort aus gleich zum Flughafen fahren.«
»Ja, das ginge wohl.« Wie so oft bei Max, war sie nicht so rasch mitgekommen und dachte noch über etwas nach, was für ihn längst beschlossene Sache war. »Hast du es Konrad gesagt?«

»Noch nicht, aber er wird wohl von Mama erfahren haben, daß ich wahrscheinlich abreise. Hattest du Gelegenheit, mit ihm zu sprechen?«
»Nur ganz kurz.« Sie wollte nicht ins einzelne gehen. »Er sagte, wir würden uns noch heute abend darüber unterhalten.«
»Gut. Und du wirst Richard anrufen?«
»Ja.«
Er lächelte sein zuversichtliches, herzliches Lächeln. »Na«, sagte er, »dann gehe ich wohl besser und packe meine Sachen.«

*

Maxens letzter Abend mit Mama verlief sehr harmonisch. Mamas Gesicht war rosig und entspannt. Konrads Besuch am Mittag hatte sie beruhigt – er war beinahe zwei Stunden geblieben, und sie hatten sich offenbar ausgesprochen –, und danach hatte sie geschlafen. Als Max und Anna ankamen, war sie eben wach geworden, lag noch tief in den Kissen und schaute unter ihrer großen weißen Steppdecke hervor wie ein Säugling aus einem Bettchen.
»Hallo«, sagte sie lächelnd.
Ihr Lächeln war so herzlich wie das von Max, aber ohne dessen Zuversicht. Kein erwachsener Mensch, dachte Anna, dürfte so verletzlich aussehen.
Die Nachricht von Maxens Abreise regte sie weniger auf, als sie gefürchtet hatten, und die dramatischen Umstände dieser Reise machten ihr sogar Vergnügen. »Du gehst vorher noch zu der Party?« sagte sie immer wieder voller Bewunderung, und als die Schwester hereinkam, um ein schmutziges Handtuch zu holen, bestand sie darauf, ihn ihr vorzustellen und zu sagen: »Er fliegt heute abend nach Athen.«
»Und wie ging es mit Konrad?« fragte Max, nachdem die Schwester gegangen war.
»Oh –« Mamas Lächeln wurde weich, und sie schnüffelte ge-

fühlvoll. »Ich glaube wirklich, daß alles wieder in Ordnung kommt. Wir haben stundenlang geredet. Er hat mir noch einmal alles erklärt – das mit dem Mädchen. Es hat ihm wirklich nichts bedeutet. Es war nur, weil ich weg war und er mich vermißt hat. Offen gesagt, ich glaube, die Sache ist hauptsächlich von ihr ausgegangen«, sagte Mama. »Das scheint mir eine ziemliche Draufgängerin zu sein.«

»Ich bin so froh, daß alles wieder in Ordnung ist.«

»Ja, nun, das müssen wir natürlich noch abwarten.« Aber ihre Augen strahlten. »Er will mit mir irgendwohin in Urlaub fahren«, sagte sie. »Sobald es mir bessergeht. Der Arzt meint, daß ich noch ein paar Tage hierbleiben soll, und dann noch vielleicht eine Woche in ein Sanatorium.« Sie verzog das Gesicht. »Der Himmel weiß, wieviel das alles kosten wird. Aber dann – wir dachten nicht an Italien zu dieser Jahreszeit, wir wollten vielleicht irgendwohin in den Alpen.«

»Das hört sich gut an.«

»Ja.« Ihre Lippen zuckten einen Augenblick. »Ich glaube, ich habe es auch nötig. Es war ja alles ein Schock.«

»Natürlich.«

»Ja. Der Arzt sagt, ich muß sehr stark sein, daß ich das überstanden habe. Er sagt, ich wäre beinahe gestorben.« Sie zuckte die Schultern. »Ich glaube immer noch, daß es das beste gewesen wäre.«

»Unsinn, Mama«, sagte Max.

Mama sah plötzlich ganz stolz aus.

»Offenbar«, sagte sie, »hätte es kaum ein anderer überlebt.«

Später kamen sie wieder auf die Vergangenheit zu sprechen. »Wißt ihr noch?« sagte Mama, und sie erinnerte sich daran, wie sie in Paris immer halb verfaulte Erdbeeren fast umsonst bekommen hatte; sie hatte die schlechten Stellen abgeschnitten und aus dem Rest einen köstlichen Sonntagspudding gemacht. Wie eine Bombe ihre Pension in Bloomsbury zerstört hatte. Die letzten Jahre in Putney.

»Du hattest einen blauen Hut mit einem Schleier«, sagte Anna.

»Das stimmt. Den hatte ich bei C & A gekauft, und alle dachten, er wäre aus der Bond Street.«
»Diese Frau, die Pensionswirtin – sie schlug immer ein Feldbett für mich auf, wenn ich zu Besuch kam, und berechnete nie etwas dafür«, sagte Max. »Das war eine gute Seele.«
»Sie heiratete am Ende einen der Gäste, einen Polen. Weißt du noch, den, der Vogelstimmen nachmachen konnte. Wir nannten ihn immer die Wildtaube.«
»Es war wirklich alles ganz komisch«, sagte Anna, aber das wollte Mama nicht wahrhaben.
»Es war gräßlich«, sagte sie. »Es war die schrecklichste Zeit meines Lebens.«

Als die Schwester das Abendbrot brachte, aß sie es in ihrer Gegenwart und versuchte immer wieder, ihnen einen Bissen aufzudrängen. »Möchtest du nicht ein Stückchen Fleisch nehmen?« sagte sie. »Oder wenigstens eine Möhre?«
Sie versicherten ihr beide, daß sie auf der Party etwas zu essen bekommen würden, und sie schien zu bedauern, daß sie nicht mitgehen konnte. »Da werden viele interessante Leute sein«, sagte sie. »Fast alle vom British Council.«
Aber als es dann ans Abschiednehmen ging, brach ihre ganze neu gewonnene Gelassenheit zusammen. Sie klammerte sich tränenüberströmt an Max.
»Ich warte am Eingang«, sagte Anna. Sie küßte Mama. »Ich sehe dich morgen früh«, sagte sie mit der ganzen Munterkeit, die sie aufbringen konnte. Mama starrte sie abwesend durch ihre Tränen hindurch an. »Natürlich«, murmelte sie, »du bleibst ja noch hier, nicht wahr, Anna?« Dann wandte sie sich wieder Max zu, und das letzte, was Anna beim Verlassen des Zimmers hörte, war ihre verzweifelte Stimme: »Oh, Max – ich glaube, ich kann nicht mehr.«
Die Lichter auf den Korridoren draußen waren schon abgeblendet. Obgleich es erst neun Uhr war, war niemand zu sehen, man hatte das Gefühl, es wäre Mitternacht. In der Eingangshalle brannte nur die abgeschirmte Lampe auf dem Pult,

an dem der Pförtner Zahlen in ein Buch schrieb. Er schaute nicht einmal auf, als Anna kam. Nicht nur die Lichter, auch die Heizung schien heruntergedreht worden zu sein; Anna fror plötzlich.
Sie fand einen Stuhl, setzte sich, horchte auf die kratzende Feder des Pförtners und dachte an Mama. Mama, die weinte, Mama, die sagte: »Ich kann nicht mehr.« Mama mit dem blauen Hut . . .
Draußen fuhr ein Wagen über den knirschenden Kies. Die Stühle des Wartezimmers warfen wandernde Schatten auf die Wände. Hinter der Scheibe des Kiosks, wo während des Tages Blumen und Süßigkeiten verkauft wurden, fiel das Licht auf einen Vogel aus Silberpapier auf einer Pralinenschachtel und er blitzte auf.
Und dann fiel es ihr plötzlich wieder ein. Sie wußte wieder, wann Mama mit dem blauen Hut und dem Schleier auf dem Kopf geweint hatte. Es fiel ihr nicht allmählich ein, sondern stand plötzlich so klar vor ihr, als wäre es in diesem Augenblick geschehen, und ihr erstes Gefühl war das des Erstaunens darüber, daß sie es je hatte vergessen können.
Es war – wenn es überhaupt geschehen war – passiert, als sie im ersten Jahr zur Kunstschule ging. Alle hatten geglaubt, wenn der Krieg erst vorüber wäre, würde alles besser, aber für Mama und Papa war es nur schlimmer geworden. Papa ging es gesundheitlich schlechter, und da so viele junge Leute aus dem Krieg zurückgekommen waren, konnte Mama nicht einmal mehr die drittrangigen Bürostellen finden, die sie bis jetzt über Wasser gehalten hatten.
Anna teilte immer noch das Zimmer mit Mama und war voller Mitgefühl. Aber zum ersten Mal, seit sie erwachsen war, tat sie das, was sie wirklich tun wollte: Zeichnen. Sie hatte für ihr Studium nur drei Jahre zur Verfügung, und sie war entschlossen, daß nichts sie daran hindern sollte. Immer noch führte sie mit Papa lange Gespräche über Malerei und Schriftstellerei – Dinge, die sie beide interessierten. Aber wenn Mama mit ihren Geldsorgen und der Aussichtslosigkeit der Zukunft an-

fing, kam ein Punkt, wo Anna nicht mehr zuhörte. Sie nickte heuchlerisch mit dem Kopf, flüchtete sich aber in Gedanken an ihre Arbeit und ihre Freunde, und Mama, die natürlich immer merkte, was mit ihr los war, nannte sie kalt und hartherzig. Dann, eines Tages – es mußte ein Samstag gewesen sein, denn sie hatte in der Putney High Street eingekauft – war diese merkwürdige Sache passiert.
Sie hatte eben einen Bus nach Hause bestiegen und stand noch draußen auf der Plattform, als sie von einer scheinbar körperlosen Stimme ihren Namen rufen hörte. Nachdem sie bis spät in die vergangene Nacht hinein so getan hatte, als hörte sie Mama zu, war sie müde und nervös, und einen Moment lang war sie über die Stimme wirklich erschrocken. Dann hatte sie Mamas blasses und gespanntes Gesicht gesehen, das vom Bürgersteig her zum vorbeifahrenden Bus aufschaute, sie war an der Verkehrsampel abgesprungen und zurückgelaufen.
»Was ist denn los?« hatte sie gefragt, und noch jetzt konnte sie Mama deutlich vor Woolworths stehen sehen und rufen hören: »Ich will nicht mehr! Ich kann nicht!«
Anna hatte sich wütend und zugleich hilflos gefühlt. Aber bevor sie etwas sagen konnte, hatte Mama gerufen: »Es hat nicht gewirkt. Ich habe es wirklich versucht, aber es hat nicht gewirkt.«
»Was hat nicht gewirkt?« hatte sie gefragt, und Mama hatte gesagt: »Die Pillen des Professors.« Dann hatte sie Anna fest in die Augen gesehen und gesagt: »Ich habe sie genommen.«
Zuerst, so erinnerte sich Anna, hatte sie nicht gewußt, wovon Mama redete. Sie hatte Mama nur angestarrt, die da in ihrem blauen Hut vor einem Schaufenster voll Osterküken von Woolworths stand. Und dann, plötzlich, hatte sie begriffen.
Der befreundete Professor hatte Papa 1940 die Tabletten gegeben, als letzte Zuflucht, falls Papa und Mama in die Hände der Nazis fallen sollten. Es war ein Gift, das sofort wirkte.
Sie hatte Mama entsetzt angestarrt und geschrien: »Wann hast du sie genommen?«, und Mama hatte gesagt: »Vorige

Nacht, als du eingeschlafen warst. Ich habe eine genommen, und es ist immer noch nichts passiert, und dann dachte ich, vielleicht wirken sie später, und habe gewartet, aber es ist nichts passiert, es ist überhaupt nichts passiert!« Sie hatte angefangen zu weinen, und dann hatte sie Annas entsetztes Gesicht bemerkt und gesagt: »Ich habe sie im Badezimmer genommen. Du hättest mich also nicht tot neben dir im Bett gefunden.«
Anna war sich plötzlich sehr alt vorgekommen – vielleicht hat das alles damals angefangen, dachte sie – und böse, weil Mama sie so erschreckte, und gleichzeitig hatte sie ein überwältigendes Mitleid mit ihr empfunden. Sie war sich des Pflasters unter ihren Füßen bewußt gewesen, der Käufer, die an ihr vorbei bei Woolworths ein- und ausgingen, sie hatte Mama betrachtet, wie sie vor den Osterküken stand und weinte, und schließlich hatte sie gesagt: »Es hätte natürlich viel ausgemacht, dich statt im Bett tot im Badezimmer zu finden.«
Mama hatte geschnüffelt und gesagt: »Ich dachte, das Mädchen würde mich vielleicht finden.«
»Um Himmels willen«, hatte Anna geschrien, »das Mädchen, Papa, ich – wo ist da der Unterschied?«, und Mama hatte mit dünner Stimme gesagt: »Na, ich wußte natürlich, daß du dich darüber aufgeregt hättest.« Sie hatte so absurd ausgesehen mit ihrer Stupsnase und dem blauen Schleierhut, daß Anna plötzlich angfangen hatte zu lachen. Mama hatte gefragt: »Was ist da so komisch?«, aber dann hatte sie auch gelacht, dann hatten sie beide den eisigen Wind gespürt, der die Putney High Street entlangfegte und waren bei Woolworths hineingegangen, um sich zu wärmen.
Sie wußte nicht mehr genau, was dann geschehen war. Sie waren im Woolworths herumgegangen – ihr schien, Mama hatte Stopfgarn gekauft –, und sie hatten über die erstaunliche Tatsache gesprochen, daß sich die Pillen des Professors als unschädlich herausgestellt hatten. (»Ich hätte mir ja denken können, daß sie nicht wirken würden«, sagte Mama, »ich habe ihn immer für einen Scharlatan gehalten.«) Anna erinnerte sich

noch, daß sie sich überlegt hatte, was der Professor wohl getan hätte, wenn es wirklich eine Nazi-Invasion gegeben hätte. Ob er die Pillen dann durch wirksame ersetzt hätte? Aber vielleicht, sagte Mama, waren die Pillen doch in Ordnung gewesen, hatten aber ihre Wirksamkeit mit den Jahren verloren. Nach dem,was ihr von den Chemiestunden in der Schule noch in Erinnerung war, schien sie das für möglich zu halten. Schließlich hatten sie bei Lyons Tee getrunken, und da Mama ihr gesund und munter am Tisch gegenübersaß, war es Anna so vorgekommen, als sei in Wirklichkeit nichts geschehen.

Und war denn etwas geschehen, fragte sich Anna im Halbdunkel des Krankenhauses. Das Geräusch des Motors verklang in der Ferne; irgendwo schloß jemand eine Tür; die Feder des Pförtners hörte nicht auf, über das Papier zu kratzen. In jenen Tagen war so viel von Selbstmord gesprochen worden. Vielleicht war dies Reden darüber für Mama ein Sicherheitsventil gewesen. Vielleicht hat sie die Pillen überhaupt nicht genommen, dachte Anna, oder sie hat die ganze Zeit gewußt, daß sie nicht wirken würden. Wenn Mama sich wirklich hätte umbringen wollen, dachte sie, dann hätte ich es bestimmt nicht vergessen. Sie konnte sich nicht einmal erinnern, mit Max oder Papa darüber gesprochen zu haben. Aber vielleicht hatte sie es auch einfach verdrängt, weil sie ihr eigenes Leben leben wollte. Sie grübelte immer noch darüber nach, als jemand sie berührte. Sie fuhr erschrocken hoch. Es war Konrad, beruhigend umfangreich und geduldig.
»Eben kommt dein Bruder«, sagte er. »Laß uns zu dieser gräßlichen Party gehen, damit du deinen Richard anrufen kannst.«

*

Ken Hathaway lebte in einer altmodischen Etagenwohnung, die mit schweren deutschen Möbelstücken vollgestopft war. Er schien übermäßig erfreut, sie zu sehen, und begrüßte sie mit einem entzückten Kaninchenlächeln.

»Wie schön, einmal neue Gesichter zu sehen«, rief er. »Die alten verschleißen sich schnell in einer so kleinen Gruppe – findest du nicht, Konrad?«
Auf dem Tisch stand ein großes Silbergefäß, das eine helle Flüssigkeit enthielt, in der Obststückchen herumschwammen. Ein blonder junger Deutscher füllte damit die Gläser.
»Eine deutsche Bowle«, sagte Ken stolz. »Günthers eigenes Gebräu. Der Himmel weiß, was er alles hineingetan hat.«
Nach dem fröhlichen Lärm der Gäste zu urteilen, dachte Anna, hat er ziemlich viel hineingetan.
Als Ken sie herumführen wollte, um sie bekannt zu machen, hielt Konrad ihn zurück. »Könnte Anna wohl, bevor wir uns unter die Gäste mischen, ihren Mann in London anrufen?«
»Nur ganz kurz«, sagte sie.
Ken machte eine großzügige Geste. »Mein liebes Kind«, sagte er, »bedienen Sie sich. Der Apparat steht im Schlafzimmer. Aber Sie haben Glück, wenn Sie durchkommen. Es hat den ganzen Tag Verzögerungen gegeben – diese elende Suez-Geschichte wahrscheinlich.«
Im Schlafzimmer hatten alle ihre Mäntel abgelegt. Sie setzte sich dazwischen auf den Bettrand. Es dauerte lange, bis das Amt sich meldete, und als sie London verlangte, schnaubte der Telefonist nur verächtlich. »Bis zu zwei Stunden Wartezeit«, sagte er. Er war nur schwer dazu zu bewegen, das Gespräch überhaupt anzumelden.
Als sie aus dem Schlafzimmer heraustrat, hatten sich Max und Konrad schon ins Gewühl gestürzt. Konrad sprach mit einem kahlköpfigen Mann im dunklen Anzug, und Max hatte eine Blondine in mittleren Jahren gefunden, die mit jenem benommenen Entzücken zu ihm aufstarrte, das Anna schon so lange vertraut war. Die Blonde sah aus, als hätte sie soeben einen Haufen Goldstücke in der Tiefe ihrer Handtasche entdeckt. Dann kam Ken auf sie zu, ein Glas in der Hand, einen ernst blickenden Mann an der Seite, der sich als irgendein Akademiker herausstellte.
»Ich interessiere mich für mittelalterliche Geschichte«, schrie

er über das englisch-deutsche Stimmengewirr hinweg, »aber hier arbeite ich an –« Sie kam nie dahinter, woran er arbeitete, denn eine grauhaarige Dame neben ihr stieß einen spitzen Schrei aus.
»Suez! Ungarn!« schrie sie. »Was für ein Gewese wird darum gemacht. Wir hier in Berlin sind an Krisen gewöhnt. Waren Sie während der Zeit der Luftbrücke hier?«
Ihr Partner, ein kleiner Büromensch, hatte das dummerweise versäumt, und sie wandte sich voller Verachtung von ihm ab, aber ein dicker Deutscher mit Brille lächelte ihr zustimmend zu. »Berlin can take it«, schrie er in bemühtem Englisch. »Wie London die Bombardierung, nicht wahr?«
Anna fiel darauf keine Antwort ein, sie machte eine abwesende Miene und dachte an Richard, während die Stimmen um ein weiteres Dezibel anstiegen.
». . . den dritten Weltkrieg auslösen«, rief ein unsichtbarer Stratege, dann erhoben sich die gemessenen Töne des Akademikers für einen Augenblick über die anderen. »Ein altes und ein neues Weltreich, beide halten an ihren Eroberungen fest . . .«
»Noch etwas Bowle«, sagte Günther und füllte die Gläser nach.
Jemand hatte die Schlafzimmertür geschlossen, und sie fragte sich, ob sie das Telefon würde läuten hören. Aus dem Augenwinkel sah sie, wie Ken Max der Blonden entführte, wie diese ihm traurig mit dem Blick folgte und wie Ken Max einem großen Herrn mit Pfeife vorstellte.
»Sie könnten Berlin in zehn Minuten einnehmen«, sagte die grauhaarige Frau, und jemand gab zu bedenken: »Aber die Vereinigten Staaten von Amerika . . .«
Dann war Ken wieder bei ihr und zog sie mit sich in eine andere Ecke des Raumes, wo verschiedene Leute sie nach Mama fragten und ihre Freude darüber äußerten, daß sie die Lungenentzündung gut überstanden habe. Konrad war es offenbar gelungen, diese Version allen glaubhaft zu machen.
»Sie fehlt uns wirklich«, sagte ein amerikanischer Colonel,

und es war von ihm ehrlich gemeint. »Ein so enger kleiner Kreis wie der unsere . . .« Eine Frau mit einer Ponyfrisur sagte: »Sie ist die beste Übersetzerin, die wir haben«, und ein Mädchen mit Sommersprossen und einem Pferdeschwanz meinte: »Irgendwie merkt man immer gleich, wenn sie *da* ist.«
Noch etwas Bowle – diesmal schenkte ihr Ken ein. Eine Gruppe in der Nähe brach plötzlich in ein Gelächter aus, dem eine Art Klingeln folgte, so daß Anna einen Augenblick dachte, es wäre das Telefon, aber sie stießen nur mit den Gläsern an.
»Entschuldigung«, sagte sie.
Sie schlängelte sich durch die Menge, ging ins Schlafzimmer und kam wieder heraus, ließ die Tür halb offen. Sie kam an Max vorbei, der wieder mit der Blonden und mehreren anderen Leuten zusammenstand, und sie hörte einen davon mit bewundernder Stimme sagen: »Wirklich? Nach Athen? Heute nacht?« Konrad sah sie und winkte, und sie überlegte gerade, ob sie sich zu ihm durchkämpfen sollte, als sie auf deutsch angeredet wurde und Günther neben sich fand.
»Ich muß mit Ihnen darüber sprechen«, sagte er, »ich habe die Bücher Ihres Vaters gelesen.«
»Ach ja?«
Er nickte, sein frisches Gesicht stand rosig unter seinem blonden Haar. Er kann höchstens neunzehn sein, sagte sie sich.
»Ich wußte gar nicht, daß es sie gibt«, sagte er, »ein Freund hat mich darauf aufmerksam gemacht, er hat sie in der Bibliothek entdeckt. Es war wie eine neue Welt.«
»Ich freue mich, daß sie Ihnen gefallen haben.«
»Also wirklich, diese Gedichte . . . aber auch die Prosastücke. Ich habe mir überlegt . . .«
»Was?«
Er stellte den Krug ab, um sich besser konzentrieren zu können, und ihr Blick fiel auf die Uhr an seinem Handgelenk. Elf Uhr. Was soll ich nur machen, dachte sie, wenn der Anruf für Richard nicht durchkommt und wir gehen müssen.
»Ich habe mir überlegt . . .« er sah sie erwartungsvoll an, »ich

habe mit dem Studium begonnen. Ich meine, vielleicht könnte ich meine Doktorarbeit . . .«
»Freilich, das wäre sicher interessant.«
»Aber es gibt da so viel, was ich gern wissen möchte.«
In seiner Aufregung war er näher an sie herangekommen, und sie fand sich zwischen ihm und dem Tisch, auf dem der Krug stand, eingesperrt. Wenn jetzt der Anruf kommt, dachte sie, muß ich eben unter dem Tisch durchkriechen.
»Zum Beispiel«, sagte Günther, ». . . als Ihr Vater zum ersten Mal Sarah Bernhardt traf . . .«
»Da war ich noch gar nicht auf der Welt«, sagte sie.
»Nun ja, aber das müssen Sie doch wissen. Er wird doch davon erzählt haben.«
Umittelbar neben ihnen kreischten zwei Frauen laut auf vor Lachen. Der Lärm um sie herum war noch lauter geworden und die Party erschien ihr plötzlich verrückt und unwirklich.
»Nein«, rief sie über die anderen Stimmen hin, »er hat nie etwas von Sarah Bernhardt erzählt.«
Sie hatte ein nicht weiter begründbares Verlangen, hier herauszukommen, hinter dem Tisch hervor, als könne sie damit dazu beitragen, daß das Gespräch mit Richard endlich komme.
»Aber er muß Ihnen doch von der Duse erzählt haben und über das Moskauer Ensemble unter Stanislawsky?«
Plötzlich tauchte zu ihrer großen Erleichterung Hildy Goldblatt in der Menge hinter ihm auf. Sie schaute sie eindringlich an und winkte. Hildy winkte zurück und kam auf sie zu.
»Entschuldigen Sie mich«, sagte sie. Er trat zur Seite und ließ sie vorbei. Er schaute etwas deprimiert drein.
»Versuchen Sie es in den Archiven«, sagte sie schuldbewußt, während sie auf Hildy zuging, »Sie finden sehr viel über ihn in den Archiven.«
Dann spürte sie Hildys Hand auf ihrem Arm. »Mein liebes Kind«, sagte Hildy, »ist das nicht gräßlich. Ich habe gesehen, daß es nebenan etwas zu essen gibt. Lassen Sie uns hingehen und in Ruhe miteinander reden.«

Anna folgte ihr, nachdem sie sich vergewissert hatte, daß alle Türen offen standen, damit sie das Telefon hören konnte, dann setzten sie sich in der Nähe des geplünderten Buffets hin.
»Also«, sagte Hildy und biß in ein Wurstbrot, »Ihrer Mama geht es viel besser. Ich habe Ihnen doch gesagt, daß alles wieder all right wird. Aber Ihr Mann muß sich Ihretwegen Sorgen machen: Ungarn, und jetzt auch noch Suez. Wann fahren Sie nach Hause?«
Anna sah Hildy an, deren krauses Haar wirr um das kluge, warmherzige Gesicht herumstand. Wieviel mochte sie erraten haben?
»Ich weiß nicht«, sagte sie vorsichtig. »Ich erwarte einen Anruf von ihm.«
Hildy nickte und kaute.
»Ich möchte nach Hause«, sagte Anna. »Nur – Max muß heute schon fahren, und ich weiß nicht . . .«
»Ob Ihre Mama ohne Sie beide fertig wird?«
»Ja.«
»Ja.« Hildy schob den Rest der Wurst in den Mund. »Ich kann nicht lange bleiben«, sagte sie. »Erwin geht es nicht gut – es ist etwas mit dem Magen. Außerdem sollte man nie einen Rat erteilen. Aber wenn es Ihnen hilft –« Sie zögerte. »Es ist nur, was ich denke«, sagte sie. »Aber ich denke, daß Konrad sich um das kümmern wird, was getan werden muß. Ich glaube – ich glaube, daß man ihm vertrauen kann. Sie verstehen, was ich meine?«
»Ja«, sagte Anna.
»Er ist ein gütiger Mensch. Und wie auch immer«, sagte Hildy, »Sie sollten jetzt bei Ihrem Mann daheim sein. Ich weiß, es ist uns oft ein Schrecken eingejagt worden, und in der letzten Minute haben die Politiker immer einen Rückzieher gemacht, aber in solchen Zeiten sollten die Menschen nicht getrennt sein.« Sie zog sich aus ihrem Sessel hoch. »Jetzt muß ich wirklich gehen. Mein armer Erwin. Er hat erbrochen, wissen Sie, und das ist bei ihm ganz und gar nicht normal.«

Als sie wieder ins Nebenzimmer traten, schien die Gesellschaft etwas ruhiger geworden zu sein. Eine Reihe von Gästen waren schon gegangen, die anderen hatten sich nach Möglichkeit einen Sitzplatz gesucht, einige auf dem Boden. Sie unterhielten sich in gedämpftem Ton.
»Immer dieselben Gesichter«, sagte Hildy. »Was finden sie noch miteinander zu reden?«
Konrad kam eilig auf sie zu. »Gehst du, Hildy? Wir sollten auch gehen, um Max zum Flughafen zu bringen.«
»Aber ich warte immer noch auf mein Gespräch mit Richard«, sagte Anna, und in diesem Augenblick schellte das Telefon. Sie rief: »Das ist er sicher«, umarmte Hildy in aller Eile und lief ins Schlafzimmer. Jemand hatte die Tür wieder geschlossen. Sie riß sie auf und stand vor einem Mädchen, das das Kleid geöffnet und halb über die Schultern heruntergezogen hatte. Hinter ihr stand ein Mann mit hochgezwirbeltem Schnurrbart, der so tat, als ob er sich die Krawatte über dem aufgeknöpften Hemd zurechtzupfte. Das Telefon klingelte immer noch.
»Entschuldigung«, sagte sie, schlängelte sich an den beiden vorbei und nahm den Hörer auf.
Zuerst schien niemand da zu sein, dann kam ein Summton, und eine sehr weit entfernte Stimme sagte etwas Unverständliches. Der Mann und das Mädchen, das das Kleid inzwischen geschlossen hatte, betrachteten sie mit unsicheren Blicken.
»Hallo?« sagte Anna. »Hallo?«
Die Stimme verklang, aber das Summen blieb.
»Hallo«, sagte Anna noch lauter. »Hallo. Hallo. Hallo.«
Nichts geschah, aber der Schnurrbart erschien plötzlich dicht vor ihrem Gesicht. Er roch nach Alkohol.
»Schau – nur – nach – ih – rer – Hand – ta – sche«, erklärte sein Besitzer. Er sprach die einzelnen Silben mit großer Sorgfalt aus und hob einen der Mäntel, um zu zeigen, was er meinte.
Sie nickte ungeduldig und scheuchte ihn mit der Hand weg.
»Hallo?« schrie sie ins Telefon. »Hallo? Richard, bist du das?«
In unendlich weiter Ferne hörte sie Richards Stimme. »Hallo,

mein Liebes. Ist alles in Ordnung?« Und sofort schmolzen ihre Ängste und ihre Unruhe dahin.
»Ja«, rief sie. »Und du?«
Er sagte etwas, das sie nicht verstand, und sie schrie: »Mama ist außer Gefahr.«
Plötzlich hörte sie Richards Stimme ganz laut und deutlich.
»Was?« sagte er.
»Mama ist außer Gefahr. Sie wird wieder ganz gesund.«
»Oh, da bin ich froh.«
Aus dem Augenwinkel sah sie, wie das Mädchen verlegen sein Haar ordnete und, gefolgt von dem Mann, den Raum verließ. Gott sei Dank, dachte sie.
»Richard, es ist wunderbar, dich zu hören.«
»Und dich. Wann kommst du heim?«
»Nun, was meinst du? Was hältst du von dieser Suez-Geschichte?«
»Es ist schwierig –« Das Summen fing wieder an und verschlang den Rest seiner Worte.
»Ich kann dich nicht hören«, rief sie.
Er wiederholte, was er gesagt hatte – aber das einzige, was sie verstand, waren die Worte »wenn möglich«.
»Willst du, daß ich nach Hause komme? Richard? Möchtest du, daß ich sofort komme?« Sie schrie so laut sie konnte.
Es klickte. Das Summen hörte auf, und eine deutsche Telefonistin sagte laut und klar: »Amt Charlottenburg. Kann ich Ihnen helfen?«
»Sie haben mich unterbrochen!« schrie sie. »Ich spreche mit London, und Sie haben mich unterbrochen. Bitte verbinden Sie mich sofort wieder.«
»Tut mir leid«, sagte die Stimme. »London hat eine Wartezeit von drei Stunden, und wir nehmen keine Gespräche mehr an.«
»Aber ich hatte die Verbindung. Ich habe gesprochen, und Sie haben mich mittendrin unterbrochen.«
»Es tut mir leid. Aber ich kann da nichts machen.«
»Bitte!« rief Anna. »Ich habe den ganzen Tag auf diesen Anruf

gewartet. Es ist wirklich wichtig.« Es war lächerlich, aber sie weinte.
Aber natürlich war es sinnlos.
Nachdem sie den Hörer aufgelegt hatte, blieb sie einen Moment zwischen den Mänteln sitzen und kämpfte gegen einen fast unwiderstehlichen Drang, etwas zu zertrümmern, zu erbrechen, geradewegs hinauszugehen und das nächste Flugzeug nach London zu nehmen. Dann stand sie auf und ging zu den andern zurück.
»Hat's geklappt?« sagte Konrad. Er erwartete sie schon mit Maxens Köfferchen in der Hand. »Los, Max«, rief er, bevor sie antworten konnte. »Wir müssen wirklich gehen.«
Max hatte einige Schwierigkeit, von der Blondine loszukommen, die sich offenbar erboten hatte, mit nach Athen zu fliegen. Hinter ihm hatte jemand den Teppich aufgerollt, und ein paar Leute, meist mittleren Alters, tanzten zur Radiomusik.
»Ich komme«, sagte Max, der der Blonden endlich entwischt war. Ken reichte ihnen die Mäntel, und sie eilten auf die Tür zu.
»Wie schade, daß Sie schon gehen müssen . . . Grüße an die Mama . . .« Zähne entblößten sich beim Lächeln, Händeschütteln, deutsche Stimmen, die auf Wiedersehen riefen, dann waren sie draußen in der Dunkelheit, und Konrad fuhr mit hohem Tempo in Richtung Tempelhof.
»Hast du Richard erreicht?« fragte Max. Er wandte sich in seinem Sitz um, während die Schatten von Bäumen und Laternenpfählen über sie hinweghuschten.
Sie schüttelte den Kopf. »Ich konnte ihn nicht verstehen. Und dann wurden wir unterbrochen.« Wenn ich nicht aufpasse, dachte sie, dann breche ich in Tränen aus.
Er verzog das Gesicht. »Mach dir keine Sorgen. Beim geringsten Anzeichen dafür, daß die Lage kritisch wird, fliegst du sofort nach Hause. In Ordnung?«
»In Ordnung.«
Konrad saß über das Steuer gebeugt, und der Wagen raste durch die Nacht. »Hoffentlich schaffen wir es«, sagte er, ohne den Blick von der Fahrbahn zu wenden.

Max sah auf seine Uhr. »Um Himmels willen«, sagte er, »ich wußte nicht, daß es schon so spät ist.« Er fing an, mit den Fingern auf die Armlehne zu trommeln und gespannt in die Dunkelheit zu starren.
Sie saß im Rücksitz, fest in den Mantel gewickelt, und fühlte sich allein. Das Kinn in den Mantelkragen, die Hände tief in die Taschen vergraben, versuchte sie, an nichts zu denken. Dann spürte sie etwas unter ihren Fingern, etwas Dünnes und Knisterndes – ein Stück Papier. Sie zog es heraus, und indem sie es sich dicht vor die Augen hielt, konnte sie am oberen Rand eben noch das gedruckte Wort »Heals« erkennen. Es mußte die Rechnung für den Eßzimmerteppich sein.
Es kam ihr vor wie etwas aus einer anderen Welt, aus einer fernen Vergangenheit, die nie wiederkommen würde. Sie umschloß den Zettel mit ihrer kalten Hand, und Verzweiflung stieg in ihr auf. Ich sollte gar nicht hier sein, dachte sie, überall sind Russen, und es könnte einen Krieg geben. Ich gehöre nicht hierher. Ich sollte zu Hause bei Richard sein. Wenn ich nun nie mehr nach Hause komme? Wenn ich ihn nun nie wiedersehe? Sie starrte in die dunkle, unbekannte Landschaft, die am Fenster vorbeiflog und dachte entsetzt: Vielleicht muß ich für immer hierbleiben.
Endlich sahen sie Lichter. Der Wagen kurvte und bremste. »Ich sehe dich in London, kleiner Mann«, sagte Max und war draußen, bevor der Wagen richtig hielt.
Sie sah ihn auf den Flughafeneingang zulaufen, sein Schatten sprang wie wild neben ihm her. Blendendes Licht fiel nach draußen, als er die Tür aufriß; dann war er verschwunden.
»Ich denke, er wird es gerade noch schaffen«, sagte Konrad. Sie warteten für alle Fälle, aber er kam nicht wieder raus. Die Tür blieb geschlossen. Anna kam es so vor, als hätten sie eine Ewigkeit da gestanden, bis sie endlich in den Vordersitz kletterte und Konrad langsam ins Stadtzentrum zurückfuhr. Es war ein Uhr morgens und sehr kalt.
»Es tut mir leid, daß du nicht mit Richard sprechen konntest«, sagte Konrad nach einigen Kilometern.

Sie war so niedergeschlagen, daß sie nur nicken konnte. Das Gefühl kam ihr plötzlich vertraut vor. Natürlich, dachte sie. Die vielen Male, wenn Max nach Cambridge oder zur Luftwaffe zurückgefahren war. Damals hatte sie das gleiche empfunden. Es schien gar nicht so lange her. Zurückgeblieben mit Mama, dachte sie. In der Falle. Ringsumher konnte sie die Russen beinahe spüren.
»Weißt du, ich bin völlig einer Meinung mit Max«, sagte Konrad. »Beim ersten Anzeichen einer Verschlechterung der Lage nimmst du ein Flugzeug nach London.«
Sie konnte sein Gesicht sehen, im matten Schimmer des Armaturenbretts wirkte es graugrün. Undeutliche dunkle Schatten zogen durch sein Spiegelbild in der Scheibe.
»Ich wünschte –«, sagte sie.
»Daß du zu Hause bei Richard wärst, statt am frühen Morgen in Berlin herumzukutschieren.«
»Nicht nur das. Ich wünschte, Mama wohnte in einem Haus. Ich wünschte, sie würde gern kochen und Riesenmahlzeiten herstellen, die niemand essen kann, daß sie sich Sorgen um den Appetit der Leute machte und den Putzteufel hätte.« Einen Augenblick lang konnte sie sich sogar einreden, daß dies möglich wäre.
»Wo sollte das sein?« fragte Konrad.
»Irgendwo.« Sie wußte, daß es Unsinn war. »Nicht in Berlin.«
Sie waren jetzt von der Hauptverkehrsader in laternenbeleuchtete Seitenstraßen eingebogen – hier fingen die Vorstädte an. »Sie ist nie eine begeisterte Hausfrau gewesen«, sagte Konrad. Loyal fügte er hinzu: »Gott sei Dank.«
»Wenn sie doch nur das Leben so nehmen könnte, wie es nun einmal ist. Wenn sie doch die Gabe hätte, aus allem das Beste zu machen. Das wäre besser als dieses ewig Romantische, die Ablehnung von allem, was nicht genauso ist, wie sie es sich erträumt hat. Es gibt doch schließlich noch andere Möglichkeiten, seine Probleme zu lösen, als Selbstmord zu begehen.«
Seine Augen wandten sich für einen Augenblick von der Fahrbahn ab und ihr zu. »Urteilst du nicht etwas hart über sie?«

»Ich glaube nicht. Schließlich habe ich viel länger mit ihr zusammengelebt als du.« Der Ärger und die Enttäuschungen des Tages überwältigten sie. »Du weißt nicht, wie das war«, sagte sie und war selbst überrascht, wie laut sie gesprochen hatte. Sie erreichten eine vertraute Reihe von Häusern und Läden. Das Auto bog um eine Ecke, dann um die nächste, und sie waren in der Straße, in der das Hotel lag.
»Ich glaube, ich kann es mir vorstellen«, sagte er. »Sie hat mir oft davon erzählt. Die schlimmste Zeit ihres Lebens nannte sie es. Ich weiß, sie übertreibt gern, aber es muß sowohl für sie als auch für dich sehr schwierig gewesen sein.«
Er hielt vor dem Hotel, stellte den Motor ab, und sie blieben noch einen Augenblick sitzen, ohne zu sprechen. In der Stille war ein schwaches, weit entferntes Grollen zu hören. Donner, dachte sie, und ihr Magen zog sich zusammen.
»Das ist eines der Dinge, die mich am meisten bedrücken«, sagte er.
»Was?«
Er zögerte. »Nun, schau mich an. Ich bin nicht gerade ein Filmstar. Mit meinem Bauch, meiner verrutschten Bandscheibe und einem Gesicht wie die Rückseite eines Busses. Kaum die Sorte Mann, um dessentwillen eine Frau Selbstmord begeht. Und doch habe ich deine Mutter dazu getrieben . . .«
Der Donner kam näher. Sie konnte die Erschöpfung in seinem Gesicht erkennen. Im Licht der Straßenlaterne war es sehr blaß.
». . . ich habe sie zu etwas getrieben, das ihr sogar während der schlimmsten Periode ihres Lebens nie in den Sinn gekommen wäre.«
»Wie willst du das wissen?«
»Daß ich sie dazu gebracht habe?«
»Nein.« Ein Teil ihrer selbst war zu wütend, um nachzudenken, aber ein anderer wußte genau, was sie sagte. »Daß es ihr nie zuvor in den Sinn gekommen ist.«
Er starrte sie im Dämmer des Wagens an, und sie starrte zu-

rück. Wieder hörte man dieses Donnergrollen – seltsam, im November, dachte sie –, und dann merkte sie, daß es überhaupt kein Donner war.
»Hör mal!« Sie konnte es kaum über die Lippen bringen. »Geschützfeuer.« Er dachte immer noch über das nach, was sie gesagt hatte und schien nicht zu begreifen.
»Das sind die Russen!« Einen Moment lang war es, als schlüge das Wasser über ihrem Kopf zusammen. Dann wurde sie ganz ruhig. Lebt wohl, dachte sie. Leb wohl, Richard. Leb wohl, alles, was ich im Leben tun wollte. Mama und Berlin für immer. Es hatte sie endlich eingeholt, wie sie es schon immer erwartet hatte.
»Die Russen?« sagte Konrad ganz überrascht.
Sie mühte sich mit dem Fenster ab und bekam es schließlich auf. »Hörst du es nicht?«
»Mein liebes Kind«, sagte er. »Liebes Kind, das ist gar nichts. Du darfst nicht so erschrecken. Das sind nicht die Russen, das sind die Amerikaner.«
»Die Amerikaner?«
Er nickte. »Eine Artillerieübung. Jeden zweiten Donnerstag – wenn auch meist nicht so früh am Morgen.«
»Die Amerikaner«. Sie mußte den Atem angehalten haben, denn sie hatte das Gefühl, daß ihre Lungen fest zusammengepreßt würden. Jetzt öffnete sie den Mund, und ein Luftstrom stürzte in sie hinein. »Verzeih«, sagte sie und fühlte, wie sie rot wurde. »Für gewöhnlich gerate ich nicht so schnell in Panik.«
»Das war ganz natürlich.« Sein Gesicht wirkte jetzt noch erschöpfter. »Ich hätte es dir vorher sagen sollen. Aber wenn man ständig hier lebt, vergißt man es.«
»Jedenfalls ist ja jetzt alles wieder in Ordnung. Ich gehe wohl besser zu Bett.« Sie wollte aussteigen, aber er streckte die Hand aus.
»Ich habe nachgedacht«, sagte er.
»Über was?«
»Über verschiedenes. Zunächst: Ich finde, daß du nach Hause fahren solltest.«

Ihr Herz tat einen Sprung. »Aber was ist mit Mama?«
»Nun, sie ist nicht mehr ernsthaft krank. Natürlich wäre ich froh gewesen, noch für eine Weile deine Unterstützung zu haben, aber ich hatte mir nicht klargemacht, wie schwierig dies alles für dich gewesen ist. Könntest du noch über den morgigen Tag hinaus bleiben?«
»Aber natürlich.«
»Gut. Dann werden wir einen Flug für Freitag buchen, und ich schicke Richard ein Telegramm, daß du kommst.«
Plötzlich war ihr nicht mehr kalt. Sie spürte, wie ihr das Blut in Finger und Zehen strömte und sie wärmte. Ihr ganzer Körper glühte vor Erleichterung. Sie schaute in Konrads blasses, schweres Gesicht und empfand fast so etwas wie Zärtlichkeit für ihn.
»Bist du sicher?« fragte sie und wußte, daß sie es ohne Angst tun konnte.
»Absolut.«
Übermorgen, dachte sie. In Wirklichkeit morgen, denn es war ja schon Donnerstag. Dann merkte sie, daß Konrad immer noch sprach.
»Verzeih, daß ich dich noch einmal frage«, sagte er. »Aber du verstehst gewiß, daß es wichtig für mich ist, das zu wissen. Schließlich bin ich sehr betroffen.«
Was wollte er denn wissen?
Er zögerte, suchte nach Worten. »Hat deine Mutter jemals früher ... Hat sie je zuvor versucht, sich zu töten?«
Was hatte das jetzt noch für eine Bedeutung, jetzt, da sie nach Hause fuhr. Sie wünschte, sie hätte es nie erwähnt. »Ich weiß nicht«, sagte sie. »Ich weiß es wirklich nicht.«
»Aber du hast vorhin gesagt –«
Ich könnte es einfach leugnen, dachte sie, aber er sah sie mit einem so gequälten Blick an, er machte sich solche Vorwürfe. Sie wollte nicht, daß er sich so schuldig fühlte.
»Da war einmal etwas«, sagte sie schließlich zögernd. »Aber ehrlich, ich glaube nicht, daß es ernst war. Ich hatte es selber ganz vergessen, erst heute fiel es mir wieder ein.«

»Was ist geschehen?«
So leichthin wie möglich erzählte sie ihm von den Tabletten des Professors. »Ich glaube, sie wußte, daß sie nicht wirken würden«, sagte sie. »Ich glaube, sie mußte nur einfach irgend etwas unternehmen, und da hat sie sich selbst etwas vorgemacht. Wenn sie wirklich versucht hätte, sich umzubringen, hätte ich es doch nie vergessen.«
»Glaubst du?«
»Natürlich nicht. Es wäre viel zu schrecklich gewesen, um es zu vergessen.«
»Oder zu schrecklich, um sich daran zu erinnern.«
Unsinn, dachte sie.
»Hör mal«, sagte er, »ich will dir doch gar nicht mit Psychologie kommen und hier den Amateurpsychiater spielen. Aber diese Tabletten sollten doch Gift enthalten, und deine Mutter hat sie schließlich genommen.«
»Nicht einmal in diesem Punkt bin ich so ganz sicher.«
»Ich glaube, sie hat sie genommen«, sagte Konrad. Sie hatte gewünscht, daß er sich weniger schuldig fühlen sollte, aber er schien geradezu zu frohlocken. Seine Stimme hatte eine Schärfe, die sie bis jetzt noch nicht gehört hatte, und sie fragte sich plötzlich, was sie da wohl angerichtet hatte.

Donnerstag

Während der noch übrigen Nachtstunden schlief sie nur mit Unterbrechungen. Immer wieder träumte sie von Mama – Mama, die über einen Berghang wanderte, die durch Straßen irrte, durch die Räume eines immer größer werdenden Hauses, und immer war sie auf der Suche nach Konrad. Manchmal fand sie ihn und manchmal sah sie ihn nur für einen Augenblick, bevor er wieder verschwand. Einmal fand Anna ihn für sie, und Mama umarmte sie auf einem Strand und lachte glücklich, und hinter ihr fiel die Sonne auf den Sand. Ein andermal entkam er ihnen im Woolworths, während Anna für Mama einen Hut kaufte.
Unwohl und bedrückt erwachte sie viel später als sonst. Das Frühstückszimmer war verlassen, nur ein paar benutzte Tassen und Teller standen auf den Tischen herum. Die Besitzerin, die dabei war, sie träge abzuräumen, blieb bei Annas Anblick stehen.
»Haben Sie es schon gehört?« sagte sie. »Die gehn.« Als Anna sie verdutzt anschaute, wiederholte sie in ihrem Berliner Dialekt: »Die gehn, die Russen, die ziehn aus Budapest ab.« Sie brachte eine Zeitung herbei, um es zu beweisen.
Während Anna las, trippelte die Frau hin und her, klapperte mit dem benutzten Geschirr und drehte die fleckigen Tischtücher um. Es war unglaublich, aber wahr. Anna konnte es kaum fassen. Warum? fragte sie sich. Der Westen mußte gehandelt haben. Eine geheime Botschaft aus dem Weißen Haus, die keinen Zweifel ließ. Alle freien Länder gemeinsam, einig, wie sie es gegen die Nazis erst gewesen waren, als es zu spät war. Sie suchte nach Neuigkeiten über Suez, fand aber nur eine kleine Spalte. Dort schien sich nicht viel zu tun.

»Heute werden sie sich in Budapest freuen«, sagte die Frau und stellte Kaffee und Brötchen vor sie hin. »Sie tanzen auf den Straßen, sagen sie im Radio. Und sie haben ein großes Stalin-Denkmal umgestürzt – was glauben Sie, werden die damit anfangen? Und sie werden alles ändern und alles genauso machen, wie sie es haben wollen.«
Anna trank ihren Kaffee und fühlte sich plötzlich besser. Alles würde gut werden. Man würde den Russen, anders als den Nazis, nicht alles durchgehen lassen. Mama lebte und war beinahe wieder gesund. Sie selbst würde nach Hause fahren – Konrad hatte es gesagt. Wenn bloß nichts dazwischenkommt, dachte sie.
»Ich kann mir vorstellen, wie denen in Ungarn zumute ist«, sagte die Frau, die mit dem leeren Tablett am Tisch stehengeblieben war. »Wenn ich daran denke, wie die Russen es hier getrieben haben . . .« Und dann erzählte sie mit vielen Umschweifen eine lange Geschichte von einem Soldaten, der sechs Schüsse auf einen Gartenzwerg in ihrem Vorgarten abgegeben hatte. »Und die ganze Zeit schrie er: Nazi, Nazi«, sagte sie empört. »Schließlich war der Zwerg ja kein Nazi.« Sie dachte einen Augenblick nach und fügte dann hinzu: »Und ich natürlich auch nicht.«
Anna hatte Mühe, sich das Lachen zu verkneifen, und schlang eilig ihr gebuttertes Brötchen hinunter. Sie wollte nicht zu spät zu Mama kommen, besonders da sie am kommenden Tag abreisen würde. Trotzdem verpaßte sie ihren gewohnten Bus und mußte zehn Minuten auf den nächsten warten.
Es war kalt, aus treibenden Wolken entluden sich immer wieder kurze Schauer, und als sie endlich im Krankenhaus ankam, umhüllte sie die Wärme der Eingangshalle wie ein Kokon. Die Schwester am Empfang lächelte ihr zu – ich gehöre fast schon hierher, dachte Anna –, und Mamas kleines Zimmer, gegen dessen Doppelfenster der Regen trieb und dessen Heizkörper auf Hochtouren liefen, war gastlich und gemütlich.
»Hallo, Mama«, sagte sie, »ist das mit Ungarn nicht prima?«

»Unglaublich«, sagte Mama.
Sie saß in einem frischen Nachthemd im Bett, die Zeitung neben sich, und sah viel munterer aus. Sofort begann sie, nach der Party und nach Maxens Abreise zu fragen. »Konrad hat ihn also im Auto von der Party direkt zum Flughafen gebracht«, sagte sie, als Anna ihr alles erzählt hatte. Diese Einzelheit schien sie am meisten zu freuen.
Auf ihrem Tisch stand ein frischer Blumenstrauß, dazu eine üppige Schachtel Pralinen aus ihrem Büro und eine bunte Karte mit *»Get well soon, honey«* darauf und vielen Unterschriften. Konrad hatte angerufen, während sie im Bad war, hatte aber sagen lassen, er werde wieder anrufen. Sie legte sich in die Kissen zurück; zum ersten Mal, seit sie zu sich gekommen war, war sie entspannt.
»Übrigens«, sagte sie in dem herzlichen, aber vernünftigen Ton, an den sich Anna aus ihrer frühen Kindheit erinnerte: »Die Schwester hat mir erzählt, was du getan hast, als ich im Koma lag – daß du die ganze Zeit an meinem Bett gesessen und mich angerufen hast. Es tut mir leid, daß ich das nicht wußte. Weißt du, man erinnert sich nicht.« Dann fügte sie in einem seltsam förmlichen Ton hinzu: »Sie sagt, daß du mir wahrscheinlich das Leben gerettet hast. Ich danke dir.«
Anna war selbst überrascht, wie gerührt sie war. Sie suchte nach einer Antwort, aber da ihr nichts Passendes einfiel, grinste sie nur und sagte: »Jederzeit zu Diensten, Mama – gern geschehen«, und Mama kicherte und sagte: »Du bist schrecklich – du bist genauso schrecklich wie dein Bruder.« Das war aus Mamas Mund wahrscheinlich das größtmögliche Kompliment. Da Mama fast wieder die alte schien, entschloß sich Anna, die Frage ihrer Abreise anzuschneiden.
»Mama«, sagt sie, »ich bin jetzt fast eine Woche hier. Ich möchte jetzt wirklich nach Hause. Wenn ich morgen fliegen könnte, wäre dir das recht?«
Sie wollte noch hinzufügen, daß man ja in Verbindung bleiben würde, daß sie nur reisen würde, wenn Mama ganz sicher war, sie entbehren zu können, aber da sagte Mama schon im

gleichen nüchternen Ton: »Es geht mir jetzt wirklich viel besser, und im übrigen sind es ja nur noch zehn Tage, bis ich mit Konrad in Urlaub fahre. Ich denke, ich komme zurecht.« Dann sagte sie: »Aber ich werde dich vermissen.« Sie berührte Annas Hand zart mit den Fingerspitzen. »Ich habe ja kaum mit dir gesprochen.«
»Du hast mit Max gesprochen.«
»Ich weiß«, sagte Mama. »Aber ich sehe ihn so selten.« Dann sagte sie noch einmal: »Ich werde dich vermissen.«
»Ich werde jeden Tag schreiben«, sagte Anna. Sie hatte sich das schon früher vorgenommen. »Auch wenn es nicht sehr interessant ist. Wenn du also deprimiert bist oder Konrad sehr viel zu tun hat oder so, dann weißt du, daß du wenigstens *etwas* erwarten kannst.«
»Das ist nett«, sagte Mama. Sie dachte einen Moment nach. Dann sagte sie: »Es tut mir leid – ich verstehe ja, daß ich euch allen viel Mühe gemacht habe, aber, weißt du, ich sehe immer noch nicht ein, warum ich es nicht hätte tun sollen.«
Anna war peinlich überrascht.
»Um Himmels willen, Mama.«
»Nein, hör mir zu – wir wollen uns nichts vormachen. Sprechen wir ehrlich darüber.« Mama war sehr ernst. »Ich bin sechsundfünfzig, und ich stehe allein. Ich habe alles getan, was ich tun mußte. Ich habe dich und Max aufgezogen, euch während der Emigration durchgebracht, ich habe für Papa gesorgt, habe es erreicht, daß seine Bücher wieder aufgelegt werden, wie ich es ihm versprochen hatte. Niemand braucht mich mehr. Warum sollte ich nicht sterben, wenn ich es wünsche?«
»Natürlich brauchen wir dich«, sagte Anna, aber Mama winkte ungeduldig ab.
»Ich habe gesagt, wir wollen ehrlich zueinander sein. Ich will nicht sagen, daß ihr euch nicht freuen würdet, mich gelegentlich zu sehen, etwa Weihnachten oder so, aber ihr *braucht* mich nicht mehr.« Sie sah Anna herausfordernd an. »Sag mir«, sagte sie, »sag mir ehrlich, was hätte es dir ausgemacht, wenn ich gestorben wäre?«

Anna wußte sofort, was es ihr ausgemacht hätte. Sie hätte sich für den Rest ihres Lebens Vorwürfe gemacht, daß sie Mama keinen Grund gegeben hatte, weiterzuleben. Aber man konnte niemanden bitten, am Leben zu bleiben, nur damit man sich keine Vorwürfe machte.
»Wenn du gestorben wärest«, sagte sie nach einer Weile, »wäre ich das Kind zweier Selbstmörder gewesen.«
Mama wies das ohne Zögern von sich. »Unsinn«, sagte sie. »Papas Selbstmord zählt nicht.« Sie funkelte Anna an, Widerspruch herausfordernd.
»Also dann eines Selbstmörders«, sagte Anna. Sie kam sich lächerlich vor.
Sie starrten einander an, dann fing Mama an zu kichern. »Ehrlich«, sagte sie, »kannst du dir vorstellen, daß andere Leute solch eine Unterhaltung miteinander führen?«
»Eigentlich nicht«, sagte Anna, und irgendwie war es wieder wie in Putney, in Bloomsbury, in der engen Pariser Wohnung, in dem Schweizer Dorfgasthaus – eine Familie, die fest zusammenhält, umgeben von Menschen, die anders waren als sie. Als dieses vertraute Gefühl sie überkam, wußte Anna plötzlich, was sie sagen mußte.
»Ich will dir sagen, was es für mich bedeutet hätte«, sagte sie. »Obgleich du den Grund vielleicht nicht für ausreichend halten wirst. Aber bei allem, was ich erlebe, ob ich nun eine neue Stelle kriege oder auch bei ganz unwichtigen Sachen, zum Beispiel, wenn ich zu einer Party gehe oder mir ein neues Kleid kaufe, dann ist immer mein erster Gedanke: Das muß ich Mama erzählen. Ich weiß, daß ich das nicht immer tue. Ich schreibe nicht immer, und wenn wir uns dann sehen, habe ich es vielleicht vergessen. Aber ich denke es immer. Und wenn du tot wärst, könnte ich es nicht mehr denken, und was dann passiert, ganz gleich, was es ist, wäre nicht mehr halb soviel wert.«
»Das ist sehr lieb von dir«, sagte Mama. »Aber es ist kein Grund zum Weiterleben.« Sie schnüffelte, und ihre Augen waren plötzlich wieder feucht. »Aber trotzdem, es ist sehr lieb von dir«, sagte sie.

Danach wußten beide nicht mehr recht, was sie tun sollten, bis Mama schließlich nach der Pralinenschachtel griff und sagte: »Möchtest du nicht eine Praline?«
Anna suchte sich umständlich eine aus, und Mama erzählte ihr währenddessen die alte Geschichte von der Erzieherin, die sie als Kind gehabt hatte und die aus Sauberkeitsgründen darauf bestanden hatte, daß sie die Praline sofort ganz in den Mund steckte. »Man konnte also nie sehen, was drin war«, sagte Mama; sie war empört wie immer, wenn sie sich an die Geschichte erinnerte.
Sie waren gerade dabei, jede eine zweite Praline zu wählen, als das Telefon auf dem Nachttisch klingelte.
»Das wird Konrad sein«, sagte Mama, und während sie den Hörer ans Ohr hob, konnte Anna hören, wie er sagte: »Good morning, ma'am.«
»Grüß ihn«, sagte sie und ging zum Fenster, damit nicht der Eindruck entstand, sie höre zu.
Draußen regnete es immer noch. Sie konnte die Wipfel der Bäume sehen, die sich, fast ganz entblättert, im Wind bogen. Man hatte versucht, die sorgfältig angelegten Gartenwege freizufegen, aber schon wurde das Laub vom Rasen darüber hingeweht.
»Oh, ja«, sagte Mama in ihrem Rücken, »es geht mir viel besser.« Dann fuhr sie fort zu erzählen, was sie gegessen, was der Doktor gesagt hatte. Ein paar Vögel – wahrscheinlich Spatzen – hatten ein Stück altes Brot entdeckt und pickten darauf los, zankten sich und trieben einander weg. Sie konnte ihr Gefieder im Regen glänzen sehen, aber der Regen schien sie nicht zu stören.
»Hast du die Sache mit deinem Urlaub geregelt?« fragte Mama. »Denn wenn wir die Zimmer im Hotel vorbestellen wollen –«
Einer der Vögel hatte das Stück Brot erwischt, flog auf und landete einen Schritt weit entfernt wieder auf dem Boden, die anderen flatterten und hüpften hinterher.
»Was meinst du damit?« Mamas Stimme klang plötzlich ver-

ändert. »Was meinst du damit: erst sehen, was im Büro los ist?«
Anna versuchte vergeblich, ihre Aufmerksamkeit auf die Spatzen zu richten, die das Brot jetzt in zwei Stücke gerissen hatten.
»Aber du hast doch gesagt – du hast versprochen!« Mamas Stimme wurde schrill. Anna warf einen verstohlenen Blick auf sie und sah, daß ihr Gesicht gerötet und beunruhigt war.
»Ich bin ja schließlich auch krank gewesen. Verdiene ich denn keine Rücksichtnahme? Um Himmels willen, Konrad, was erwartest du von mir?«
Oh, Gott, dachte Anna. Sie tat einen Schritt auf Mama zu, wollte sie zu trösten versuchen, aber als sie ihr Gesicht sah, verschlossen für alles außer für das Knistern aus dem Telefon, gab sie es auf.
»Ja, ich weiß, daß die Arbeit wichtig ist, aber der Gedanke an den Urlaub ist das einzige, was mich aufrecht hält. Erwin könnte doch bestimmt fertig werden. Warum machst du dir plötzlich solche Sorgen um ihn?« Mama verbiß sich die Tränen, konnte aber ihre Stimme kaum beherrschen. »Woher weißt du denn, daß es ernst ist? Bist du sicher, daß du dir um Erwin Sorgen machst und nicht um jemand ganz anderen?«
Im Telefon knackte es, und sie schrie: »Nein, ich glaube dir nicht. Ich weiß nicht, was ich glauben soll. Soviel ich weiß, ist sie jetzt bei dir oder hört sogar am Nebenanschluß mit.«
»Mama –« sagte Anna, aber Mama war nicht aufzuhalten.
»Ich bin nicht hysterisch«, kreischte Mama. »Ich bin krank gewesen, und ich wäre beinahe gestorben, und ich wünschte bei Gott, ich wäre gestorben.« Sie weinte jetzt, wischte sich die Tränen ärgerlich mit der Hand ab. »Ich wollte sterben. Du weißt, daß ich sterben wollte. Warum, um Himmels willen, hast du mich nicht gelassen?«
Das Telefon knackte, und ihr Gesicht wurde plötzlich starr. »Was sagst du?« rief sie. »Konrad, was sagst du?«
Aber er hatte aufgelegt.
Anna trat ans Bett und setzte sich vorsichtig auf den Rand.

»Was ist geschehen?« sagte sie und bemühte sich, so sachlich wie möglich zu sprechen. Sie fühlte sich plötzlich sehr müde.
Mama atmete halb schluchzend ein. »Er hat keinen Urlaub beantragt«, brachte sie schließlich heraus. »Er weiß nicht, ob er sich freimachen kann.« Sie wandte den Kopf ab. »Ich habe es immer gewußt«, murmelte sie in die Laken hinein. »Ich habe immer gewußt, daß es keinen Sinn hat – daß es nicht wieder gut werden kann.«
»Mama«, sagte Anna, »was hat er denn genau gesagt?«
Mama sah sie mit ihrem gekränkten blauen Blick an. »Ich weiß nicht«, sagte sie. »Irgend etwas von Erwin. Er soll krank sein. Und dann, am Ende –«
»Erwin *ist* krank«, sagte Anna. »Er war schon gestern krank. Hildy hat es mir gesagt.« Aber Mama hörte nicht zu.
»Am Ende sagte er so etwas: Es wäre nicht das erste Mal. Ich sagte, ich hätte sterben wollen, und er sagte – ich konnte es schlecht verstehen, aber ich bin sicher, er sagte: ›Nun, es war ja nicht das erste Mal, nicht wahr.‹« Sie starrte Anna an, ihr Gesicht zuckte nervös. »Wieso, um Himmels willen, hat er das gesagt?«
Anna hatte das Gefühl, ein schwerer Felsbrocken komme auf sie zugerollt und sie könne ihm nicht ausweichen. »Ich weiß nicht«, sagte sie, »vielleicht war es die Erregung.«
»So hat es sich nicht angehört.«
»Oh, Gott, Mama, wie soll ich wissen, was er gemeint hat?« Sie wollte plötzlich mit dem allem nichts mehr zu tun haben, nicht mit Mama, nicht mit Konrad, mit keinem von ihnen. »Das geht mich nichts an«, schrie sie. »Ich bin hergekommen, weil du krank warst, und ich habe mein Bestes getan, um dich gesund zu machen. Mehr kann ich nicht tun. Es ist zu kompliziert für mich. Ich kann dir nicht sagen, wie du dein Leben führen sollst.«
»Das hat ja auch keiner verlangt.« Mama starrte sie wütend an, und sie starrte wütend zurück, konnte es aber nicht durchhalten. »Was ist los mit dir?« fragte Mama.

»Nichts«, sagte sie, und dann klopfte es zu ihrer Erleichterung an die Tür, und die Schwester kam herein.
»Entschuldigen Sie«, sagte sie. (Es war die freundliche.) »Ich möchte nur mal eben nach Ihrem Telefon schauen.«
Sie beide sahen zu, wie sie an den Nachttisch trat, und hörten das leise Ping, mit dem sie den Hörer auflegte. »So«, sagte sie. »Die Schnur hatte sich verklemmt.« Sie lächelte Mama an. »Dr. Rabin hat angerufen. Wir konnten nicht zu Ihrem Zimmer durchkommen, da hat er eine Nachricht hinterlassen. Er ist auf dem Weg hierher.«
»Jetzt?« sagte Mama.
»Ja. Ich habe ihm gesagt, daß er nicht lange bleiben kann, weil Sie schon bald Ihr Mittagessen bekommen, und danach müssen Sie schlafen. Recht so?«
»Ja«, sagte Mama verwirrt. Sobald die Schwester gegangen war, wandte sie sich an Anna und sagte: »Mit dem Wagen ist es nicht weit. Er kann jeden Augenblick hier sein.«
»Ich gehe.«
»Könntest du wohl – ich möchte mir eben das Gesicht waschen.«
»Natürlich.«
Sie kletterte aus dem Bett und sah jetzt genauso aus wie des Morgens in Putney, das rosa Nachthemd hatte sich um ihre nicht mehr jungen Beine gewickelt (sie waren kurz und stämmig wie die Annas), ihre Kinderaugen blickten besorgt. Während sie sich mit den Händen Wasser ins Gesicht goß und nervös das widerspenstige graue Haar kämmte, zog Anna die Laken glatt. Dann half sie ihr zurück ins Bett und steckte die Decken um sie fest.
»Gut so?« sagte sie. »Du siehst wirklich nett aus.«
Mama biß sich auf die Lippen und nickte.
»Ich bin sicher, es wird alles gut.« Sie suchte nach Worten, die Mama Mut geben, die ihr helfen würden, das Richtige zu Konrad zu sagen, und die zur gleichen Zeit sie, Anna, irgendwie entlasteten – aber ihr fiel nichts ein.
»Ich seh dich nachher«, sagte sie. Dann lächelte sie scheinheilig und ging.

Während sie durch die Eingangshalle ging, sah sie Konrad die Außentreppe heraufkommen. Einen Moment lang dachte sie daran, ihn abzufangen. »Bitte sag Mama nichts davon, was ich dir gesagt habe . . .« Aber was hatte es für einen Sinn. Statt dessen stellte sie sich hinter eine Gruppe von Leuten, die am Kiosk Blumen kauften, und er stapfte mit seinem Stock vorbei, ohne sie zu sehen. Sie wagte erst aufzublicken, als er vorüber war. Von hinten sah er mit dem schütteren Haar, das der Wind zerzaust hatte, alt aus – zu alt, dachte sie, um noch in eine Liebesgeschichte verwickelt zu sein, ganz zu schweigen von einem Dreiecksverhältnis.

*

Draußen herrschte eine beißende Kälte, und sie ging so schnell sie konnte die breite, windige Straße hinunter. Es regnete nicht mehr, aber die Temperatur mußte um einige Grad gefallen sein, ihr Mantel schien ihr plötzlich zu dünn. Der Wind blies hindurch, pfiff um ihre Schultern und fuhr die Ärmel hinauf, und da sie sowieso nicht wußte, wohin sie gehen sollte, bog sie in eine Seitenstraße ein, um dem Wind zu entkommen.

Hier war es geschützter, und sie verlangsamte ihren Schritt ein wenig, aber immer noch hielt sie ihre Aufmerksamkeit auf ihre Umgebung gerichtet, achtete auf jeden Schritt, den sie tat. Sie wollte nicht an Mamas Krankenhauszimmer denken, nicht darüber nachdenken, was sie und Konrad einander wohl sagen würden.

»Ich kann mich nicht um das alles kümmern«, sagte sie laut. Niemand hörte sie außer einem Hund, der in der Gosse schnüffelte. Kein Mensch. Sie sind wohl alle bei der Arbeit, dachte sie, und bauen Deutschland auf. Nur zwei oder drei Autos standen am Straßenrand, ein Junge auf einem Fahrrad kam vorbei, und ein alter Mann, dick in Jacken und Schals verpackt, schnippelte an der verwilderten Hecke eines Vorgartens herum.

Was soll ich tun, dachte sie und vergrub das Kinn tief in den Mantelkragen. Sie konnte nicht ewig so herumlaufen. Früher oder später mußte sie zu Mama zurück – und was würde dann geschehen? Ich muß Konrad fragen, was er ihr gesagt hat, dachte sie, aber bei dieser Vorstellung sank ihr der Mut.
Am Ende der Straße wurde der Ausblick frei. Eine Hauptverkehrsstraße führte zu einem Platz mit Läden und Bussen und einem Taxistand. *Roseneck* stand auf einem Schild. Sie war überrascht. Als sie noch klein war, war sie einmal in der Woche hierher zur Tanzstunde gekommen. Sie war mit der Straßenbahn gekommen, das Fahrgeld im Handschuh, und wenn der Schaffner die Haltestelle ausgerufen hatte, war sie abgesprungen und quer über die Straße gelaufen. Wohin?
Die Straßenbahnen fuhren hier nicht mehr, der Platz war zerstört gewesen und wieder aufgebaut worden, und sie erkannte nichts wieder. Sie stand verstört im eisigen Wind und versuchte, sich vorzustellen, wo die Straßenbahnhaltestelle gewesen war, damit sie nicht zu überlegen brauchte, was Mama in diesem Augenblick wohl von ihr dachte. Aber es hatte alles keinen Sinn. Es ist alles schiefgelaufen, dachte sie, und sie meinte damit beides: die Sache mit Mama und die Umgebung, die nicht wiederzuerkennen war. Sie sehnte sich nach einem vertrauten Ort, der ihr Sicherheit geben konnte. Auf einem Straßenschild stand *Richtung Grunewald,* und sie wußte plötzlich, was sie wollte.
Es war ein seltsames Gefühl, dem Taxifahrer die alte Adresse zu nennen, und sie hätte beinahe erwartet, er werde ein überraschtes Gesicht machen. Aber er wiederholte nur »Nummer zehn« und fuhr los.
Hagenstraße – hier fuhren jetzt Busse statt der Straßenbahn, Königsalle, wo der Wind die Zweige bog und an den Markisen der Läden rüttelte. Sie bogen nach rechts in eine baumbestandene Seitenstraße, und schon waren sie da. Es war sehr schnell gegangen.
»Das ist das Haus«, sagte der Fahrer, da sie zögernd auf dem Bürgersteig stehenblieb. Offenbar war er erstaunt, daß sie

nicht hineinging, und fuhr nur zögernd davon. Sie sah ihm nach, bis er um die Ecke verschwunden war. Dann machte sie ein paar Schritte – es war niemand zu sehen. Sie lehnte sich an einen Baum, starrte zum Haus hinüber und wartete darauf, daß sich etwas in ihr regte.
Das Haus starrte zurück. Es sah wie ein ganz gewöhnliches Haus aus, und sie fühlte sich seltsam enttäuscht. Dort sind die Stufen, die ich immer hinaufgelaufen bin, sagte sie sich. Dort waren früher die Johannisbeersträucher. Da ist die kleine Steigung, wo Max mir auf seinem Rad das Radfahren beibrachte. Nichts. Das Haus stand da wie jedes andere. Eins der Fenster hatte einen Sprung, in einem Blumenbeet froren ein paar gelbe Chrysanthemen, irgendwo drinnen bellte schrill ein Hund.
Aber ich habe mich doch neulich an alles erinnert, dachte sie. Sie wollte wieder fühlen, was sie damals gefühlt hatte, sie wollte wieder mit dieser geisterhaften Klarheit fühlen, wie es gewesen war, klein zu sein, nur Deutsch zu sprechen und sich im Wissen um Mamas Existenz vollkommen sicher zu fühlen. Es schien ihr, wenn sie das könnte, würde alles wieder gut werden. Zwischen ihr und Mama würde alles wieder so sein wie früher.
Ich trug braune Schnürstiefel, dachte sie. Ich hatte einen Ranzen auf dem Rücken, und nach der Schule lief ich immer diese Stufen hinauf und rief: *»Ist Mami da?«*
»Ist Mami da?« sagte sie laut.
Es hörte sich nur dumm an.
Auf der gegenüberliegenden Straßenseite war eine Frau mit Einkaufstasche aus einem Haus getreten und schaute zu ihr herüber. Sie begann langsam die Straße hinunterzugehen. Das Nebenhaus war völlig neu aufgebaut. Seltsam, dachte sie, daß ich es neulich nicht bemerkt habe. An das Haus daneben konnte sie sich überhaupt nicht mehr erinnern. Dann kam sie an die Ecke und blieb wieder stehen.
Wenigstens hier sah es noch aus wie früher. Die Vogelbeerbäume waren jetzt ganz kahl, und da war auch die Stelle, wo der Sandkasten gestanden hatte. Sogar der Laternenpfahl

stand noch da, den Max einmal bei einem Piratenspiel hinaufgeklettert war. Beim vorigen Mal hatte sie ihn nicht bemerkt. Sie stand lange da und betrachtete das alles. Hier hat einmal jemand gespielt, dachte sie, aber sie hatte nicht das Gefühl, daß sie das gewesen war.
Schließlich spürte sie den Wind im Rücken und ihre eisigen Füße. Das ist vorbei, dachte sie, ohne genau zu wissen, was sie damit meinte. Sie wandte sich um und ging schnellen Schrittes die Straße wieder hinauf, eine junge Engländerin in einem leichten Tweedmantel. Es war kalt, es würde wohl bald schneien. In der Königsallee fand sie ein freies Taxi und bat den Fahrer, sie zu Konrads Büro zu bringen.

*

Die JRSO, die Wiedergutmachungsbehörde, war in einem nagelneuen Gebäude nicht weit vom Kurfürstendamm untergebracht. Es gab zwei Empfangsdamen, eine amerikanische und eine deutsche, die über einen Haufen von Formularen und Merkblättern herrschten, auf denen erklärt wurde, wie man Wiedergutmachung beanspruchen konnte für alles, das einem von den Nazis geraubt worden war, einschließlich der engsten Anverwandten. Ein paar Leute saßen an den Wänden entlang und warteten darauf, vorgelassen zu werden. Ein Plan zeigte die verschiedenen Abteilungen, und Pfeile wiesen den Weg zu ihnen.
Sie bemerkte, daß die Nennung von Konrads Namen Respekt auslöste, aber erst, als sie im Lift zu seinem Büro hinauffuhr, fiel ihr seine Sekretärin ein. Um Himmels willen, dachte sie. Sie wird sicher da sein. Was wird sie wohl sagen? Aus irgendeinem Grund stellte sie sich einen ganzen Schwarm von Mädchen vor – vielleicht werde ich nicht einmal herausbekommen, welche es ist, dachte sie –, aber als sie die Tür des Vorzimmers öffnete, war nur eine da. Sie saß hinter der Schreibmaschine und sprach mit einem Mann in einem schäbigen Überzieher. Sie schien froh über die Unterbrechung.

»Guten Tag«, sagte sie mit dem förmlichen Neigen des Kopfes, das sogar Frauen in Deutschland an sich hatten. »Kann ich Ihnen helfen?«
Sie war nur ein paar Jahre älter als Anna, mager, ein klein wenig altjüngferlich, mit reizlosen, aber nicht unangenehmen Zügen. War dies Mamas tödliche Rivalin? Anna stellte sich vor, und es wurde sofort deutlich, daß sie es wirklich war. Sie erstarrte und sagte steif: »Ich glaube, ich habe neulich am Telefon mit Ihnen gesprochen.« Dann sagte sie: »Ich bin froh, daß es Ihrer Mutter bessergeht«, und fügte hinzu: »Das alles hat Dr. Rabin große Sorgen bereitet.«
Konrad schien noch nicht zurück zu sein.
»Er mußte überraschend zu einer Sitzung«, sagte das Mädchen. Offenbar glaubte sie es. Anna setzte sich nervös, um zu warten, während das Mädchen sich wieder dem alten Mann im Überzieher zuwandte.
Sie war noch nie in Konrads Büro gewesen, und während der alte Mann etwas murmelte, was sich wie eine lange Liste von Namen anhörte, betrachtete sie die Karteikästen in den Regalen, die die Wände bis zur Decke hinauf bedeckten – Abrahams, Cohen, Levy, Zuckerman waren die Kästen beschriftet – sie sah die Stapel von Briefen auf dem Pult des Mädchens, hörte hinter der halb geöffneten Tür das Geräusch einer Schreibmaschine.
»Ich weiß«, sagte das Mädchen mit leichtem Berliner Akzent. »Aber es ist wirklich nicht nötig. Sie haben Dr. Rabin schon heute morgen all diese Informationen gegeben.«
Der alte Mann schien betrübt, beharrte aber hartnäckig auf seinem Vorhaben. Er steckte seine zitternde Hand immer wieder in einen großen braunen Umschlag, um nach etwas zu tasten. »Es ist der Geist, wissen Sie«, sagte er. »Die Namen – nun, es sind nur Namen, nicht wahr? Namen, Alter, die letzte bekannte Adresse – ich fand, man sollte sehen . . .« Er hatte den Faden verloren, und Anna sah jetzt, daß seine Hand mit den knotigen Gelenken und der runzligen Haut ein Bündel alter Fotografien hielt.

»Es sind die Gesichter«, sagte er. »Ohne die Gesichter kann man es nicht verstehen.« Plötzlich legte er die Fotografien auf den Tisch und breitete sie mit zittriger Hand aus, verschob dabei einen Bleistift und einige Papiere. Das Mädchen zuckte ein wenig zurück.
»Mein Vetter Samuel«, sagte er und wies auf ein Bild. »Er war Elektriker bei der Post. 36 Jahre alt. Letzte Adresse Treblinka. Mein Schwager Arnold, 32. Meine Nichte Marianne und ihr Bruder Alfred –«
»Ich weiß, Herr Birnbaum.« Das Mädchen wußte offenbar nicht, was es tun sollte. »Aber wissen Sie, es ist nicht nötig. Solange wir die Information auf den Formularen haben, geht das mit der Entschädigung in Ordnung.« Ihre Hand schob sich auf die Fotografien zu, sie wollte sie ihm zurückgeben, wagte es aber nicht recht. »Wir haben alle Angaben, die nötig sind«, sagte sie. »Die Sache wird bearbeitet.« Offensichtlich hatte sie es gern, wenn alles seinen richtigen Weg ging.
Der alte Mann sah sie mit seinem erschöpften Blick an. »Der Herr, den ich heute morgen gesehen habe –«
»Er ist nicht hier«, sagte das Mädchen, aber er unterbrach sich nicht.
»Ich glaube, er hat es verstanden. Bitte –« Er berührte eins der Bilder. »Ich möchte, daß er sie sieht.«
Das Mädchen zögerte. Dann, vielleicht, weil sie sich an Annas Gegenwart erinnerte, schob sie sie zu einem Stapel zusammen. »Ich werde sie ihm auf den Schreibtisch legen«, sagte sie.
Er beobachtete sie, wie sie die Tür zum Chefbüro öffnete und die Bilder hineintrug. Als sie zurückkam, konnte sie sich nicht verkneifen zu sagen: »Es ist aber wirklich nicht nötig.« Man sah, daß sie aus der Fassung gebracht war. Aber über das Gesicht des alten Mannes breitete sich ein zittriges Lächeln.
»Danke«, sagte er. »Es wird jetzt leichter sein.« Er hatte offenbar immer noch das Gefühl, es nicht ausreichend erklärt zu haben. »Es scheint das mindeste, was man tun kann«, murmelte er, »daß man sie sieht.« Dann nahm er den leeren Umschlag an sich und schlurfte zur Tür.

Nachdem er gegangen war, sah das Mädchen Anna an. »Er war schon heute morgen hier und hat eine ganze Stunde mit Dr. Rabin gesprochen«, sagte sie. Vielleicht hatte sie Angst, Anna könnte sie für ungeduldig halten. »Und es ist nicht eigentlich Dr. Rabins Sache. Es gibt eine besondere Abteilung, die sich mit Fällen wie seinem befaßt, aber er ließ sich nicht abweisen . . .« Sie strich sich über das Haar, das zu einem gefälligen Knoten aufgesteckt war und der ordnenden Hand gar nicht bedurfte. »Dr. Rabin hilft den Leuten immer«, sagte sie, »aber er verausgabt sich dabei.«
»Er ist ein sehr gütiger Mensch«, sagte Anna.
Das Gesicht des Mädchens leuchtete auf. »Oh, ja«, sagte sie, »das ist er wirklich.« Offenbar hatte sie eine ganze Reihe von Beispielen von Konrads Güte parat, aber sie merkte wohl, daß Anna kaum die richtige Vertraute für sie war, und nahm einige Papiere von ihrem Schreibtisch auf. »Wenn Sie mich jetzt entschuldigen wollen, dann mache ich mich wieder an meine Arbeit.« Sie spannte einen Bogen in ihre Maschine und begann zu schreiben.
Anna beobachtete sie verstohlen – die breiten, tüchtigen Hände bewegten sich flink über die Tasten (Mama könnte niemals so tippen, dachte sie), die adrette Bluse, der ernste, pflichtbewußte Ausdruck. Sie erinnerte Anna an jemanden, aber es fiel ihr nicht ein, an wen. Es war schwer, sie sich als Mamas Rivalin vorzustellen, und doch, dachte sie, wenn man sehr erschöpft wäre . . .
»Vielleicht ist Dr. Rabin direkt zum Essen gegangen«, sagte das Mädchen. »Möchten Sie lieber später noch einmal wiederkommen?«
Aber bevor Anna antworten konnte, öffnete sich die Tür, und Konrad humpelte herein. Bei ihrem Anblick fuhr er zurück, fing sich aber gleich wieder.
»Ich bin froh, daß du gekommen bist«, sagte er mit einer Stimme, die wahrscheinlich seine amtliche Stimme war. »Ich wollte dich sprechen.« Er fügte hinzu: »Ich sehe, du hast dich mit meiner Sekretärin Ilse bekannt gemacht.«

Ilse hatte ihm schon Mantel und Stock abgenommen. »War die Sitzung interessant?« fragte sie, als sei ihr das wirklich wichtig.
Er wich Annas Blick aus. »Ganz interessant«, sagte er und stürzte sich auf eine Liste mit Telefonaten, die sie für ihn notiert hatte. Er hörte sich seufzend ihren Bericht über Birnbaum und seine Fotografien an. »Schon gut«, sagte er, »es wird mir schon etwas einfallen, was man damit tun kann.«
Dann sah er auf die Uhr. »Es ist Zeit, daß Sie zum Essen gehen. Und vielleicht lassen Sie uns ein paar belegte Brote heraufschicken. Oh, und Ilse, vielleicht würden Sie nachher noch kurz mit Schmidt von der Wohlfahrt sprechen. Ich habe ihn eben im Lift getroffen, und ich habe mit ihm über Ihre Mutter gesprochen –«
Anna hörte nicht auf die Einzelheiten, aber die Regelung, die Konrad im Hinblick auf die Mutter vorschlug, schien sehr willkommen.
Er winkte ab, als Ilse sich bedanken wollte. »Und jetzt weg mit Ihnen«, sagte er. »Und vergessen Sie die Brote nicht.«
Sie zögerte einen Augenblick in der Tür. »Schinken?« sagte sie, errötete ein wenig und lächelte. Es war offenbar ein alter Scherz. Er begriff nicht gleich. Dann lachte er laut. »Ganz richtig«, sagte er, »Schinken«, und sie ging.
In seinem Büro winkte er Anna, Platz zu nehmen, und sank mit einem Seufzer in seinen Sessel. »Es tut mir leid«, sagte er. »Es war ein schwieriger Vormittag. Wie du dir vorstellen kannst.« Er nahm abwesend die Fotografien auf seinem Schreibtisch in die Hand. »Du brauchst dir wegen deiner Mutter keine Sorgen zu machen«, sagte er. »Ich habe sie beruhigt. Ich habe ihr gesagt, daß ich auf alle Fälle innerhalb der nächsten vierzehn Tage eine kurze Reise mit ihr machen werde. Sie war damit ganz zufrieden.«
Anna war sehr erleichtert. »Und wie steht es mit Erwins Krankheit?« fragte sie.
»Oh –« Er machte eine ungeduldige Geste. »Hildy rief mich heute morgen ganz aufgeregt an. Sie haben offenbar gestern

abend den Arzt holen müssen, und er sagte, es könnte Hepatitis sein. Wahrscheinlich ist es das aber gar nicht. Erwin scheint es schon besserzugehen. Aber natürlich muß ich seine Arbeit übernehmen, und Ilse kriegte einen kleinen Anfall – deswegen und auch aus anderen Gründen –, und dann der arme kleine Birnbaum . . . Es war alles ein bißchen viel für mich.« Er nahm eine der Fotografien auf und zeigte sie ihr. Ein schmales, dunkeläugiges Gesicht, verblaßt und undeutlich. »Rachel Birnbaum, sechs Jahre alt; kein Wunder, daß er ein bißchen verrückt ist.«
»Hat er seine ganze Familie verloren?«
Er nickte. »Vierzehn Verwandte, einschließlich Frau und drei Kindern. Er ist der einzige Überlebende. Das Seltsame ist: Er will keine Entschädigung. Wir haben ihm schon eine ziemliche Summe geschickt. Er hat das Geld einfach in eine Schublade gelegt.«
»Was will er denn?«
Er hob ironisch die Augenbrauen. »Er will, daß sie begreifen, was sie getan haben«, sagte er. »Nur das.«
Es klopfte an die Tür zum Vorzimmer, und ein Junge erschien mit den belegten Broten. Konrad verteilte sie auf zwei Pappteller und legte zu jedem eine Papierserviette.
»Also«, sagte er, während sie zu essen begannen, »ich habe deinen Flugschein. Dein Flugzeug geht morgen früh um neun Uhr. Ich bringe dich natürlich zum Flughafen.«
Sie war fast erschrocken. »Aber . . . wird es auch mit Mama gehen?«
»Doch, doch!«
»Aber was ist mit –«
»Wenn du die Sache mit den Tabletten des Professors meinst, auf die ich dummerweise am Telefon angespielt habe: Ich habe ihr eingeredet, daß sie selbst es mir erzählt hat.«
»Und sie hat es geglaubt?«
Er nickte beinahe bedauernd. »Oh, ja«, sagte er, »sie hat mir geglaubt.«
Sie war verwirrt und nicht ganz überzeugt.

»Es ist wirklich alles in Ordnung«, sagte er, »vergiß, daß du es mir je erzählt hast. Es war sowieso nicht wichtig. Aber du hast mir das Gefühl gegeben, weniger schuldig zu sein, und dafür bin ich dankbar.«
»Und du wirst dich um sie kümmern?«
»Selbstverständlich.«
»Denn ohne dich –« Sie war immer noch nicht ganz beruhigt.
»Ohne mich kann sie nicht existieren. Ich gebe ihr das Gefühl der Sicherheit.« Er seufzte. »Ich gebe allen das Gefühl der Sicherheit. Ihr. Ilse. Meiner Frau und meinen Töchtern. O mein Gott«, sagte er, »ich gebe sogar Ilses Mutter das Gefühl der Sicherheit.«
Sie lachte ein wenig, wußte nicht, was sie sagen sollte. »Was wirst du denn mit ihr tun?« fragte sie schließlich.
»Mit Ilses Mutter?«
»Nein.«
»Hör mal«, sagte er, »ich kann nur mein Bestes tun. Ich habe eine neue Stelle für sie gefunden. Wo sie besser bezahlt wird. Sie fängt da in vierzehn Tagen an.«
»Und sie wird sich damit zufrieden geben?«
Er wurde plötzlich abweisend. »Wie ich gesagt habe«, sagte er, »ich kann nur mein Bestes tun.«

Nachdem sie gegessen hatten, nahm er eine Akte aus einer der Schubladen und sagte in seinem amtlichen Ton: »Du weißt natürlich, daß deine Familie eine Entschädigung bekommt. Ich habe deine Mutter bei ihrem Antrag beraten – vielleicht möchtest du ihn sehen.«
Sie hatte es gewußt, aber vergessen, und jetzt kam ihr die Sache ganz unwirklich vor. Die Akte trug Papas Namen, und er sah ihren Blick darauf ruhen.
»Weißt du, ich habe ihn einmal getroffen«, sagte er.
»Ach ja?« Sie war überrascht.
»Bei einer Versammlung von Emigranten in London. Natürlich kannte ich deine Mutter damals nicht. Ich habe ihn sehr bewundert.«

»Wirklich?« sagte sie gerührt.
»Er war so witzig und interessant. Und was er alles wußte. Und seine Begeisterungsfähigkeit – genau wie bei deiner Mutter. Sie paßten sehr gut zusammen. Sowohl emotional wie intellektuell«, sagte Konrad gewählt. »Ich war nicht so ganz ihre Schuhnummer.«
»Aber Konrad –«
»Nein«, sagte er, »es ist wahr, und ich weiß es. Ich habe keinen Sinn für Natur, ein Western ist mir immer lieber als eine Oper, und besonders heutzutage ermüdet mich alles.«
»Aber sie liebt dich.«
»Ich weiß«, sagte er. »Ich gebe ihr das Gefühl von Sicherheit. Und das verwirrt mich am meisten, denn wie du wohl bemerkt haben wirst, bin ich ein recht unzuverlässiger Bursche.«
Die Worte »unzuverlässiger Bursche« hörten sich in seinem Emigrantenenglisch seltsam an.
»Das bist du nicht«, sagte sie und lächelte, um alles ins Scherzhafte zu ziehen.
Er sah sie nur an.
»Aber du wirst dich um sie kümmern?«
»Das habe ich gesagt«, sagte er und schlug die Akte auf.
Sie sahen die Papiere gemeinsam durch. Eine Entschädigung wurde beantragt wegen ihrer und Maxens unterbrochener Ausbildung und einer ganzen Reihe von Punkten, die Papa betrafen: Verlust von Eigentum, Verdienstausfall – er erklärte ihr alles, warum er die Anträge in dieser statt in einer anderen Weise gestellt hatte und wieviel Geld sie erwarten konnten.
»Ist denn nichts für Mama da?«
Er zeigte sich einen Moment betroffen, da er sich kritisiert fühlte. »Sie stellt die Ansprüche im Namen deines Vaters«, erklärte er. »Als seine Witwe wird ihr all dies Geld zukommen. Es wird ihr sehr helfen. Warum? Hätte sie noch irgendwelche Ansprüche, von denen sie mir nichts gesagt hat?«
»Ich weiß nicht.« Sie kam sich plötzlich dumm vor. »Verlust von Vertrauen vielleicht?«
»Nun.« Er breitete beide Hände aus. »Wenn wir dafür Wieder-

gutmachung verlangen könnten, dann würden wir alle Anträge stellen.«
Er bestand darauf, mit ihr im Aufzug nach unten zu fahren und ihr ein Taxi zu holen, und als sie durch die breiten Glastüren des Gebäudes traten, kam Ilse gerade herein. Sie trug eine Thermoskanne und sah verdattert aus, als sie die beiden sah.
»Sie haben schon gegessen«, rief sie, »und ich habe Ihnen die hier gebracht. Sie ist von zu Hause – im Café gegenüber habe ich sie mit Kaffee füllen lassen.«
»Wunderbar«, sagte Konrad. »Ich werde ihn gleich trinken.«
»Sie brauchen ihn bei diesem Wetter«, sagte Ilse. »Ich habe auch etwas Zucker in der Tasche. Und ich weiß, wo ich eine richtige Porzellantasse borgen kann.«
Sie streichelte die Thermoskanne mit einem hausmütterlichen und ein wenig selbstzufriedenen Gesicht, und Anna wußte plötzlich, an wen sie sie erinnerte. Wenn sie auch sehr viel jünger war, so glich sie doch erstaunlich Konrads Frau.

*

Als sie vor dem Krankenhaus aus dem Taxi stieg, war es noch kälter geworden, und sie mußte ein paar Minuten warten, bevor sie zu Mama hineinkonnte.
»Die Schwester ist bei ihr«, sagte eine Pflegerin, und als sie schließlich eintrat, saß Mama in einem Sessel. Sie trug den geblümten Morgenrock, den sie kurz nach ihrer Ankunft in Deutschland gekauft hatte, und stellte eine Art Liste auf. Obgleich es noch früher Nachmittag war, wurde es schon dunkel, und im Licht der Tischlampe sah Mama zarter aus als im Bett.
»Sie wollen mich in der nächsten Woche ins Sanatorium verlegen«, sagte sie. »Und danach fahre ich mit Konrad weg. Ich muß mich um meine Kleider kümmern.«
»Es ist also alles in Ordnung?«
»Oh, ja.« Aber Mama wirkte nervös. »Es war nur diese blöde Sache mit Erwins Krankheit. Und Konrad – ich sehe ja ein, daß

das alles ihn sehr mitgenommen hat. Und natürlich hat er Schwierigkeiten mit dem deutschen Mädchen. Er hat eine andere Stelle für sie gefunden.«

»Ja«, sagte Anna.

»Er bestellt heute nachmittag unsere Zimmer. Das Hotel ist ganz oben in den Bergen. Wir sind schon einmal dort gewesen – es wird bestimmt sehr schön.«

»Das ist gut.«

»Und die Schwester meint, ich sollte ab und zu kurze Zeit aufstehen, besonders, da ich ja bald in das Sanatorium komme.« Plötzlich füllten sich ihre Augen wieder mit Tränen.

»Mama – was ist denn, Mama?« Anna legte die Arme um sie und hatte das Gefühl, daß sie kleiner geworden war.»Willst du denn nicht ins Sanatorium? Paßt dir das nicht?«

»Oh, doch, es soll ganz nett sein.« Mama blinzelte und schnüffelte. »Es ist nur – der Gedanke an die Veränderung. Wieder woanders hinkommen. Die Schwester sagt, es gibt dort einen Pingpongtisch«, sagte sie unter Tränen.

»Nun, das wird dir doch gefallen.«

»Ich weiß. Ich bin einfach dumm.« Sie trocknete sich die Augen. »Ich glaube, diese Art von Vergiftung – es ist eine Art Vergiftung, der Doktor hat es gesagt – man ist danach etwas verwirrt. Weißt du, Konrad hat von etwas gesprochen, das ich ihm einmal erzählt habe, und ich konnte mich überhaupt nicht mehr daran erinnern. Ich meine, daran, daß ich es ihm erzählt hatte. Aber –« sie schnüffelte wieder, »es war sowieso nicht wichtig.«

»Sicher nicht.«

»Nein. Nun, ich muß ein paar Sachen zum Waschen und Reinigen geben.« Sie schrieb weiter an ihrer Liste. »Ich denke, ich bitte Hildy darum.«

»Mama«, sagte Anna, »wenn du aus den Ferien zurück bist und dich immer noch nicht besser fühlst, oder auch sonst, wenn du plötzlich Lust dazu hast – dann komm doch einfach nach London.«

»Nach London?« Mama machte ein erschrockenes Gesicht.

»Was soll ich denn in London? Weihnachten komme ich doch sowieso nach London, nicht wahr?«
»Ja, natürlich. Ich dachte nur, wenn es dir plötzlich hier zuviel wird.«
»Oh, ich verstehe. Du meinst, wenn die Sache mit Konrad nicht gutgeht.«
»Nicht unbedingt –«
»Wenn die Sache mit Konrad nicht gutgeht«, sagte Mama, »werde ich mich bestimmt nicht dir und Max an den Hals hängen.«
Sie schwiegen eine Weile. Anna sah etwas am Fenster vorbeitreiben. »Ich glaube, es fängt an zu schneien«, sagte sie. Sie schauten beide hinaus.
»Hör mal, Mama«, sagte Anna schließlich. »Ich bin sicher, daß mit Konrad alles gutgehen wird. Aber wenn es aus irgendeinem Grund nicht der Fall sein sollte, dann ginge deswegen die Welt auch nicht unter. Ich meine, du hättest immer noch Max und mich, und deine Arbeit, wenn sie dir Spaß macht. Du könntest auch leicht eine neue Stelle in einem anderen Teil Deutschlands bekommen. Du hast es oft genug geschafft.«
»Aber jetzt wäre es etwas anderes.«
»Nun, es ist jedesmal etwas anderes – aber – hör mal, Mama, ich bin kein Kind mehr. Ich weiß, wie es ist.« Plötzlich erinnerte sie sich mit großer Klarheit, was sie selbst empfunden hatte, als sie vor Jahren von einem Mann, den sie liebte, abgewiesen worden war. »Du glaubst, dein Leben sei zu Ende, aber es ist nicht so. Eine Zeitlang ist es schrecklich. Man hat das Gefühl, daß nichts mehr etwas taugt, man will nichts mehr sehen, nichts mehr hören, man will nicht einmal mehr an etwas denken. Aber dann, besonders, wenn man eine Arbeit hat – wird es allmählich besser. Man trifft neue Menschen, es geschieht etwas, und plötzlich, wenn es auch nicht so ist wie früher, ist es wieder möglich zu leben. Nein, wirklich«, sagte sie, als Mama sie unterbrechen wollte, »für jemanden wie dich, mit einer interessanten Arbeit, ohne Geldsorgen, und uns –«
»Du hast es sehr gut beschrieben«, sagte Mama. »Aber da ist

etwas, das du nicht weißt. Du weißt nicht, wie es ist, wenn man sechsundfünfzig Jahre alt ist.«
»Aber ich kann es mir vorstellen.«
»Nein«, sagte Mama, »das kannst du nicht. Es ist wahr, ich könnte all die Dinge tun, von denen du sprichst. Aber ich habe jetzt oft genug neu angefangen. Ich habe genug Entscheidungen getroffen. Ich will keine mehr treffen. Ich will nicht einmal«, sagte Mama mit zuckenden Lippen, »in dieses verdammte Sanatorium mit dem Pingpongtisch gehen.«
»Aber das ist doch nur, weil du nicht wohl bist.«
»Nein«, sagte Mama. »Es ist, weil ich sechsundfünfzig bin und die Nase voll habe.«
Vor dem Fenster trieb immer noch der Schnee.
»Gestern hat einer der Ärzte mit mir gesprochen«, sagte Mama. »Weißt du, sie haben auch hier diese gräßliche Psychologie, sogar hier in Deutschland. Er meinte, wenn jemand versucht, sich umzubringen, sei das ein Hilferuf – so nannte er es. Nun, ich weiß nur, daß ich mich, als ich diese Pillen geschluckt hatte, vollkommen glücklich fühlte. Ich lag auf meinem Bett – weißt du, es dauert eine Weile, bis sie wirken – und es wurde draußen dunkel, und ich schaute zum Himmel auf und dachte: Es gibt nichts mehr, was ich tun muß. Es ist nichts mehr wichtig. Ich werde nie, nie mehr eine Entscheidung treffen müssen. Nie im Leben habe ich einen solchen Frieden gefühlt.«
»Ja, aber jetzt – jetzt hat sich alles geändert, und du fährst in Urlaub und –« Anna brachte dies nur schwer über die Lippen –, »jetzt, wo mit Konrad alles wieder im Lot ist, bist du da nicht trotzdem froh?«
»Ich weiß nicht«, sagte Mama. »Ich weiß nicht.« Sie runzelte die Stirn und versuchte, sich klarzuwerden. »Weißt du, wenn ich gestorben wäre, wüßte ich wenigstens, woran ich bin.«
Sie hatte gar nicht bemerkt, daß sie etwas Komisches gesagt hatte, und sie schaute erstaunt auf, als Anna lachte. »Warum findest du mich immer so komisch?« sagte sie erfreut, wie ein Kind, das, ohne es zu wollen, die Erwachsenen zum Lachen gebracht hat. »Ich bin doch ein ganz ernster Mensch.«

Ihre Stupsnase wirkte absurd unter den müden blauen Augen, sie saß da in ihrem geblümten Morgenrock, ein Mensch, um den man sich kümmern muß.

Später brachte die Pflegerin ihren Tee mit kleinem Gebäck. (»Plätzchen«, sagte Mama. »Weißt du noch, wie Heimpi sie immer buk?«) Konrad rief an, um zu sagen, daß er die Hotelzimmer bestellt habe, und er erinnerte Anna daran, daß er sie am nächsten Morgen abholen werde.
Danach ging Mama ganz zufrieden wieder ins Bett, und obgleich es jetzt draußen ganz dunkel war, ließen sie die Vorhänge offen, damit sie dem Schneetreiben zusehen konnten. Natürlich war der Schnee noch zu naß, um liegenzubleiben, aber, sagte Anna, in den Alpen würde das anders sein. Mama fragte nach Annas neuer Stellung, und als Anna ihr alles erklärt hatte, sagte sie: »Papa hat immer gesagt, du solltest schreiben.« Doch dann verdarb sie die Sache nur ein bißchen, indem sie hinzufügte: »Aber diese Arbeit ist ja nur fürs Fernsehen, nicht wahr?«
Gegen sieben kam die Schwester und sagte, Mama habe einen sehr anstrengenden Tag gehabt und Anna solle nicht zu lange bleiben. Danach fanden sie es nicht mehr so leicht, miteinander zu reden.
»Also –« sagte Anna schließlich.
Mama schaute vom Bett zu ihr auf. »Es war heute so schön«, sagte sie, »genau wie früher.«
»Ja«, sagte Anna, »mir hat es auch Freude gemacht.«
»Ich wünschte, du könntest länger bleiben.«
Eine Schrecksekunde.
»Ich kann nicht«, sagte sie viel zu hastig. »Ich muß an meine Arbeit zurück. Und Richard.«
»Oh, ich weiß, ich weiß«, sagte Mama. »Ich meinte nur –«
»Natürlich«, sagte Anna. »Ich wünschte auch, ich könnte bleiben.«
Dann ließ sie sie mit der Schwester, die das Abendbrot gebracht hatte, allein.

»Ich werde jeden Tag schreiben«, sagte sie, während sie Mama umarmte.
Mama nickte.
»Und paß auf dich auf. Und viel Vergnügen in den Alpen. Und wenn dir danach ist, komm nach London. Ruf einfach an und komm.«
Mama nickte wieder. »Auf Wiedersehn, mein Liebes«, sagte sie sehr gerührt.
Anna warf von der Tür aus noch einen Blick zurück. Mama lehnte im Bett, so wie sie sie so oft in der Pension in Putney gesehen hatte, das graue Haar auf dem Kissen ausgebreitet, die blauen Augen tapfer und schrecklich verletzlich, die lächerliche Stupsnase.
»Auf Wiedersehn, Mama«, sagte sie.
Sie war fast aus dem Zimmer, als Mama hinter ihr herrief: »Und grüß mir Max noch mal.«

*

Zum letzten Mal trat sie aus dem Krankenhaus, und plötzlich wußte sie nicht, was sie nun anfangen sollte. Der Schnee bildete Inseln auf dem unsichtbaren Gras, bildete eine dünne Decke auf der Auffahrt und verbreitete in der Dunkelheit einen matten Schimmer. Ein Taxi fuhr vor, weiße Flocken wirbelten im Strahl der Scheinwerfer. Eine Frau stieg aus.
»Wollen Sie irgendwo hin?« fragte der Fahrer.
Es war noch nicht acht, und es kam ihr unerträglich vor, jetzt ins Hotel zurückzukehren. »Ja, bitte«, sagte sie und gab dem Fahrer Goldblatts Adresse.
Sie fand Hildy in bester Stimmung. Erwin ging es viel besser. Der Arzt, der gerade gegangen war, hatte ihr versichert, daß er keine Hepatitis hatte, sondern an einer milden Form der grassierenden Magen- und Darmgrippe litt.
»Wir begießen diese Nachricht gerade mit einem Drink«, sagte Hildy und reichte Anna ein Glas Cognac. »Wir trinken auf die Hepatitis, die Erwin nicht erwischt hat.«

»Und auch auf die tapferen Ungarn, die den Russen getrotzt haben«, rief Erwin durch die halboffene Tür. Sie konnte ihn im Bett sitzen sehen, das Cognacglas in der Hand, das bauschige Federbett mit Zeitungen bedeckt, die bei jeder Bewegung raschelten.
»Sehen Sie sich das an«, rief er. »Haben Sie es schon gesehen?«
»Ach, die arme Anna – von einem Krankenbett zum andern«, sagte Hildy, aber er streckte ihr die illustrierte Zeitung mit solchem Eifer entgegen, daß Anna zu ihm hineinging, um sie anzuschauen. Das Bild zeigte einen dicken, erschrockenen Mann, der, die Hände über dem Kopf, aus einem Haus kam. »Ungarische Zivilisten verhaften ein Mitglied der verhaßten Geheimpolizei«, stand darunter. Auf einem anderen Bild war, wie der Begleittext erklärte, ein erschossener Geheimpolizist zu sehen, auf seiner Brust lag das offene Notizbuch, in dem die Namen seiner Opfer eingetragen waren. Man sah Bilder politischer Gefangener, die eben befreit worden und noch ganz benommen waren, von Kindern, die auf eroberten russischen Panzern herumkletterten, Bilder der ungarischen Flagge, aus der Hammer und Sichel herausgerissen worden waren. Die Flagge flatterte über einem Paar Riesenstiefeln, dem einzigen, was von dem Stalindenkmal übriggeblieben war.
»Die haben's ihnen gezeigt!« rief Erwin. »Herrlich . . . welch ein Volk!« Er hob das Cognacglas an seine Lippen. »Ich trinke auf sie«, rief er und leerte sein Glas. Anna konnte sich nicht vorstellen, daß es gut für ihn sei. Aber auch sie war bewegt und froh, an etwas anderes denken zu können als an Mama. Sie lächelte und leerte auch ihr Glas. Es war überraschend, wieviel wohler sie sich sofort fühlte.
»Wundervoll«, murmelte Erwin und füllte beide Gläser aus der Flasche auf seinem Nachttisch nach, aber da nahm Hildy die Sache in die Hand.
»Jetzt ist es aber genug«, sagte sie. »Du wirst sie nur anstekken.«

Sie nahm die Flasche und schleppte sie und Anna in die Küche, wo sie gerade Gemüse für die Suppe schnitt.
»Also«, sagte sie und schob Anna einen Schemel hin. »Was gibt es Neues?«
Anna wußte nicht recht, womit sie anfangen sollte. »Ich fahre morgen nach Hause«, sagte sie schließlich.
»Gut«, sagte Hildy. »Und was ist mit Ihrer Mama?«
Die Cognacdünste mischten sich mit den Dünsten von Hildys gehackten Zwiebeln, und Anna hatte plötzlich keine Lust mehr, diplomatisch zu sein.
»Ich weiß nicht«, sagte sie und sah Hildy fest an. »Ich glaube, es ist alles in Ordnung, wenn Konrad bei ihr bleibt. Wenn nicht . . . Ich weiß nicht, was dann geschieht.«
Hildy erwiderte ihren Blick ebenso offen.
»Was wollen Sie machen?« fragte sie. »Sie mit Leim aneinanderkleben?«
»Natürlich nicht. Aber –« Sie brauchte so dringend Trost und Stütze. »Es kommt mir einfach nicht richtig vor, sie so auf sich allein gestellt hierzulassen«, sagte sie schließlich. »Aber ich kann es nicht länger aushalten. Und ich glaube, ich habe es durch meine Anwesenheit nur schlimmer gemacht. Denn ich habe Konrad erzählt – ich habe ihm etwas über Mama erzählt. Er sagt zwar, daß es ohne Bedeutung ist, aber das glaube ich nicht.«
Hildy fegte die Zwiebeln in einen Topf und machte sich an die Möhren. »Konrad ist alt genug, um zu wissen, ob es von Bedeutung ist oder nicht«, sagte sie. »Und Ihre Mutter ist alt genug, um zu wissen, ob sie leben oder sterben will.«
Diese Vereinfachung kam Anna absurd vor und sie wurde plötzlich wütend. »So einfach ist das nicht«, sagte sie. »Es ist leicht, darüber zu reden, aber wenn man damit fertig werden muß, ist es etwas ganz anderes. Ich glaube, wenn Ihre Mutter versucht hätte, sich umzubringen, würden Sie anders denken.« Es entstand eine Pause, denn Hildy hatte aufgehört, Gemüse zu putzen. »Meine Mutter war ganz anders als Ihre«, sagte sie. »Sie war nicht so klug und nicht so hübsch. Sie war

eine dicke Frau mit einer dicken jüdischen Nase, die Zimmerlinden liebte – Sie wissen doch, diese Zimmerpflanzen. Sie hatte eine, die sie um das ganze Wohnzimmerfenster herumgezogen hatte, sie nannte sie ›die grüne Prinzessin‹. Und 1934, als Erwin und ich Deutschland verließen, weigerte sie sich mitzukommen, denn sie sagte, wer würde dann die Pflanze versorgen?«

»Oh, Hildy, verzeihen Sie«, sagte Anna. Sie wußte, was jetzt kommen würde, aber Hildy blieb sachlich.

»Wir glauben, daß sie in Theresienstadt starb«, sagte sie. »Wir wissen es nicht genau – es waren ja so viele. Und vielleicht haben Sie recht, was ich sagte, war zu einfach. Aber mir scheint, Ihre Mutter hat Glück, sie kann wenigstens selbst bestimmen, ob sie sterben oder leben will.«

Sie fing wieder an, Möhren zu schneiden. Anna sah das Messer blinken, während die Möhren zu Scheibchen zerfielen.

»Was wollen Sie schon tun?« sagte Hildy. »Wollen Sie jeden Morgen zu Ihrer Mutter gehen und sagen: ›Bitte, Mama, bleib noch einen Tag am Leben?‹ Glauben Sie, ich habe nicht auch oft an meine Mutter gedacht, und daß ich sie hätte zwingen sollen, mit uns auszuwandern? Zimmerlinden hätte sie schließlich auch in Finchley züchten können. Aber damals wußten wir natürlich nicht, was alles kommen würde. Und man kann Menschen nicht zwingen – sie wollen selbst über sich entscheiden.«

»Ich weiß nicht«, sagte Anna. »Ich weiß einfach nicht.«

»Ich bin ein paar Jahre jünger als Ihre Mutter«, sagte Hildy. »Aber sie und Konrad und ich – wir gehören zur selben Generation. Seit die Nazis gekommen sind, gehören wir nirgendwo mehr hin – eben nur unter andere Emigranten. Und was soll man da tun? Ich koche Suppen und backe Kuchen. Ihre Mutter spielt Bridge und zählt sich ab, wie viele Kilometer Konrads Auto macht. Und Konrad – der hilft gerne den Leuten und möchte dann, daß sie ihn gern haben. Das ist kein wunderbares Leben, aber es ist besser als Finchley und sehr viel besser als Theresienstadt.«

»Wahrscheinlich.«
»Das ist nicht wahrscheinlich. Es ist sicher. Und was können Sie im übrigen daran ändern? Können Sie die Nazis ungeschehen machen? Können Sie uns alle nach 1933 zurückversetzen? Und wenn Ihre Mutter mit ihrem Temperament behauptet, daß dieses Leben für sie nicht gut genug ist, wollen Sie sie dann zwingen, gegen ihren Willen weiterzuleben?«
»Ich weiß nicht«, sagte Anna noch einmal.
»Sie weiß es nicht«, sagte Hildy zu den Möhren. »Hören Sie mal, können Sie denn nicht verstehen, daß es Sie überhaupt nichts angeht?« Sie fegte die Möhren zu dem übrigen Gemüse in den Topf und setzte sich an den Tisch. »Möchten Sie etwas essen?«
»Nein«, sagte Anna. »Ich wollte sagen, vielen Dank, ich bin nicht hungrig.«
Hildy schüttelte den Kopf. »Sie sehen ganz grün aus.« Sie nahm die Cognacflasche und goß ihr ein. »Hier, trinken Sie. Und dann nach Hause und ins Bett.«
Anna überlegte, wieviel Gläser Cognac sie schon getrunken hatte, aber es war zu schwierig, und so trank sie auch dieses noch.
»Ich möchte nur gern –« sagte sie, »ich möchte nur gern wissen, daß sie zurechtkommen wird.«
»Nun, das wissen Sie doch. Konrad ist ein guter Mensch, und sie sind schon so lange zusammen. Er wird bestimmt bei ihr bleiben, mindestens für eine Weile.«
»Und dann?«
»Dann?« Hildy hob beide Handflächen in der uralten jüdischen Geste. »Dann? Wer wird sich darüber groß bekümmern? Dann kommt ja alles immer doch anders, als man denkt.«

*

Als das Taxi Anna ins Hotel zurückbrachte, war das Schneetreiben noch dichter geworden. Sie lehnte sich zurück und schaute benommen in das flimmernde Weiß, das am Fenster vorbeijagte. Im Licht des Autos glitzerte es, löste sich in Wirbel auf, verschwand. Wie aus dem Nichts kommend, trafen die Flocken die Scheibe und schmolzen. Hinter dem Treiben war nichts zu erkennen. Ich könnte irgendwo sein, dachte sie.

Ihr Kopf drehte sich, sie hatte zuviel Cognac getrunken. Sie drückte die Stirn gegen die Scheibe, um sie zu kühlen.

Vielleicht, dachte sie, liegt da draußen eine andere Welt. Vielleicht war da draußen, wie Hildy sagte, nichts von dem allem geschehen. Da draußen saß Papa immer noch in der dritten Parkettreihe, Mama lächelte am Strand, und Max und die kleine Person, die sie einmal gewesen war, rannten immer noch die Stufen hinauf und schrien: *»Ist Mami da?«*

Da draußen hatten die Güterzüge nie etwas anderes befördert als Güter. Es hatte keine Fackelzüge gegeben und keine braunen Uniformen.

Vielleicht stickte da draußen Heimpi immer noch schwarze Augen auf ihr rosa Kaninchen. Hildys Mutter pflegte immer noch ihre Pflanzen. Und Rachel Birnbaum, sechs Jahre alt, lag wohlbehalten daheim in ihrem Bett.

Freitag

Sie erwachte früh, und noch bevor sie richtig die Augen geöffnet hatte, war sie aus dem Bett und am Fenster. Sie wollte sehen, wie das Wetter war. Sie war in der Nacht immer wieder wach geworden und hatte sich Sorgen gemacht, ob das Flugzeug bei dem schweren Schneefall überhaupt starten könnte. Aber als sie jetzt in den Garten hinausschaute, war der Schnee fast geschmolzen. Nur ein paar Flecken Weiß lagen noch auf dem Gras und schimmerten blaß im Morgenlicht. Der Himmel war fast klar – grau mit ein paar rosa Streifen –, und es schien fast windstill.
Dann werde ich also doch wegkommen, dachte sie. Sie schlug die Arme um sich, weil sie fror – ihr war plötzlich ganz komisch. Ich kann das Glas riechen, dachte sie. Ich kann das Fensterglas riechen. Gleichzeitig krampfte sich ihr Magen zusammen, alles in ihr kam hoch, sie konnte gerade noch zum Waschbecken stürzen, bevor sie sich übergab.
Es geschah ganz plötzlich und war vorbei, noch bevor es ihr richtig zum Bewußtsein gekommen war. Einen Augenblick blieb sie zitternd stehen, ließ das Wasser aus den Hähnen laufen und spülte sich den Mund. Das ist nicht die nervöse Anspannung, dachte sie. Oh, Gott, ich habe Erwins Magen-Darmgrippe gefangen. Dann dachte sie: es ist mir ganz gleich – ich fahre auf jeden Fall nach Hause.
Sie hatte Angst, sich wieder ins Bett zu legen, vielleicht würde sie nicht wieder aufstehen können. Also zog sie sich ganz langsam und sorgfältig an, öffnete den Koffer, warf ihre Sachen hinein und setzte sich dann auf einen Stuhl. Der Raum um sie herum wollte sich heben und senken, sie mußte alle Anstrengung darauf verwenden, daß es aufhörte.

Vielleicht, dachte sie, ist es doch nur der Cognac. Sie hielt den Blick fest auf die Vorhänge gerichtet, die Gott sei Dank heute ganz still hingen, konzentrierte sich auf das komplizierte geometrische Muster. Als sie den sich überschneidenden eingewebten Linien des dunklen Untergrundes mit den Augen folgte, wich langsam die Übelkeit. Nach unten, quer, nach unten, quer, nach unten, quer. Gleich, dachte sie, werde ich nach unten gehen können und frühstücken.

Dann merkte sie plötzlich, was sie da betrachtete. Das Muster löste sich in eine Masse von rechten Winkeln auf, die sich durchkreuzten. Es bestand ganz aus winzigen Hakenkreuzen, die sich teilweise überdeckten.

Sie war so überrascht, daß sie ihre Übelkeit vergaß. Statt dessen überkam sie ein Gefühl, das gemischt war aus Abscheu und Belustigung. Ich habe doch schon immer vermutet, diese Frau war Nazi, dachte sie. Sie war natürlich schon vorher in Deutschland auf Hakenkreuze gestoßen – auf dem Besteck in Restaurants, eingeschnitten in hölzerne Stuhllehnen und Zeitungsständer in Cafés. Aber der Gedanke war ihr widerwärtig, daß sie in einem Zimmer mit Hakenkreuzen gelebt, daß sie sie angeschaut hatte, während sie an Papa und Mama dachte.

Gott sei Dank fahre ich heute ab, dachte sie. Sie lenkte den Blick von den Vorhängen auf das Fenster und stand ganz langsam auf. Sie ging ins Frühstückszimmer hinunter und trank zwei Tassen schwarzen Kaffee. Danach fühlte sie sich besser. Aber der Tisch war wie immer unsauber, in der Küche schrie eine deutsche Stimme, und plötzlich konnte sie es nicht erwarten, hier herauszukommen.

Sie ging ihren Koffer holen und zog den Mantel an. Zu ihrer Erleichterung war die Besitzerin nirgendwo zu sehen, so brauchte sie sich nicht von ihr zu verabschieden. Sie lächelte dem jungen Mädchen zu, das zu Ende des Dritten Reiches höchstens drei oder vier Jahre alt gewesen sein und also nicht verantwortlich gemacht werden konnte. Dann trug sie den Koffer auf die Straße, obgleich es noch viel zu früh war, setzte sich darauf und wartete in der Kälte, bis Konrad sie holen kam.

»Du siehst gräßlich aus«, sagte er, als sie nebeneinander im Flughafen standen. »Was ist denn los mit dir?«
»Ich glaube, ich habe gestern abend zuviel Cognac getrunken. Als ich heute morgen aufstand, war mir sehr schlecht. Aber jetzt geht es wieder.«
Es stimmte nicht ganz. Sie litt immer noch unter Übelkeit, dazu unter einem seltsam intensivierten Geruchssinn. Die Ledersitze in Konrads Auto waren fast zuviel für sie gewesen, und sie hatte während der Fahrt immer wieder die Nase zum Fenster hinausgesteckt.
»Es geht mir durchaus gut genug, um zu reisen«, sagte sie. Sie hatte plötzlich Angst, er könnte dies irgendwie verhindern.
»Ich würde mich auch auf keinen Fall trauen, dich zurückzuhalten«, sagte er. »Besonders, da ich Richard ein Telegramm geschickt habe, er soll dich abholen.«
Sie lächelte und nickte.
Eine Pause entstand. Sie konnte seinen Mantel riechen, Bohnerwachs, die Kartoffelchips, die jemand aß, aber sonst fühlte sie sich wohl – ihr war nicht mehr übel.
»Na«, sagte er, »das ist doch jetzt was anderes als bei deiner Ankunft. Zum mindesten haben wir deine Mutter durchgebracht.«
»Ja.« Sie zögerte. »Hoffentlich wird es jetzt nicht zu schwierig für dich. Mit – mit deiner Sekretärin und allem.«
»Ich komme schon zurecht«, sagte er. »Es ist klar, daß man einen Menschen nicht einfach fallenlassen kann. Aber ich werde schon zurechtkommen.«
»Und hoffentlich habt ihr schöne Ferien in den Alpen.«
»Ja«, sagte er, »das hoffe ich auch.«
»Und wenn ihr zurückkommt –« sie hatte plötzlich ein verzweifeltes Verlangen, es von ihm zu hören, »du wirst dich um Mama kümmern, nicht wahr?«
Er seufzte und lächelte sein müdes, schiefes Lächeln. »Du solltest mich inzwischen kennen«, sagte er. »Ich kümmere mich immer um alle.«
Sie wußte nichts mehr zu sagen. Der Geruch der Kartoffel-

chips wurde plötzlich überwältigend, die Übelkeit war wieder da, aber es gelang ihr, sie zu unterdrücken.
»Und viel Glück bei der Arbeit«, sagte Konrad. »Ich freue mich schon darauf, deinen Namen auf dem Bildschirm zu sehen. Und grüß Richard von mir.«
»Das werde ich.«
»Vielleicht sehe ich euch beide zu Weihnachten. Ich werde dann in London sein, um meine Familie zu besuchen.«
»Das wäre schön.« Der Teil ihres Bewußtseins, der nicht mit den Chips beschäftigt war, stellte fest, daß er in diesem Augenblick seine Familie besser nicht erwähnt hätte, aber sie gab eine Antwort, die noch weniger angebracht war: »Dann wird Mama auch dasein.«
Sie sahen einander an, und zu ihrer Erleichterung wurde jetzt ihr Flug aufgerufen.
»Auf Wiedersehen«, rief sie, und unversehens hatte sie ihn umarmt. »Paß auf dich auf. Und vielen Dank.«
»Für was?« rief er hinter ihr her; er hatte recht, sie wußte es auch nicht. Weil er Mama in der Vergangenheit glücklich gemacht hatte? Weil er ohne rechte Überzeugung gesprochen hatte, sich in Zukunft um sie zu kümmern? Oder nur, weil sie selbst jetzt endlich nach Hause fuhr?
Sie wandte sich an der Paßkontrolle um und winkte, und er winkte zurück. Dann sah sie, wie er sich durch die Menge in der Eingangshalle drängte – ein großer, dicker, ältlicher Mann mit schütterem Haar und einem Stock. Der große Liebhaber, dachte sie, und es kam ihr sehr traurig vor.

*

Als das Flugzeug abhob, mußte sie sich beinahe wieder übergeben – aber hier würde man es einfach für Luftkrankheit halten. Sie versicherte sich, daß die für diesen Fall vorgesehene Papiertüte an ihrem Platz war. Aber als das Flugzeug höher stieg, weg von den Trümmern und den Baustellen, von den Güterzügen und den noch verdächtigeren Menschen, die behaupteten, nichts von ihnen gewußt zu haben, weg von den bedrohlichen Russen und den Exnazis, denen sie so sehr glichen, weg vom Grunewald und der deutschen Sprache und von Mama und all ihren Problemen, da schien es, als hätte sie ihre Übelkeit mit all dem anderen hinter sich gelassen.

Sie blickte in den strahlenden Himmel, und eine tiefe Erleichterung überkam sie. Ich habe es geschafft, dachte sie, so, als habe es sich um eine Art von Flucht gehandelt. Sie war plötzlich hungrig, und als die Stewardeß ihr Frühstück brachte, verschlang sie eine doppelte Portion bis auf die letzten Krumen. Später schrieb sie ein Briefchen an Mama, das sie im Londoner Flughafen einwerfen würde. Dann würde Mama es morgen haben. Sie hätte dann wenigstens etwas, um Depressionen abzuwehren. Als sie den Umschlag verschlossen hatte, lehnte sie sich zurück und starrte in den Himmel.

»Wir haben jetzt die Ostzone von Deutschland verlassen und fliegen über die Westzone«, sagte die Stewardeß durch ihr kleines Mikrophon. »In wenigen Minuten sehen Sie zu Ihrer Linken die Stadt Bremen.«

Der Mann neben ihr, ein Amerikaner in mittleren Jahren, reckte sich und lächelte. »Wahrscheinlich ist es dumm, aber ich bin immer froh, wenn wir diesen Punkt erreicht haben.«

Sie lächelte zurück: »Ich auch.«

Die Zeit in Berlin begann schon zu verblassen und Vergangenheit zu werden. Ich habe dort nicht viel erreicht, dachte sie, aber ihr Gefühl blieb unbeteiligt, so, als beträfe es jemand ganz anderen. Dann dachte sie: was für eine merkwürdige Sache. Bilder tauchten vor ihrem inneren Blick kurz auf und zerflossen wieder – Mama, die unter ihrem Kopfkissen nach einem Taschentuch suchte; der genaue Ton von Konrads Stimme, als er sagte: »Die Affäre ist natürlich vorbei.« Vielleicht werde ich eines Tages wirklich darüber schreiben, dachte sie, und diesmal schien der Gedanke nicht so ungehörig. Wenn ich es richtig täte, dachte sie – es so erzählte, wie es wirklich war. Wenn ich Mama wirklich beschreiben könnte.

Aber als sie in Gedanken alle Ereignisse durchging, hatte sie das Gefühl, etwas vergessen zu haben. Etwas, was sie nicht hätte vergessen oder tun sollen, etwas ganz Gewöhnliches, aber doch Wichtiges, das hätte geschehen sollen, aber nicht geschehen war. Wenn ich mich doch nur daran erinnern könnte, dachte sie. Aber sie war müde, und es war schön, keine Übelkeit mehr zu spüren, und nach einer Weile schob sie den Gedanken von sich.

Was würde Papa von alldem halten, fragte sie sich. Während seiner letzten Jahre, als ihr Deutsch immer mehr verblaßte und sein Englisch unzureichend blieb, hatten sie sich einen Spaß daraus gemacht, einander in förmlichem Französisch anzureden ... *Qu'en pensez-vous, mon père?* dachte sie, und erst am erstaunten Blick ihres Nachbarn merkte sie, daß sie laut gesprochen hatte.

»Verzeihung«, sagte sie, »ich glaube, ich habe geträumt.«

Sie schloß die Augen, damit es überzeugender aussehen sollte, sperrte alles aus außer dem Pochen der Motoren. Falls man wirklich darüber schriebe, dachte sie, müßte man das doch auch erwähnen. Die verschiedenen Sprachen und die verschiedenen Länder. Und die Koffer. So viele Male gepackt und wieder ausgepackt. In den Speicher- und Kellerräumen der verschiedenen schäbigen Pensionen untergestellt, bei den Zugfahrten von einem vorübergehenden Zuhause zum andern gezählt und wieder gezählt.

»Wir fahren mit der Eisenbahn«, sagte Mama. Es hörte sich sogar an wie das Geräusch, das der Zug machte, der durch Deutschland ratterte. Das Abteil war schmutzig, und Max hatte schwarze Knie bekommen, als er seinen Fußball unter der Bank suchte. »Da kommt die Paßkontrolle«, sagte Mama und legte den Finger auf die Lippen, denn Anna sollte sich daran erinnern, sie nicht an die Russen zu verraten. Sie konnte die Russen in einer endlosen Reihe der Grenze entlang stehen sehen. »Etwas zu verzollen?« sagte Konrad, und sie vergaß sich und erzählte ihm von den Tabletten des Professors, aber Mama schrie: »Ich bin sechsundfünfzig Jahre alt«, und der

Zug fuhr weiter, über die Grenze, mitten durch Paris und die Putney High Street hinauf.
»Ich habe die Kinder durchgebracht«, sagte Mama zu Papa, der in seinem schäbigen Zimmer hinter seiner Schreibmaschine saß. Er lächelte herzlich, ironisch und ohne eine Spur von Selbstmitleid. »Solange wir vier nur zusammen sind«, sagte er, »alles andere ist unwichtig.«
»Papa«, rief Anna und blickte in ein fremdes Gesicht. Es war ihr ganz nahe, sorgfältig zurechtgemacht und von dauergewelltem blonden Haar umgeben. Darunter saß eine frische blaue Bluse und ein maßgeschneiderter Trägerrock.
»Wir landen gleich auf dem Londoner Flughafen«, sagte die Stewardeß. »Bitte, schließen Sie den Gurt.« Sie betrachtete Anna genauer. »Sie sind sehr blaß. Fühlen Sie sich nicht wohl?« fragte sie.
»Doch, danke.« Sie mußte automatisch geantwortet haben, sie war noch zu sehr im Traum befangen, um zu wissen, was sie sagte.
»Werden Sie am Flughafen abgeholt?«
»Oh, ja.« Aber einen endlosen schrecklichen Augenblick lang konnte sie sich nicht erinnern von wem. Von Papa? Von Max? Von Konrad? »Es geht schon«, sagte sie endlich. »Ich werde von meinem Mann abgeholt.«
»Also, wenn ich noch etwas für Sie tun kann –« Die Stewardeß lächelte und ging weiter.

*

Sie tauchten durch die Wolken, und unten regnete es. Alles war naß, die Fußböden im Flughafengebäude waren schmutzig von den vielen Füßen.
Britische Pässe zur Rechten, die andern zur Linken. Sie schritt durch den Durchgang zur Rechten und hatte dabei mehr noch als sonst das Gefühl, jemanden betrogen zu haben, aber der Mann lächelte ihr zu, als gehörte sie hierher. »Kein schönes Wetter zum Heimkommen«, sagte er.

Die Zollbeamten in ihren blauen Uniformen waren freundlich und gelassen wie immer. »Was? Gar nichts?« sagten sie. »Nicht einmal eine Flasche Schnaps für den Freund?«
»Gar nichts«, sagte sie, und da sah sie auch schon hinter der Absperrung Richard.
Er schaute an ihr vorbei auf eine Gruppe von Leuten, die gerade hereinkamen, und einen Augenblick lang beobachtete sie ihn, als wäre er ein Fremder. Ein schmalgliedriger, dunkelhaariger Mann, sorglos gekleidet, mit einem lebhaften, intelligenten Gesicht. Englisch. Nun – eigentlich eher irisch. Aber kein Emigrant. Er machte einen unabhängigen und unbeschwerten Eindruck. Er hat sein ganzes Leben hier verbracht, dachte sie. Er hat nie etwas anderes gesprochen als Englisch. Papa war schon jahrelang tot, bevor ich ihn kennengelernt habe. Sie fühlte plötzlich, wie die Erinnerungen, Worte, Orte und Menschen aus der Vergangenheit schwer auf ihr ruhten. Konnte sie wirklich zu jemandem gehören, der so unbelastet war?
Der Zollbeamte machte ein weißes Kreidezeichen auf ihren Koffer, und im gleichen Augenblick drehte Richard sich um und erblickte sie.
»Anna!«
Sie packte ihren Koffer und rannte auf ihn zu. Als sie ihn erreichte, sah sie, wie müde und bekümmert er war. Sie ließ den Koffer fallen und stürzte in seine Arme. Er roch nach Speck, nach Papier und Farbband. »Darling«, sagte sie.
Er sagte: »Gott sei Dank, du bist zurück.«
Zum ersten Mal, seit sie ihn verlassen hatte, fühlte sie sich nicht mehr hin und her gerissen. Es gab keinen Zweifel mehr. Hierher gehörte sie. Sie war daheim.

*

»Ich bekam es allmählich ein bißchen mit der Angst zu tun«, sagte er, als sie nebeneinander im Flughafenbus saßen.
»Die Sache mit Suez?«

»Und Ungarn.«
»Aber ich dachte, da wäre alles wieder in Ordnung?«
Er sah sie erstaunt an. »In Ordnung?«
»Geklärt.«
»Hast du es denn nicht gehört? Es steht in allen Zeitungen. Das mußt du doch gehört haben.«
»Nein.« Aber von seinem Gesichtsausdruck her war klar, was passiert war. »Haben die Russen . . .?«
»Das Ganze war nur ein Riesenbetrug. Als die Russen sagten, sie zögen ab, da warteten sie nur auf Verstärkung. Jetzt haben sie Verstärkung, und sie haben zugeschlagen. Budapest von Panzern eingekesselt. Sie haben die ungarischen Führer festgenommen. Sie sperren die Grenzen und schmeißen die Westpresse hinaus.«
Ihr war plötzlich übel. »Und all diese Menschen.«
»Jawohl«, sagte er. »Gott weiß, was mit denen geschieht. Tausende fliehen, solange es noch möglich ist.«
Schon wieder, dachte sie, und Zorn stieg in ihr auf. »Aber irgendeiner muß doch etwas tun«, sagte sie, »man kann sie doch nicht im Stich lassen.«
Er sagte nichts.
»Oder etwa doch?«
Er lächelte verdrossen. »Die Labour Party veranstaltet eine riesige Protestversammlung auf dem Trafalgar Square.«
»Wegen Ungarn.«
»Nein, wegen uns. Wie böse wir sind, daß wir wie Imperialisten in Suez einmarschieren. Und während wir uns mit unserem eigenen kleinen Fiasko beschäftigen, tun die wahren Imperialisten, was sie wollen.«
Ganze Straßenzüge völlig gleicher roter Backsteinhäuser zogen im Regen am Busfenster vorüber.
»Ich glaube, alle haben Angst«, sagte er. »Man kann es ihnen ansehen. Sehr leicht könnte alles explodieren.«
Noch mehr Häuser, eine Fabrik, ein Pferd auf einer struppigen Wiese. Was ist mit Mama, dachte sie. »Glaubst du, daß es in Berlin schwierig wird?«

Er verzog das Gesicht. »Ich denke, wenn es zu einem Knall käme, wäre es nicht mehr wichtig, wo man gerade ist. Aber ich bin froh, daß du wieder da bist.«
»Ich auch. Oh, ich auch.«
Sein Mantel war feucht, sie konnte die Wolle riechen, gemischt mit dem Gummigeruch von Regenmänteln.
»Wird deine Mutter zurechtkommen?« fragte er. »Ich meine, mit Konrad?«
»Ich weiß nicht«, sagte sie. Sie wollte ihm darüber berichten, fühlte sich aber plötzlich zu erschöpft. »Es ist sehr kompliziert«, sagte sie.
»Konrad schien immer so viel Verantwortungsbewußtsein zu haben.«
»Das ist ja das komische«, sagte sie, »ich glaube, das hat er auch.«

*

Der Bus setzte sie an der Haltestelle der Fluggesellschaft in der Kensington High Street ab, danach standen sie mit ihrem Gepäck am Bordstein und versuchten, ein Taxi anzuhalten. Wie immer, wenn es regnete, schienen alle besetzt zu sein, und Anna stand da in der Nässe, sah die Autos und die Busse durch die Pfützen platschen. Sie war völlig erschöpft.
Er betrachtete sie besorgt. »Geht es noch?«
Sie nickte. »Ich glaube, ich habe gestern abend zuviel Cognac getrunken. Und dann sehr wenig geschlafen. Da ist eins!« Ein Taxi bog um die Ecke, leer, und sie winkte es heran.
»Du Arme«, sagte er. »Und dazu hattest du noch deine Tage.«
Das Taxi kam auf sie zu, sie beobachtete, wie es sich unendlich langsam näherte. Das war es also, dachte sie, was ich vermißt habe, die Sache, die in Berlin eintreten sollte und nicht eintrat. Sie konnte das Gesicht des Fahrers unter seiner Wollmütze erkennen, das feuchte Glänzen von Metall, das Wasser, das unter den Rädern wegspritzte – das alles sah sie wie in ei-

nem Film in Zeitlupe. Sie konnte fast die Tropfen zählen und sie dachte: Du lieber Himmel. Mir! Es ist mir passiert! Das Taxi hielt.
»Nein«, sagte sie.
Er starrte sie an. »Nicht?«
»Nein.« Sie konnte fühlen, wie ihr Gesicht vor Glück strahlte, und sah, wie sich dieses Glück auf dem seinen spiegelte.
»Du lieber Gott!« sagte er.
Der Fahrer hinter dem Steuerrad beobachtete sie. »Also brauchen Sie das Taxi?« fragte er betont ironisch.
»Natürlich.« Richard nannte die Adresse, und sie kletterten hinein.
»Bist du sicher?« sagte er. »Es könnte ja auch von der Überanstrengung kommen.«
»Nein«, sagte sie, »heute morgen habe ich mich auch übergeben. Und dann ist da noch etwas Komisches – ich rieche dauernd etwas.« Sie suchte nach den Worten. »Ich bin schwanger.«
Sie lachte glücklich, und er lachte auch. Sie saßen dicht beieinander und dachten darüber nach, während das Taxi sich durch den Verkehr quälte. In der Nähe der Kensington Church Street stoppte sie ein Polizist und ließ einen kleinen Demonstrationszug die Straße überqueren. Menschen mittleren Alters, einige mit Schirmen, trugen Plakate. »Rettet Ungarn!« stand darauf, aber es waren nicht viele, und sie waren bald vorbei. Dann ging es die Church Street entlang, durch die baumbestandenen, jetzt fast laublosen Seitenstraßen, am Haus der Dillons vorüber.
»Was wird es wohl werden?« sagte Richard. »Hast du einen bestimmten Wunsch?«
»Nicht eigentlich.« Aber sie stellte sich eine kleine Tochter vor. Ein kleines Mädchen, das rannte, lachte, plapperte ...
»Es wird wohl kein Deutsch sprechen.«
»Du könntest es ihm beibringen.«
»Nein«, sagte sie. »Nein, ich glaube nicht.« Es wäre ja doch nicht das gleiche.

Viel später, als es schon dunkel wurde, saßen sie in dem kleinen Wohnzimmer auf dem neuen gestreiften Sofa und hörten die Nachrichten. Sie hatte ausgepackt, die BBC angerufen – aber jetzt würde sie wohl die neue Arbeit nur so lange tun können, bis das Kind geboren war –, und sie hatte Richard alles über Mama erzählt. Sie hatte den Teppich im Eßzimmer besichtigt, er sah dort genau richtig aus, würde sich aber wohl nicht für ein Kinderzimmer eignen, und sie hatten beschlossen, daß das Kind, falls es ein Junge war, Thomas heißen sollte. Aber auf einen Mädchennamen hatten sie sich noch nicht einigen können.
Auf dem Tisch stand zwischen Richards Schreibmaschine und dem Radio die kleine Dose, die sie in der Portobello Road gekauft hatten, die Dose mit dem Löwen darauf, der sich ängstlich an die britische Flagge klammerte – und wie die Dinge laufen, ist das kein Wunder, sagte Richard –, und daneben lag ein Briefchen von Elizabeth Dillon, die sie für die kommende Woche zum Essen einlud. Es war, als wäre sie nie weg gewesen. An Berlin konnte sie sich kaum noch erinnern, nicht einmal an die Zeit, als sie noch nicht wußte, daß sie schwanger war.
Die sorgfältige Sprechweise des Nachrichtensprechers füllte den Raum. Die ägyptische Armee war zurückgeschlagen worden, ein britisches Kriegsschiff hatte eine Fregatte versenkt, britische und französische Infanterie standen bereit zum Einmarsch.
»Willst du das wirklich hören?« fragte Richard besorgt. Er hatte Gläser aus der Küche geholt und schenkte ihr ein.
Sie nickte, und die gepflegte Stimme fuhr fort. »In Ungarn sind die Russen in voller Stärke wieder einmarschiert . . .« er reichte ihr das Glas und setzte sich neben sie, ». . . niemand weiß, was jetzt mit der tapferen Bevölkerung von Budapest geschehen wird . . . die Geheimpolizei, die auf eine schreckliche Rache sinnt . . . Flüchtlinge, darunter viele Kinder, strömen über die Grenze . . .«
Sie nippte an ihrem Glas, aber es half nicht.

». . . nie wieder«, sagte der Sprecher, »wird der Westen solchen Zusicherungen Glauben schenken können . . .«
Sie merkte, wie ihr Tränen über das Gesicht liefen.
Richard streckte die Hand aus, es klickte, und die Stimme brach ab.
»Man wird ganz weinerlich«, sagte sie, »schwanger sein macht einen weinerlich.«
»Dich macht alles weinerlich«, sagte er. Er hob sein Glas und sagte mit heftiger Zärtlichkeit: »Auf unser Kleines.«
»Auf unser Kleines.« Sie wischte sich die Augen und schnüffelte. »Es ist nur –« sagte sie, »es ist kaum die richtige Zeit, um ein Kind in die Welt zu setzen, nicht wahr?«
»Ich glaube, das ist es nie.«
»Nein, wahrscheinlich nicht.«
Er legte den Arm um sie. »You'll be a lovely mum.«
Das Wort überraschte sie. »A mum?« sagte sie zweifelnd.
Er lächelte. »A lovely, lovely mum.«
Sie lächelte zurück.
Irgendwo weit entfernt lief eine kleine Person in Schnürstiefeln eine Treppe hinauf und rief: *»Ist Mami da?«*
Wie werde ich dabei abschneiden, dachte sie. Ich bin neugierig, wie ich dabei abschneiden werde.

Aus der Reihe
Geschichte und Zeitgeschichte

Urgeschichte:

Baumann, Hans
Im Lande Ur
Die Entdeckungen Altmesopotamiens
RTB 229 ab 12

Altertum:

Baumann, Hans
Gold und Götter von Peru
Das Reich der Inka
RTB 151 ab 13

Neuzeit:

Hetmann, Frederik
Amerika Saga
Von Cowboys, Tramps und Desperados
RTB 799 ab 12

Sobol, Rose
Woman Chief
Es gab eine Frau, die Häuptling war
RTB 783 ab 12

Nationalsozialismus und Zweiter Weltkrieg:

Bruckner, Winfried
Die toten Engel
Jüdische Kinder im Warschauer Getto
RTB 234 ab 13

Damals war ich 14
Leben unter dem Hakenkreuz. Anthologie
RTB 741 ab 13

Kerr, Judith
Als Hitler das rosa Kaninchen stahl
Flucht aus Berlin über die Schweiz nach Paris
RTB 600 ab 11

Kerr, Judith
Warten, bis der Frieden kommt
Emigration in London
RTB 753 ab 14

Pausewang, Gudrun
Auf einem langen Weg
Zwei Kinder fliehen bei Kriegsende
RTB 768 ab 11